魔力の使えない魔術師　2

高梨ひかる

ヒーロー文庫

魔力の使えない魔術師

CONTENTS

Presented by
高梨ひかる

2

illustration
赤井てら

イラスト／赤井てら
装丁・本文デザイン／5GAS DESIGN STUDIO
校正／望月 索（東京出版サービスセンター）
編集／高原秀樹（主婦の友社）

この物語は、小説投稿サイト「小説家になろう」で発表された同名作品に、書籍化にあたって大幅に加筆修正を加えたフィクションです。実在の人物・団体等とは関係ありません。

プロローグ

「お前なぁ。こういう手に負えなさそうなことは早く言えって何度も言っただろうが。もっと早く言えば協力してやったものを」

ふてくされた表情で、俺の親友が俺の頭を軽く叩《たた》く。

痛くはないはずなのに、どういう表情をしていいかわからず見返せば、お前って本当に……と、彼は溜息《ためいき》をついた。

「……大丈夫だと思ったんだよ」

「これでか？」

擦《す》り傷のついた頬《ほお》をつつかれて、痛みにのけ反る。さすがに擦過傷なので触れば痛いし、傷口が拡《ひろ》がるかもしれないのも気になる。

「やめろ、痛い」

「別に男だから顔に傷つけんなとは言わんけどさあ」

もっとできることがあっただろう、本当に不器用だなお前は。

言外にそう告げられて、俺は謝罪しかできない。

――できると思ったのだ。相手は中学生だしこっちはそれなりに喧嘩《けんか》等もしたことがある。俺がいることで牽制《けんせい》になればそれでいい、それぐらいの軽い気持ちだった。

まさか問答無用で手を出してくるとは、さすがに思うわけないじゃないか。

「認識が甘いんだよ」

さらに深い溜息《ためいき》をつきながら、彼は言葉を続ける。

「いつも言ってるだろ？　お前は、まず人に打ち明けることを覚えるべきだ」

「大したことじゃないのに……」

「一日とはいえ病院送りになる時点で完全アウトだよ馬鹿」

正論を押し通されてぐうの音も出ない。

喧嘩慣れなどまったくしていない少年に突っかかられた身体は、避けきれなかった傷で満身創痍《そうい》だった。いくら正当防衛になるだろうとはいえ、やりすぎてはいけないと避けるだけに徹した結果、俺は見事に頭を打ってしまい病院送りとなったのだ。

「大体、未成年相手じゃこっちが悪者になるのも目に見えてただろうが」

「まあそうなんだけど」

「そういう細かいことは気づいて立ち回りはできるのに、どうしてやられる前に、なめられて手を出されると予想付かねぇかなあ……」

苦笑しつつ近づいてきて、彼は肩をすくめる。

「もう少し、お前は俺を信じろ」

「隆大《タカヒロ》……？」

「最初に相談してくれてりゃ、こんな目にあっちゃいないだろ」

信じていないわけじゃないのに、そんなことを言われて困惑する。彼は俺の親友で、相談はいつもしている相手だ。なのに彼は時々、お前は水臭いだのもっとちゃんと教えろと呟《つぶや》く。できてねぇんだよ、と。

困惑したまま彼を見上げれば、なぜか彼はニヤリと笑った。なんだか嫌な予感がして先を促すと、彼はあっさりと事の顚末《てんまつ》の続きを喋《しゃべ》り始めた。

「まあ。お前が無抵抗だったこともあって、相手の親には話つけた。もうみさちゃんに手を出してくることはないと思うぜ」

「そっか……」

「浮かない顔だな？」

「ん。悪い、また迷惑かけた」

俺がトラブルに巻き込まれるのはいつものことで、その尻拭《しりぬぐ》いをやらせる気はないのに気づけば彼が解決している。毎回すぎてもう回数を数えるのも億劫《おっくう》だが、また巻き込んだことに俺は落ち込むしかなかった。

「別に気にすることじゃねーよ」

軽い言葉で彼は俺の謝罪を一蹴《いっしゅう》する。

だが、俺たちはまだ学生で、相手の親を介入させたということはきっと彼は自分の親の力を使ったはずだ。そこまでさせたのかと思えば、俺は自然と頭を下げるしかない。

「……ごめん」

「いや、今更すぎるし」

苦笑する彼は、どこまでもまっすぐこちらを見ていた。

「俺が好きでやってんだ、気にすんな。卒業したらどのみち親を手伝うことは決まってんだし、今更揉《も》め事の一つや二つ増えたところで関係ないさ」

そうは言うが、俺は彼が親との折り合いが悪かったことを知っていた。そのうえ、親と同じ道を進むのが嫌で成人したら大学を入り直すとか、そういった細かいことも聞いていた。

その道を潰《つぶ》したのは俺だった。

頼れるものを頼らなくてどうすると、彼はそう言って俺に相談もせずに自分の望んだ将来を簡単に手放した。別に親が嫌いなわけでも、その道を進むのがどうしても嫌だったわけでもないと、そんな風に誤魔化《ごまか》して彼は今も俺の傍《そば》にいる。

「――なあ、俺はお前に何を返したらいい？」

問いかけに帰ってくるのは、いつだって誤魔化した言葉。

「えー、じゃあここはひとつ、みさちゃんを」

「却下」

「はええな!?」

「中学生の妹に何をする気だお前は」

何も、と笑う声に陰りはない。

ひとしきり笑った後、彼は窓へ目線を向けてただこう呟《つぶや》く。

「――何も返さなくていいさ」

「隆大」

「俺はお前が心配なだけだよ」

それだけだ、と彼は呟いて沈黙した。

どう返していいかわからずただ見つめる俺に、彼はもう一度だけ口を開く。

「でも本当は……」

けれど出た声は本当に小さくて、呟きの先は聞こえなかった。夕日が沈むその逆光でその表情も見えず、俺はただ見つめることしかできなかった。

だけど俺は、なんだか彼が泣いていたように思えてならなかった。だからもう一度聞き直そうとしたけれど、なんだか聞ける雰囲気でもなくて躊躇《ちゅうちょ》していたら、彼はそのまま病室を出ていってしまった。

どうしてその先を聞けなかったのだろう。

いつものように、またなんか企んでいるんだろと軽く言えば、きっとなんでもないように答えが返ってきた気もするのに。

どうしてか俺は彼に問いかけることができなかった。

自分の無力さを知りながら、ついできるかもしれないと無謀なことをしてしまう俺に、彼はいつだって笑っていたのに。

どうしてだろう。

俺はいつだって、肝心なことは言えないし聞けなかった。


どうしてお前はいつだって笑ってる？

どうしてお前は俺を見離したりしないんだろう？

どうして――。


問いかけはただ夕闇に溶けて。

そうして、病室は暗闇に包まれた。

第7章　親と子

1

何度も魔法を使いたいと思ったことはある。
そのたびに、使って後悔しないかと俺は自分に問いかけた。
――見たことのない勇者。
――誰よりも大切な家族。
比べるのはおかしいことだったけれど、それでも俺は選んだ。
『魔力を使わない』約束を、守ることを。
それだけが、俺の存在意義なのだと思いこんで。
すべてから目を逸《そ》らして。
こんなにも、心配されているのだと、気づくこともなく過ごしてきた。
真実を告げたとき、どんな反応されるかが怖くて逃げ続けていた。
「「…………!?」」
いつの間にか閉じていた目を開くと、びっくりしたような二人の顔が映る。

少しだけ過《よぎ》った昔の残影を振り切るようにもう一度目を閉じ、俺は彼らを見つめた。

『いつも言ってるだろ？　お前は、まず人に打ち明けることを覚えるべきだ』

あいつのあの言葉は。

どんな気持ちで出てきていたものだったのだろう？

『もう少し、お前は俺を信じろ』

『何も返さなくていいさ』

『俺はお前が心配なだけだよ』

目の前の二人は、ただ俺をじっと見つめる。

その瞳に映るのは、あのときの彼と同じ心配の色。

叔父上は、父上を過保護と呼んだ。それはきっと、俺が知らないところで「ずっと守られていた」ことを示している。なら、俺もその想いに応《こた》えるべきだ。

俺は、相手を信じるべきなんだ。

「……俺は。〝魔力がない〟んじゃないんです。ただ〝魔力が使えないだけ〟なんです。だから神殿には行きません」

「それは……」

「どういうことだ……？」

突然の俺の言葉に困惑する二人に、ぎこちなく笑顔を作る。

——うろたえるな。覚悟を決めろ。信じるって決めただろう?

そう心の中で呟《つぶや》きながら。俺はあのとき出会った『神様』を思い出す。

(なぁ、神様。俺はどこまで話していいのかな)

一切口止めみたいなことは言われなかった。俺自身が知っていることを、本当ならもっと早く話してもよかったんじゃないか?

そう思いながら、俺はまだ躊躇《ためら》い口を閉じる。

「……理由は話せない、のか?」

「……」

「ユリス」

先を促す声に、頭が垂れる。いつの間にか目線が下がっていたのだろう、俺は手元の指輪を見ていた。指輪から感じるものは何もなくて、ぎゅ、と隠すように握りしめながら父の顔が見れず、俺はただ言葉を聞く。

「……使えるようにはならないのか?」

「わ……」

わかりません。

とっさに答えようとして、言葉が止まる。わからないわけじゃない。魔王を倒す際には魔力使うはずなんだから使えるよな……?　今でもたぶん指輪をはずせば使えるんだろうし、使えるようにならないか、に関しては使える方法に関しては知っていることになる。

でも正直わからない。いつ使えばいいのか知っているだけで、俺がそのとき本当に使えるのかは俺も知らないのだから。

どう答えていいかわからず逡巡《しゅんじゅん》すると、その戸惑いが伝わったかのように言葉が、俺を呼ぶ声が紡がれる。

「……ユリス」

「はい」

「頼む。話せることは話してくれ……っ」

「！」

弾かれたように顔が上がった。声が。父上の声のトーンが、変わっていた。

それは手紙でも感じた、父上の気持ち。懇願。

何に対しての？

やるせなさすら感じるその顔に、こちらを見る真剣な瞳《め》に、……俺は、口を開けては閉じる。覗《のぞ》きこんできた目の中に感じるのは、ただひたすらに願う心。

「何を迷っているんだ？」

何を迷っているのだろう。俺は、何を口止めされているわけでもないし、何を喋《しゃべ》ってはいけないと言われたわけでもない。相手を信じたなら、俺は事実を打ち明けて相談すればいいだけじゃないか。

　なぜ俺の口からは言葉が出ないんだ？

「……わかり、ません」

　絞り出した声は震えていた。

　わからない。どうしたらいい。なんで俺の手は、俺の声は震えているんだ？　どうして
あのときは出た気持ちを伝える言葉が、今は出ない？

「ユラ、やめろ」

「っ！　なぜだ！」

「結論急ぎすぎなんだよお前は。お前だっていろいろ肝心なことは黙ってたくせに、ユリ
スがちょっと秘密を持ってたらそんな風に怒るのか」

「怒ってなんていない！」

　父の感情の乱れた声に、また身体が跳ね上がる。

　俺の動揺を知ってか知らずか、叔父上ははあ、と嘆息しつつ父上の頭を軽く叩《たた》いた。

「怒ってないならちょっと黙っとけ、とても聞いてられん。なあユリス、思ってたことを
俺から先に言ってもいいか？」

「叔父上……？」

「まずその掌《てのひら》を開け。血が出てる」

「あ……」

いつの間に握りしめていたのか。指輪のしていない右手を見ると、完全に爪が食いこんで血が流れ始めていた。自覚をしていなかった行動に戸惑い、そっと手を開くと、そこに白い光が降る。

……父上の回復魔法だ。

この光は昔、よく見た。まだ言葉も上手く扱えなかった頃、俺と定期的に会えたのは父上だけで、その度《たび》にこけたりよく怪我《けが》をする俺に、苦笑しながらいつも治癒をしてくれていた。その温かい光を見たくて、わざと危険なことをしたこともあった気がする。

そう、懐かしい光を見つめていると、叔父上の優しい声が俺の目線を引き戻した。

「まずな、ユリス」

「え、っとはい」

「俺は別にお前が魔法を使おうが使うまいが、どうでもいいと思ってる」

「!?」

いきなり言われた台詞《せりふ》に思考がついていかない。

目を丸くすると、叔父上は相変わらず飄々《ひょうひょう》として、にやりと笑う。

「だから何を言っても大丈夫だ。好きにしていいんだぞ?」

「……えっと」

「お前は魔法を使いたくないんだろう？　なら使わなくていい。その顔じゃ使える方法も知ってるんだろうが、使いたくないなら使わなきゃいいし、理由だって言いたくないなら言わなくていいんだ。誰もそれでお前を責めたりはしない」

「……おじ、うえ」

使えるなら、使えと。そう言われると思っていたのに、真逆のことを言われて戸惑う。叔父上はほとんど魔法が使えない。だからこそ、どれだけ魔法を使えることが有利か、使わないことが不利になるか、それを思い知っているだろうからこそ、その言葉は意外だった。

俺は魔法を使いたくないわけじゃない。使えない、だけだ。そしてそれは、その理由は告げていいのかわからない。そのために使わない方がいいのかもわからない。

どう話していいかわからない。その俺の逡巡《しゅんじゅん》を見抜くように、叔父上はただ笑う。

「俺はさ。お前が使いたくないことだけは、知ってたんだよ」

「……トーレス、お前何を」

「ユラから聞いてた。お前、どれだけ勉強していても魔法を『使おうとしたことがない』、だろ？　研究するときも、詠唱するときも、絶対に平坦に喋《しゃべ》って、さ。発音は完璧なのに不思議だってユラは言ってたが、詠唱が苦手な俺はすぐに理由がわかったさ。……万が一にも魔力が込められないようにじゃないのか、それ？」

「……」

それは、その通りだ。

指輪を外さなければ魔力は出ないと思っていたけれど、最初はびくびくしていて研究するときも魔力が動かないか不安で不安で仕方なかった。子供の頃の話だったのに、父上はその俺の微妙な気持ちに気付いていたのだろうか。叔父上が俺の表情を見て、何を思ったのか机の上へ乗り出すと、ぐしゃりと頭を撫《な》でてきた。

「……わ、っと」

「おいトーレス、何やってる！」

ぐしゃぐしゃ撫で続ける叔父上に、父上が抗議するが叔父上は止まらない。乱暴に撫でる手にひたすら困惑していると、叔父上は楽しそうに言葉を続ける。

「なあユリス」

「はい？」

「……理由は聞かないし、聞く必要もない。だけどな、魔法を使わないことで辛いことがあるなら、それを誰でもいい、伝えていいんだぞ？」

「おじ、うえ」

「お前はユラと同じで頭で考えすぎる。簡単なことだろうが。辛ければ愚痴でも八つ当たりでもなんでも言えばいいんだ。相手が知りたいからとかどうでもいいんだよ、大事なのはお前が言いたいか言いたくないかだ。そして問題なのは、言いたいことも言いたくないこともすべてひっくるめて、お前が一人で抱え込みすぎていることだ」

驚いた。俺が魔法を使わないのは、昔神様に言われたことだけを気にしているだけなのに。魔力がないわけじゃない、と伝えただけで俺が何を気にしているかそこまで伝わるとは思っていなくて……正直、固まってしまっていた。

「ユラ」

「……なんだ」

「お前ももうちょっと、大人になれ。心配もしすぎるとただの負担だ。ユリス自身が決めたことには口出す気はないんだろうが？　だったら信じてやれよ」

「……」

「あと一つ貸しな」

ふてくされたように黙りこむ父上に俺の目が丸くなる。

……これ、ふてくされている、よな？

子供のような表情を初めて見た気がする。ふい、と逸《そ》らされた顔が少し赤くなっているようで、思わず視線で追ってしまう。

「……叔父上……」

「ん？」

「俺、抱えこみすぎ、ですかね」

「それ言ったのはサルートだからなー。たぶん恐ろしく抱えこみすぎ」

「そ、そうですか」

一番近いと思っているサルートが言うなら俺は相当なのだろう。自然眉《まゆ》が下がったのか、情けない顔をする俺に叔父上が噴き出す。

「こいつもな、抱えこむ奴《やつ》だったからな。そんないらんところは似なくていいものを」

おかげで俺が毎回大変だ、と大変そうにも思っていない声で叔父上は続ける。もしかして、父の愚痴や溜めたものは叔父上が聞きだしていたのだろうか。サルートが俺を気にしていたように、……アイツが俺を何度も気にしていたように、ずっと。

「……うるさい、トーレス」

「大体なぁ、この国がおかしいんだぞ？　他の国に行けば魔法を使えない奴らなんていくらでもいるというのに。魔力の大小だけで価値を決めたりするからおかしくなるんだよ。使えても使いたくなきゃ使う必要なんざないんだ。使えることが当然となっていたりするから、お前たちみたいな相手のことしか考えてない奴らがすれ違ったりするんだ。思うことがあるならぶっちゃけちまえ」

「トーレス、暴論だ」

「真実だと思うがね。大体魔力至上主義になったのも神殿のせいだろうが？　いい加減お前自身も環境に毒されてるっつーことに気づけよ」

叔父上と父上が戯れるように応酬を繰り返す。ついぽけっと聞きいっていると、叔父上が撫《な》でていた手を持ち上げ、ぽんぽんと俺の頭を叩《たた》いた。

「だからな、ユリス」

「はい」

「もっとお前は我儘《わがまま》でいていいんだ。ユリスもトリスも聞きわけがよすぎて駄目だ。サルートなんて、無茶無謀の連続だったぞ？　寿命が縮まったのなんて、もう数えるのも億劫《おっくう》になるくらいだったぞ？　ユラも子供に気を使わせてないで、もっとどーんと構えてだな、親の仕事をしろ」

「何度もサルートを死にかけさせているお前に言われたくない……！」

サルートだし言っても聞く耳持たないんじゃないかなあ。

そう思ったのは俺だけではないらしく、父上の心からの叫びに叔父上は首を振る。いくつ命があってもあの無謀さ加減は洒落《しゃれ》にならんぞ、フォローする俺なんてむしろすごくい親だろとかブツブツ言う叔父上に、ようやく笑いが漏れる。その叔父上を、誰よりも信頼して厄介事に巻き込んでいたサルートを思い出して、肩に入っていた力が抜けた。

この二人は似たもの親子で、連携すると誰よりも始末に負えなかった。けれど誰よりも、何よりも、絆《きずな》を感じさせる親子だった。

「まあ、あの馬鹿息子よりはユリスの方がはるかに大人だろ。でもなユリス。もっと、コイツに頼ってやれよ。頼れないと思うなら愚痴だけでも言ってやれ、お前の傍《そば》にはこいつも、俺達もいるんだ」

「……は、い」

はい、と呟《つぶや》いた声がかすれる。

「俺も、ユラも、サルートも。お前が好きなだけなんだ。お前が何をしても、何をしなくても。俺たちがお前を嫌うことはない。それだけは絶対だ。……だから。あー……」

「……トーレス？」

「これはお前の仕事だろ！　パス！　お前がやれ！」

なんでだろう。二人の顔が見えない。

目の前にいるはずなのに理由がわからなくて、俺はただ重い瞼《まぶた》を瞬く。

「ユリス」

ぽんぽん、と背中に感じる手の温かさ。俺が身体を傾けると、近くに父がいた。

「……辛いときは手を貸してやれる。だからもう、一人でいようとするな」

差し出された手に、重なった手の大きさはもうほとんど変わらないのに大きく感じる。

子供に戻ったみたいだ。

優しいぬくもりを感じつつ俺は、ただ……一つだけ、頷《うなず》いた。

第8章　駆け落ち騒動

1

前世の俺は、十四歳のときに両親を亡くしている。

忙しい両親だった。愛されていなかったわけではないのだろうけれど、帰ってくると迎えてくれるのは両親ではなくて家政婦さんの声。運動会や、入学式などの行事に親が来たことは一度もなかった。一度もないまま、飛行機事故で俺は両親を一度に失った。

俺を引き取ってくれた本郷の両親は、そんな彼らとはまったく逆で九歳下の実の娘と変わらない扱いをしてくれた。ただのお隣さんでしかなかった家の子供を引き取る二人も相当剛毅《ごうき》だったが、実の娘の彼女はもっと我儘《わがまま》で、それでいて優しい人間だった。

夜中一人でいる俺に、彼女はいつも小さな手を差し出した。

『ないてるの?』

『ううん』

『かなしいの?』

『……ううん』

両親が死んだ実感がなかった俺は、泣くこともできずに日々を過ごしていた。ただ眠れなくなって、ベッドを抜け出しては一人で部屋の隅にうずくまっていた。彼女は眠っていても俺がベッドから抜け出すと気づくのか、まだ小さくて眠いだろうに同じようにベッドから抜け出してくると、毎回横に座って俺に話しかけてきた。

『だいじょうぶなのよ』

小さな小さな手。頬《ほお》を撫《な》でるその手に、頭を撫でるその手に、俺はいつの間にか泣いている。感じたことのなかったぬくもりに、ただ癒《いや》されて、寂しさの自覚がないまま涙をこぼす。

『あたしがずっと、そばにいてあげるのよ』


――――だから泣かないで、ゆきちゃん。


「――泣かないよ」

君が横にいない今なら、本当は俺は泣いてもいいのだろうか。

でも、俺は一人じゃないんだ。君が家族が傍《そば》にいるということを教えてくれたから、俺は思い出せた気がする。

ただ、その包むような優しさを。

☆

砦《とりで》には一カ月ほど滞在した。あの後何度か父が索敵を行ったがあの黒い物体が森から出てくることはなく、ある程度の復興を終えての帰還となった。第一師団の再編成等も関わるため、期日の一カ月をもって俺は父や家族とともに王都へ帰った。

サルートの行方は、わからぬままだった。

トリス達と別れた後の、サルートの周辺にいた部下たちは物言わぬ死体となって森の中から発見された。魔物に食い荒らされた形跡はあるものの、基本鎧《よろい》などは消化されないためほとんどの遺体の身元は知れ、それぞれに引き取られていった。

「少なくとも、別れた場所からは動いているってことだからな。そのうち帰ってくるだろ」

そう、叔父上はあっさり言って捜索隊などを出すこともしなかった。森の中は正直危険だ。捜索隊などを出せば二次災害になりかねず、すぐ諦《あきら》めたその真意は掴《つか》めなかったが俺は黙っていた。……心配していないはずなどないのだから、あえて聞くこともない。

俺はといえば、森の奥に入ったかもしれない人間を探すべく一日中森の上を飛んでいた。時々トリスにねだられて、トリスを乗せながらノエルで何度か森の上を飛んではみたが、サルートの気配を感じることはまったくできず、時々他の死体を見つけては遺品を回収するような日々だった。

そうして、成果がほとんど上がらなくなった頃、俺たちは王都に帰ってきたのだ。

それからの日々は、俺以外が忙しい日常が待っていた。

まぁ、そうだよな。俺はまだ見習いの近衛《このえ》騎竜士でしかないし、なんの権限があるわけでもないのだ。魔術師師団の動きに対しては父上が大々的に糾弾し、第一師団の再編成を含め魔術師師団の有り様に関しても議論が続く結果となった。元凶ともなった俺だが会議の参加を求められることはなかったので、時々漏れ聞く話を整理しつつ傍観する日々が続き、俺は俺で元の生活に戻り始めていた。

ただ、定期的に会っていたサルートだけがいない。

基本寮と王城を行き来するだけの俺は、周りの噂《うわさ》を聞く機会もあまりなく、時々アルフに呼ばれて研究の改善に付き合う程度の生活しかしていない。外の魔獣の活性化とは反対に、酷《ひど》く平穏な日々がだらだらと続いた。

今思えばそれは嵐の前の静けさ、だったのかもしれない。

何度目かになる、騎竜士師団との合同演習。

いつものようにクララとアイリを探していると、クララの姿が——見えなかった。

「アイリ」

「あら、ユリス。久しぶりね？」

「そうだな。クララは？」

いつの間にか仲良くなっていた二人が一緒にいるのは俺にとってはいつものことで、魔の森の行軍に遠征していた俺が彼女に会うのも久しぶりだった。クララは同じ近衛《このえ》士でも最近は外回りばっかりでとんと会う機会がなかったし、いい機会だったので近況を聞いておきたかった。彼女は見習いを卒業していたから、正式な近衛騎竜士として活動が変わっていたのだ。

「え？　クララは近衛じゃないの？」

「は？　王の警護にはいないはずだけど。外回りで見かけないのか？」

噛《か》み合わない会話に、俺は首を傾げる。

今回の遠征は近くの都市に続く道の掃除に行くだけの簡単なものだ。騎竜士としてはルーチンワークに近い内容で、近衛騎竜士から手助けはいらないと判断されたのかもしれない。だが、アイリがまったく知らないと言うのも不思議で、なんだか気になってこの前感じた違和感を聞くことにした。

「なあ、アイリ」

「ん、何？」

「クララ、最近おかしくなかったか？」

具合が悪そうにしていたことを思い出す。なんだろう、サルートのことがあって彼女のことが気になっているんだろうか。何か取り返しのつかないことを見逃している気がして、俺はアイリに彼女の様子を聞く。

「そういえば、調子悪そうだったわね……。今回も病欠かしら？」

「今回も？　前も休んでたのか」

「うん、最近外回りに出てきていないのよ。クララ、もしかして実家の関係かも」

「実家……？」

最後は息を潜めるような声でよく聞こえなかったので、俺は怪訝《けげん》に思いながら彼女の近くに行く。彼女は心得た、とばかりに言葉を繋《つな》いでくれた。

「最近帰ってこい、って言われてるみたいだったのよ」

「帰れ……近衛をやめろってことか？」

「そう。彼女、見合いの話があるみたいだったの」

見合い。女性の成人が十五であるこの国では、二十一歳といえばかなりの適齢期でもある。確かに地方貴族の娘である彼女であれば、そろそろ家に呼び戻されても仕方ないような気もするが……気がかりがほかにあった。

「彼女、実家との折り合いが悪いとか言ってたよな？」

「そうなのよね。だから絶対に帰らない、と言ってたんだけど。何かあったんじゃないかと心配なのよね……」

「……」

地方貴族と言えば母上を思い出す。そして嫌な思い出が思考をかすめ、俺は首を振った。まさかな。

「帰ったら訪ねてみることにするよ」

「そうして。近衛《このえ》の寮は、私だと入るの難しいからね。あっちから来てくれる分にはなんとでもなるんだけど、さ」

「男が女子寮に入る方が厳しいと思うんだけど」

「あら、ユリスなら大丈夫よぅー。その天然笑顔で寮長を倒してきて頂戴♪」

寮長はボスキャラなのか。にゃーりと笑うアイリにコイツまた変なこと考えてないか……と思いつつ、俺は他の近況も聞くことにする。

「あと、変わったことってないか?」

「変わったことってたとえば誰のこと?」

クララのことを聞くついでと思い言葉を足したが、実際は特にほかに聞きたいことはなかった。だが、時間はまだあるしアイリと話すのも久しぶりだ。クララの話だけではなくついでに俺が遠征に行っていた間に何かなかっただろうかと思い聞いてみると、アイリは少し首を傾げた後、そういえば……と話し出す。

「あいつもなんか妙だったわね」

「あいつ？」

いったい誰のことだ？　と首を傾げれば、あいつって言ったら一人でしょ、とアイリは軽く返してくる。

「……あー。オルト？」

アイリが気安く呼ぶというあたりで俺の心当たりは一人しかない。そういえば前会ったときいやに選抜戦に拘《こだわ》っていたが、あれからあいつ何してるんだろう？

「うん、そう。あいつさ、最近変なのよね」

「変？　どんな風に？」

「力の制御が上手くいかないんだって言うのよ」

「は？」

力の制御？

オルトは典型的な前衛で、敵を倒す動作としてはここ数年の学校の授業で散々やったはずだ。頭は本人曰《いわ》く数式がまったく入らない、なレベルで確か早々に最上級クラスからは脱落して上級クラスにいたはずだが、そのオルトが実戦で制御できないって実は大事じゃないか？

「それまずくないか？」

「うーん。なんかね、力が強くなりすぎちゃうとかで、この前もコップをばっきり割っちゃってね。魔物を倒す分には問題ないらしいんだけど、なんだってそんなことになってるのか本人もわかってないみたいで心配なのよね」

「おい……」

あっさり言うが、人間が普通にそんな力の制御を失うなんてことはありえない。魔力過多で力が有り余っているとか、何かしらの影響を受けているはずで、もし魔力が垂れ流しになっているとしたらそれは間違いなく大事だ。

「それ普通にまずいだろ……」

「え、そうなの？」

首を傾げるアイリに、俺は溜息《ためいき》をつく。

「どう考えても大事だろうが」

「でもあいつ成長痛があるときは、毎回そうだって言ってたよ？　さすがにコップを割っちゃうくらいなのは初めてらしくて動揺してたけど」

「はあ？」

成長痛……背が伸びるとき身体が痛むように、魔力が伸びるときにも身体が痛むことがある。身体が作り替わっていることに変わりがないのでこの世界ではまとめて成長痛として扱われているが、力に影響が出るなら魔力の成長痛の気がする。オルトは魔力による成長痛の影響でおかしくなっている、ということなのだろうか？

……俺が知る限りではそんな反応聞いたことない。アイリの様子を見るに、これが初めてではないみたいだが……。

「前にもあったのか？」

「うん。同じ部屋だったときにはなかったけど、あいつと私同郷だしね。二回くらい見たことあるよ」

なるほど。それなら確かに心配することでもない……のか？

「あいつも男子寮で私はいけないしねー。ユリス、クララのこともそうだけどアイツも体調崩してたら大変だし、今度見に行ってよ」

「わかった」

まあ、まずはクララだろうな。

俺は遠征が終わったらまず先に、クララを訪ねることに決めた。

2

遠征からは昼過ぎに帰ってこれたので、俺は身支度を済ませてそのままクララを訪ねることにした。女子寮に訪ねるとなると、それなりの覚悟がいる。婚約者でも恋人でもない相手を呼び出すわけにはいかない、そう言われると思いきや、寮長にクララを呼んでもらうように頼むと、あっさりと拒否もせずに彼女の返答をすぐに持ってきてくれた。

「部屋に来てほしいそうです」

「えっ！」

寮内なのに男入って大丈夫なの？　そう疑問に思ったが、あっさり通されてしまい気づけば寮内に入りこんでいた。あまりの無防備さに俺は首を傾げる。傾げたがまあ、気になっていたのでそのまま素通りすることにした。考えてもわかりそうにない。

寮内は静まりかえっており誰にも会わず、彼女の部屋まで一直線にたどり着けた。

「久しぶりだね、ユリス」

ドアに鍵はかかっていなかったので、ノックをすればそのまま入れた。

薄暗い部屋、窓から入る光はカーテンに遮られほのかに室内を照らすだけだ。彼女はただぼんやりとベッドに座ったままそこに佇《たたず》んでいた。

強烈な違和感。彼女が彼女でないようなその表情に、俺は足を止める。

『きゅい？』

「ノエルも、久しぶりね」

『きゅい！』

ノエルが嬉《うれ》しそうにクララのもとに飛んでいく。抱きついていくかと思ったが、ノエルはそのままベッドの上に腰かける彼女の膝《ひざ》上に乗ると、そのままお腹のあたりに顔を寄せている。

『きゅー♪』

「……そう、わかるんだ」

「!?」

よく見ると、少し膨らんで、いる？

〝それ〟に気づいた俺は、馬鹿みたいにびっくりした顔でいたのだろう、ぽかんと口を開けたまま固まっているとクララがぷっと噴き出した。先ほどまでの薄暗さがウソみたいに晴れて、ただ彼女の笑い声だけが響く。

「やだ、なんて顔してるの、ユリス！」

「え。だって……」

そりゃそこまで仲がよかったわけじゃないんだけど、あまりにも予想外の出来事に立ちつくす。彼女が誰かと付き合っているかなんて、聞いたことがなかったから余計だ。恋愛するのが苦手だと言っていた彼女が、恋人の噂《うわさ》を聞く前に一足とびにその状況になっているという現実に、俺は瞬きすることしかできない。

「……わかっちゃったよね？」

「え、ああ。まあ」

お腹を愛《いとお》しいそうに撫《な》でるその仕草。俺はそれを、見たことがあるのだ。

——早く、生まれてこないかなあ？

——ゆきちゃんに、似てるといいね？

ふ、と思いだしたその過去の映像がクララに重なる。優しくお腹を撫でる手に迷いはなく、少なくとも彼女はその相手を想っているのだろうということまでは見当がついた。

問題は……。

「……クララ、未婚だったよな？」

「うん」

「なんで……」

先を言いよどむと、クララはふわりと笑う。それがあまりに儚《はかな》げで、消えてしまいそうで、俺が一歩近づくと、それを制するように彼女は口を開く。

「……結婚はね、申し込まれてたんだよ」

「そ、そか」

「遠征が終わったら皆に言おうって、そう、二人で決めてて」

（――――遠征？）

その言葉に、ハッとする。まさか、その遠征って。

「魔物を倒した後の行程だから危険なんてないって、だから早く帰ってきてね、なんて軽く言えたのに」

「クララ」

「……帰ってこないなんて、思ってなかったから」

「クララ……！」

「どうしよう、どうしよう、って思ってたら、この子がいるのに、気づいたの」

遠征。多数の死者を出した、あの遠征には未婚の騎士も大勢いた。サルートと同じように、まだ帰ってきていない、消息が不明な騎士も大勢いる。

「……これからどうするんだ？　実家には言ったのか？」

「……実家には戻りたくないから言ってないよ」

「どうして？」

「ユリスには詳しく話してなかった、よね。座って、話すから」

真剣なその表情に俺は一つ、頷《うなず》いた。

「……私の家はね、魔力っていう魅力《まもの》に取りつかれてるの」

クララは、ノエルを抱きしめながら静かに話し始める。

「ユリスは、地方貴族がどうやって中央の貴族に取り入るか知ってる？」

「いや」

「少しでも魔力の大きい子供を産んで、中央の貴族に嫁がせるのよ」

「……」

言われた内容には心当たりがあった。地方貴族の娘でも、魔力が強ければいくらでも嫁ぎ先がある、と。美貌《びぼう》より魔力が優先されるこの国では、魔力の強さは一種のステータスだ。結構そういった話があるのは知っていた。知るようになった理由は、思い出したくもないが。

「私はね、そんな魔力重視の家の、長女として生まれたの」

「……」

「そして最初から、いらない子として扱われたわ」

「!!」

彼女の口から語られる内容は、酷《ひど》いものだった。貴族の娘でありながら、扱いは侍女以下。アルフと遊ぶことができたのも、彼女が貴族として扱われていなかったから。それでも周りの体裁を気にして、ある程度の自由はあったと言う。

「騎士学校へ入れた理由はね」

「……」

「少しでも魔力の高い男をつかまえるか、身分の高い男をつかまえるかしろって言われていたからなの」

「つかまえろって……そんな言い方」

「事実だよ。そう、一字一句間違ってないその酷《ひど》い台詞《せりふ》を、私は親に言われたの」

恋愛が苦手だと言っていたクララを思い出す。それは、彼女にとって恋愛が親の道具でしかないことを知っていたからだったのか。苦手というよりは、したくないということだったのかもしれない。

「ユリス、ここに入れたの不思議だと思わなかった？」

「え。ああ、寮なのに出入り甘いなって」

「逆だよ。私の両親から、ユリスは通されるように言われてるんだよ。ユリスは魔力はないけど、血筋的に魔力が高くなる可能性があるし、身分も高いでしょう？　万が一ほかの部屋に行ったとしても、寮長がとがめられない程度にはユリスには身分があるんだよ」

「……」

まさかそんな理由と思わず目を見開くと、ごめんねとクララが謝ってきた。

「どうしていいかわからないときにユリスが来たって聞いて……思わず通してもらっちゃった。ダメね、迷惑かけるかもしれないってわかってたのに」

「いや、それは構わない。クララのことがずっと気になってたから、むしろ話せてよかったよ。通された理由はびっくりしたが」

「……仲良くなったのは身分が理由か、って嫌がられるかと思ってたから、ずっと言えなかったの」

辛そうに語るクララに俺は首を振る。

このくらい、今更だ。大体、俺は彼女に秋波を送られたことなど一度もない。彼女の意思と実家の意思は違う、それくらいはわかっている。わかりすぎるほどに。

「気にするな」

「ありがと。……それでね、なんで実家に帰りたくないか、って理由の方なんだけど、ね……」

彼女は言いよどみ、遠い目をした。

「お腹、触ってみればわかるかも。はい、手」

「え……」

いくら妊婦とはいえ、妙齢の女性のお腹に触っていいのだろうか。

突然の申し出に戸惑ったが、クララは真剣な顔をしていて、こちらをからかおうとする気配はない。好奇心も手伝いそっと手を伸ばし触れてみると、瞬間びり、と何か電流みたいなものが流れた。

「う、わ」

「感じる？」

「……すごい魔力だな」

遠い記憶。トリスが生まれる前に一度だけ、俺は母のお腹に触れたことがあった。あのときとまったく一緒、むしろ大きく感じるほどじゃないか、これ？

「……こんな魔力のある子、あの家に連れて帰りたく、ないよ」

「そういうことか……」

「うん。絶対離されて、あの家にいいように使われてしまう。だから、嫌なの」

語る彼女の瞳は真剣で、一点の曇りもない。すでに子供を守る母である彼女の姿に俺は一瞬見とれて……次の瞬間、何かハマる音を感じた。

「……っていうか、待って」

「え？　何？」

魔力の高い子供。遠征で死んだり行方不明になっている人物の中で……クララと接触がありそうで……魔力の高い人物？

そんなの、一人しかいなくないか？

「……この子の父親ってもしかして……兄、様？」

俺の言葉に、クララの頬《ほお》が瞬時にバラ色に染まる。そのあまりの変化に答えは明白だった。

「……え？　本当に⁉」

「わ、わかっちゃうんだ」

「だって、こんな魔力の高い子供が生まれる可能性ある人間って、限られるだろう。俺が思いつくのは兄様しかいないよ……」

「突然変異かもしれないじゃない！」

いや、その顔でバレバレですから。というか、クララの男性の避けっぷりは俺でも感心するほどで、まともに話しているのを見たことがあるのはほかにはアルフぐらいである。

正直本当にありえるならサルートしかいない、という結論だったのだ。

というか、サルートも確かに遠征前はおかしかったのだ。もしかして言いよどんでたのってこれじゃないか？　いつの間にそんな仲になったのだろう……サルート、手を出すの早すぎるよ……。

「あ、あうう……恥ずかしいからユリスには言わないでって言ったのに……」

「いや言われてないから。思い当たることがあっただけです！」

「そ、そう？」

つい敬語になる俺に、クララが照れたように笑う。

……って、おい。和んでいる場合じゃない。これ、俺一人の手じゃ負えないだろう。内容的にもどうしたらいいいんだ。あと、知ってそうな人は……と考えて、一人だけ思い当たった。

「とりあえずこれからどうするか、だけど」

「う、うん」

「とりあえず叔父上に相談しないか?」

「え、え、ユリスの叔父様って、サルートのお父さんにってこと?」

どうして? と首を傾げる彼女に、俺は何を言っているんだと思う。

「……叔父上にとっては初孫だよ? 知らせないわけにいかないし、あの人ならなんとかしてくれると思う」

「え、でも、そんなのめいわ……」

「迷惑じゃないから! 俺にとっても大事な兄貴分の子供なんだからね」

遠慮しようとする彼女を、俺は遮る。っていうかどう考えても結婚する前に手を出したサルートが悪いだろ! いやまあ、この世界避妊とか考えてないから出来婚多いんだけど。よくよく考えたらサルートは三十二で適齢期過ぎてるくらいだから普通だし、クララも年齢差考えなければ超普通なんだよね……。

「とりあえず、厚着をして行こう」

「ど、どこへ？」

「叔父上は基本的に家に帰る人だから、直接行って問題ない。何度か俺も泊まってるし、俺に任せてくれればいいから」

「そ、そうなんだ……」

　俺の勢いに及び腰になるクララの手を引いて、俺は一目散にカイルロット家までノエルに乗せて運ぶことにした。

3

「……なんで俺に結婚の報告だ？」

俺が家にいることを伝えてもらうと、比較的早く帰ってきてくれた叔父上は、彼女を見てすぐにそう言った。……いや俺じゃないんだ。恐縮するように縮こまる彼女をソファに座らせて、俺は叔父上に向き直る。

「いえ、相手は俺じゃないです」

「む？　そうなのか」

厄介事というのは察しがついたのか、叔父上は真剣な顔をして向かい側のソファに腰かける。

さて。何から言うか。

「……確か、ユリスの同僚だったよな？」

「叔父上の記憶力、すごいですね」

「いや、サルートが何回か彼女のことを言ってたからな。ユリスとの噂《うわさ》は誤解だとも言ってたが、実際のところも違ったってことか？」

首を傾げる叔父上に、俺は確信する。サルートはクララの希望通り、親にも詳細を伝えていなかったらしい。

　クララをそっと見ると、彼女は緊張した面持ちで叔父上を見ている。そんな緊張すると
お腹に障るぞ、無理しないでもいいのに。

「……見ての通り彼女は妊娠中なんですが」

「ああ、そうだろうな」

「相手が問題でして」

「相手？」

　ついぞ相手が思い浮かばないらしい叔父上に困る。ええと、どこから言おうか。

「……第一師団の、生死不明者なんですよ」

「！」

　叔父上に相談しにきた理由としては、まずここから言っておくべきだろう。しかし彼の
場合直球で言ってもいい気がするんだけど……と、首を傾げていたら、叔父上が何かに気
づいたようだった。

「……クララさんだったか？」

「え、はい！」

「首にかかっているものを見せてもらっていいか？」

　首？　よく見れば彼女の首には、細いチェーンのような首飾りがついていて、それを叔

父上は見とがめたようだった。

　そっと彼女がネックレスの先を見せると、叔父上が息をのみ、そして脱力したようにソファに身を沈めた。

「……なるほど。相手はサルートか」

「え、えっ」

「一応、遠征中に結婚するかもしれないことは聞いていたからな」

　それだけでわかった。どうやら彼女の首にかかっていたのは、結婚の約束の証《あかし》みたいなものだったらしい。それを叔父上は知っていたのだろう。もしかしたら相手が訪ねてくるかもしれないと気にかけていたのかもしれない。

「まったくアイツはどこまでも世話のかかる……」

　やれやれと言いたげに呟《つぶや》くのに俺も同意する。サルートだしな。叔父上も呆《あき》れたように言ってはいるが、どこか嬉《うれ》しそうなのは気のせいじゃないだろう。

　まあそりゃそうだよねー、初孫だものねー。しかし問題はそこじゃないんだ。

「……で、ですね、相談したいことの内容なんですが」

「ん?」

「彼女、実家との折り合いが悪くて、下手に相手がいないことがばれると実家に連れ戻されてしまうかもしれないんです」

「……」

彼女の家庭事情を告げると、叔父上の眉《まゆ》がよる。そりゃそうだ、母方の実家の力の方が強いのが一般的だが、そのせいで孫を取り上げられるかもしれないんだものな。

はっきり言って、困る困らない以前の問題だ。

「なのでどうしようかと思って相談に来たんですが……、叔父上、何か思い付きませんか？」

「……」

黙りこんだまま、叔父上が何かを思案し始める。

「うーん。一応ユラにも相談はしてみるが……」

「子供が生まれるまで時間を稼いで、その後養子にでもすれば解決はすると思うんですけど、そのままにしてもらえるとも思えないんですよね……。すでに散々帰ってこいと言われているらしくて、これからお腹も大きくなっていくし誤魔化《ごまか》せなくなるのも時間の問題だと思うんです」

「そうか。となると……生まれる前が問題だな」

生まれてさえいれば、一人の人間として人権が認められる。実家に連れ戻される前に子供だけでも叔父上の子供として養子登録を済ませてしまえば母方の問題は発生しない（クララは成人しているので、実家権力以前に他の権力に親の権限でぶち込んでしまえということである)。

叔父上がクララを邪険にするとも考えられないので、それが一番の手だとは思うのだが生まれるまで逃げ続けるのが前提になるわけだ。そして身重であることを考えると、そうそう無理はさせられない。

「うーん。ユリス」

「はい?」

思案し続け、唸《うな》る叔父上の口からようやく出てきたのは。

「ちょっとその娘と半年ぐらいかけ落ちしてみないか?」

どこか頭のねじがぶっ飛んだとしか思えない、とんでもない提案だった。

4

あれよあれよといううちに手はずを整えられ、気づけばノエルでカルデンツァの別荘まで仲良く来ていた。

あれ？　どうしてこうなった？

っていうか近衛《このえ》の仕事はどうするんだよ父よ叔父よ……。勢いのまま押されて、なんやかやと持たされ、ささっと手紙と地図まで持たされてしまったので一言の文句を言う暇すらなかったのだ。結果、残されたのはなんだかよくわかってない二人と二匹。

「ご、ごめんねユリス、なんかとんでもないことになって……」

ノエルの横を、母親竜が飛んでいく。親子で飛ぶのは久しぶりのせいか、ノエルが上機嫌でくるくるしようとするので、揺らさないように飛ぶのに苦労した。

妊婦が乗ってるんだっつの！　落ちつけ！

ちなみにクララがサルートの恋人ということは、父もわかっている。じゃあなんでこうなったのかというと、クララが身重の状態で実家から逃げ続けるのは厳しいだろうという暫定の下、相手がいればなんとかなるじゃない、ってことだったらしい。らしい、というのは未だ全貌《ぜんぼう》を俺が把握していないからだ。

いいから任せとけ、という台詞《せりふ》は叔父上が言うと非常に怖いのだが今更後戻りはできない。父も絡んでいるのでなんとかはしてくれるだろう。少し疲れたように悪いようにはしないから、と言っていたのは気になるが。

正直に言うとなぜ相手が俺なのとは思ったのだが、お前が一番適任だろうとあっさりと言われて終わってしまった。言われてみればろくでもない噂《うわさ》ありましたね！　周り騙《だま》すのにはむしろ最適でしたねそうですね！　自棄になって叫びたくなるが、黒い噂だらけの俺相手というのは存外信憑性《しんぴょうせい》が高かったらしく、誰も疑ってこなかった。ちょっと泣きたい。

クララの実家も俺が相手だと言うならば、そうそう手を出してこないだろう。叔父上の情報戦の結果、下手に手を出して結婚ができない方が不利になると思いこませている、らしい。俺が実家に反対を受けて立てこもっているというような状況を作り出せばおのずと彼らの動きも鈍くなり、手紙なども届かなくなった。この間に彼女の子供が生まれるのを見守って、こっそりと養子縁組を済ませてしまおうということになった。

いやまあ、サルートが帰ってくれれば婚姻一発で済む話なんだけどね。そこを誰も触れてこなかったのは、仕方のないことだろう。できれば俺も、ひょっこり帰ってきてほしいところだけどこればかりは先の予想がつかない。

俺たちはやっぱり、サルートが死んだとは思っていないんだろうな。

何も出てこない状況。帰ってこない、それが示すことをわかっていながら希望にすがりついてしまう。親なんて、家族なんてそんなものなのだろう。クララも早く帰ってくればいいいね、なんて言うものだから俺の方が泣きそうになってしまって苦笑されてしまった。

ちなみになぜカルデンツァなのかと言うと、王都から離れすぎていると彼女の実家が手を出してくるかもしれないからだった。言わば仮初の対立だものな。説得力のある距離で、しかも実家から遠いという微妙な距離がちょうどこのくらいだった模様。

神殿関係者が俺の近くに来たら相当怖いが、そのあたりは別荘の管理人がなんとかしてくれるとのこと。なんでもこの別荘は昔から高い魔力を持っている人が管理しているらしく、クララのお腹の子が魔力暴走を起こさないかもキチンと管理してくれるってことだった。

何気に管理人がすごい。ちなみに俺やトリスを身ごもっていたときの母は、出産こそ父のいる王都でしたようだが、別荘には気分転換に訪れていたそうで、妊婦の面倒もばっちりだそうだ。こういうとき、実家の力すごいなと思うことはあるのだが、あまり使っていないので全然実感はない。

「では奥様、これからよろしくお願いいたしますね」

そう言って優しく出迎えてくれた管理人夫婦は、予想に違《たが》わぬ実力のありそうな人たちだった。

「お、おくさまだなんて……」

「そう呼ばれるのはお嫌ですか？　クララ様が大事な方であることに変わりはありませんので、そうお呼びすることをお許しいただきたいのですけれど……」

ちなみに管理人夫婦には本当のことを話した。なぜかって……下手に俺に気を使われたりすると非常に困るからである。俺自身は間違いを起こす気なんてさらさらないが（しかも相手は妊婦）、できれば証人になってほしい。だってサルートが帰ってきたときに誤解されたら嫌じゃないか、誤解じゃなくても場合によっては血の雨が簡単に降りそうだ。あと叔父上に変な誤解されるとないことないこと言われてきっと大変めんどくさい。男の嫉《しっ》妬《と》マジ怖い。

「でもユリス、の、奥様じゃないから……」

「いえいえ、この別荘はサルート様が生まれた場所でもあるのです。親子でお生まれになるなんて、とても喜ばしいことですからね」

「あ、そうなんだ……ですか」

忘れがちだが、サルートの母親は父の妹。つまり、カイラードの人間だ。

サルートがこの別荘地で生まれたのは知らなかったけど、言われてみれば普通にありうることだった。叔父上は父上と違って、サルートが生まれるときのんびり別荘暮らしを敢行してたらしい。まあ、行動力ありすぎる叔父上らしい話だ。

「このお屋敷は、ちゃんと結界でも守られておりますからね。安心してお過ごし下さいませ」

「はい……」

「お世話になります」

こうして俺達のおままごとのような『駆け落ち騒動』は始まった。

妊婦といえども、外に出ないのは問題がある。かと言って妊婦ということをばらすのも微妙すぎるし、ということで結果俺達はカルデンツァの上空を、二人でよく飛ぶようになった。

ノエルに風の加護をかけなくても、街中を動く程度ならば問題ない。街中に下ろすと色々問題があるので飛ぶだけだが、それでも気分転換にはもってこいだった。暗くなりがちのクララも竜が好きで騎竜士になった女性だから、竜で飛ぶことによって暗い気分を吹き飛ばせるのだと笑っていた。

そうやって姿を見せるうち、なんとなく周りの雰囲気が見守るような感じになっていたのは仕方のないことだったかもしれない。非常に居心地は悪いが、かと言って否定するわけにもいかないし、本当のことを言うわけにもいかないし……。たまに買い物等に出ると、冷やかされるのはしょっちゅうで、笑顔がこわばりはしないかとホント気が気ではなかった。

そんな日常は、緩やかに、でも確実に過ぎ去っていく。

相変わらずの魔獣の多さに怯《おび》える街の人々に接しているうちに、近場の敵程度ならと俺は時々ノエルと魔獣討伐して賃金を稼ぐようになった。日雇いみたいなもんだな。騎士の地位自体は剥奪《はくだつ》されていないのだが、時間の問題かもしれないし少しでも稼ぐ術《すべ》を身につけておきたかったのだ。実際は、ほとんどの生活資金を叔父上と父によって出されているので必要のない仕事だったが、こもるのは性に合わなかったし身体をなまらせたくないということもあった。

……正直暇だった、と言うのが一番正しいけれど。それでもクララと彼女の子供を守ることをやめる気はなかった。存外、平民に混じって街で働いている方が紛れこめて気が楽だったみたいで、俺はあっという間に地味に街に馴染《なじ》んでいた。

大体、騎士様なんてあんまり向いてないよな、俺。敬われるようなタイプでもないし、剣の扱いがとても上手いわけでもない。すべてが中途半端で、でも竜だけは一流の、そんな存在。

わかっていたことだが、勇者PTに入るという希望を前提にしていてずっと目を逸《そ》らし続けていたことに向き合う羽目になった。人との付き合いをおざなりにしかできない俺は、人を守る騎士には向いていないのだろう。溶けこむことはできるが、引っ張るようなことはできない。そう思い知らされて、けれども悔しいとも思わなかった。俺は、たぶん視野の狭い人間なのだ。大事な人だけ、この手で守れればいいと思うような狭量な人間で、それを直したいとも思わない。

俺はただ、この手にあるものだけ守れればいい。

だが、俺に守るだけの力はあるのだろうか？　ふと、そんなことを思った。

そんないつも通りの日常の、なんでもない一日が始まった、その日。

「ねぇ奥さん、いつ生まれるんだい？」

いつも通り買い物に来て、ふと思考の淵《ふち》に沈んでいると、気のよさそうな女性に声をかけられた。内容に目を瞬《しばた》かせ、探るように見れば慌てたような声が返ってくる。

……クララが妊婦ということはいつの間にやらばれていたらしい。あまりばらしたくないことだったから、なるべく見えないようにしていたのだがそれでも何か思うことはあったんだろうな。食事一つ、買い物一つで子供のいる家はわかると言うし、恐らく女性相手にはバレバレだったのだろう。

俺は曖昧《あいまい》に笑いつつ、回答はせずに店を出た。今まで一度も聞かれていなかったことなのに、なぜ今日になって聞かれたのか、内心首を傾げながら。

そうしてその日常の小さな変化の理由は、すぐ——現れる。

今までついぞ感じたことのない、その気配に身体が強張《こわば》る。なぜ、どうして。もしかしてあの女性が俺にそう声をかけたのは、そう探る人間がいたから？　父の関係者であれば、俺に殺気を出すというのは考えられないので、この視線は別口に違いない。なぜ、俺が殺気を向けられなければならないのか不安になり、俺はぐるりとあたりを見回す。

（……殺気？）

——いない。

殺気は感じるのに、視線の先には人がいない。その危険さから後ろを気にしながらも、ノエルを肩に乗せながら人気《ひとけ》のない場所へ誘導する。もしかしてクララの実家関係だろうか……？　それとも……？

家に帰ることも考えたが、気配は一つで不安定に感じられ、さっき感じたと思ったら消えうせ、定まらない。このまま尾行されて危険なのは、俺ではなくクララの方ではないだろうか。

俺一人でも対処できるだろう、と踏んで俺は家から離れた、墓地に近い広場を選んだ。もし無理そうな相手ならノエルをすぐ大きくして飛んで逃げればいいのだ。つけられて、ひっそり忍びこまれるよりははるかにマシだろう。

そこまで考えて、俺はそっと振り返り相手を待つことにした。一人なら現れるのではないかという期待は裏切られず、気配はだんだんと近づいてくる。

相手は、男のようだった。俺が気づいているのもわかっていたのだろう、ゆっくりゆっくり、一歩ずつ近づいてくるその様子を見ながら俺は相手を探る。

身体はよく鍛えられたもので、見えた手足は細いながら筋肉がついている。

魔力はほとんど感じられない。

体力が削られているのか、一歩一歩の歩みもずいぶん遅く、安定しない。伸びた金の髪はくすんでいて、やつれた様子だけがわかり顔はよくわからない。

ただ、目線だけが殺気を放っている。ひたりと俺を見据えた、その、碧《みどり》の色で。


「…………………え？」


碧の色に、覚えがあった。その瞳の色は、ある家によく生まれる色。わりと珍しい色合いで、よく見られる青い色と違い、碧はこの国ではあまり生まれない色で、でも確かに俺がよく見知っている色だった。

その色は、確かに何度も見たことのある色。

「………」

息遣いが荒い。ボロボロになった鎧《よろい》は、原形をとどめてすらいない。傷ついた髪の毛は伸び放題で、顔すらまともに見えない。けれど、その手に持っていた剣は。俺のよく知る、いや俺が何度もあわせたことのある、彼の愛剣で。

「……に、いさま？」

茫然《ぼうぜん》とつぶやく俺の声に、相手の肩が揺れる。揺れた拍子に髪の毛が風に飛ばされ、痩《や》せこけた頬《ほお》があらわになる。

そこにいたのは。

間違いなく、行方不明になっていた俺の従兄弟《いとこ》。

ボロボロになった、サルート・カイルロットその人だった。

5

キン、と弾《はじ》かれた剣の音に我に返る。いきなり突きだされた剣をノエルが尻尾《しっぽ》で弾いたのだ、俺は手すら出していなかった。

斬《き》りかかられたことに茫然としながら、自然足が下がる。

(どうして)

殺気が出ているのに、その姿が信じられない。

どうして。どうして俺がサルートに斬りかかられているんだ!?

「どうして、兄様!?」

剣をノエルがまた弾く。俺は何もできずに一歩、一歩とずり下がる。サルートの剣にいつもの切れ等まるでなく、ノエルで対処できるほどのずさんさで、それがまたおかしくて俺は下がり続けるしかない。

「……どうして……?」

帰ってきた声はかすれていて、聞いたことのないほど低い声だった。

ぞくり、と背筋に寒気が走る。それほどの殺気のこもった声に、斬り殺さんばかりの目線に、俺はまた一歩下がる。

どうして。俺が言いたい言葉なのに、彼から漏れた言葉がそれを許してはくれなかった。

「……それをお前が訊《き》くのか……？」

「え？」

サルートが何を言っているのかわからず、問い返すと返ってきたのは狂気に満ちた笑い声。

戸惑う俺をあざ笑うかのような高い声に、俺の足は止まりそうになる。

「は……ははははははっ、あはははは！」

「兄様!?　どうしたんですか!?」

「ああ、そうだ。もっと早くにこうしておけばよかったんだよ……」

いきなり剣筋が速くなり、思わず抜刀した。カン、カン、と切り結ぶがサルートの技術にかなうはずもなく三合目で俺の手からは剣が飛ばされ、足を取られて転ばされた。

そのまま振りかぶられ、とっさに転がるがまた振り下ろされる。

そして踏みこまれた足に俺は動きを止められ、振り上げられた剣を茫然《ぼうぜん》と見上げることになった。

「……いらない……」

呟《つぶや》く声と、夕日に跳ね返る剣の光。幻想的とも言えるほどの一瞬に思わず見とれかける。
すぐに振り下ろせるほど近くに、サルートの剣がある。
「お前なんて……いなければよかったんだ……！」
「兄……さ……」
振りかぶられる剣の怖さより、言葉の方が重い。
（――いなければ、よかった？）
俺は、俺の存在は、サルートにとっていらないものだったのか？
俺の言葉を聞かないほど、聞く気がないほどに、俺は疎まれていたのか？
（どうして？）
避けるという選択肢が思い浮かばずに、振り下ろされる剣をぼんやり見ていた。
俺が、いなくなれば。それで、いいのだろうか？
俺がいなくなれば、サルートは幸せになれるんだろうか？
『俺も、ユラも、サルートも。お前が好きなだけなんだ』
『お前が何をしても、何をしなくても。俺たちがお前を嫌うことはない』
叔父上の言葉が脳裏をよぎる。
でも、サルートは。俺の前にいる彼は、今、俺を殺したいと思ってる。
それが事実で、動かしようのない真実だった。

目を閉じた。

避けることなど到底不可能な距離。

せめて俺を斬《き》る瞬間の、彼の顔を見ていたくなくて。

これ以上、見ていることができなくて俺は逃げるように目をつぶる。

「……ごめんなさい、兄様」

剣に斬り裂かれた風の音。遠く反響する、剣の鳴る音。

――――――鈍い音が、真横で響いた。

「え……?」

目を開けて身体を見てみるが、痛いところは何もない。慌てて周りを見てみると、剣はなぜか俺の身体すれすれのところに突き刺さっていた。

「なんで……? 兄様……?」

さっきまでの彼は、明らかに本気だった。なぜ俺の上に剣を下ろさなかったのかわからず彼を見ると、サルートの目は光を失ったように硬直していて、腕が不自然な位置で止まっていた。

「兄様？」

様子がおかしい。いや、最初からおかしかったけれど言葉に込められた想いはホンモノで……突き刺さった言葉は、未だ俺の中にある。

何が起こっているのか、訳がわからないまま触れようと手を伸ばすと、サルートは飛び退《すさ》り今度は短剣を引いた。

「兄様？」

「あ……ああ……ッ」

「兄様!?」

そのまま剣が向かったのはなぜか俺ではなくサルート自身の心臓。いきなり今度は自分に突きたてようとする暴挙に俺は思わず彼に飛びかかり、振り下ろされそうになった短剣を辛うじて止める。

「兄様落ちついて下さい！　何する気ですか!?」

「う、ああっ……」

サルートの焦点はさっきと違い、あっていない。まるで何も見えてないまま剣を振り回す状況に必死でついていくが、そもそもやせ細っているとはいえ俺がサルートの動きについて行けるわけもなく、あっさりと躱《かわ》された。

弾《はじ》き飛ばされかけるのをそれでも必死で縋《すが》りつき、ノエルが器用に尻尾《しっぽ》で剣を弾くような格好になる。格好悪いとかそんなことを言っている暇はない、とりあえず俺でもなんとか追える程度の動きなので、本調子じゃない彼の動きならばノエルだってサルートに手を出せる。

「ノエ、短剣飛ばせ！」

『きゅい!!』

勢いよく振られた尻尾に、短剣が弾け飛んでいく。剣を弾き飛ばされたサルートはバランスを崩し、草原に倒れかかる。俺はそのまま馬乗りになって動きを封じようとして、足払いをかけられて、素っ転んだ。

その間に距離を取られ、短剣を拾われる。

(うわ、まずい……!?)

焦りながら彼を見るが、今度は彼は自分に振り下ろそうとはしない。

その代わりまた、殺気に近い何かが彼から立ち上った。

(おい、なんなんだこれ!?)

そのまま投げられた短剣をぎりぎり避けたところで、地面に刺さっていた剣までの距離を詰められた。ず、と抜かれた長剣に戦慄《せんりつ》が走る。短い間に動きの変わるサルートは、明らかに正気じゃなかったがその剣の腕は衰えてはいなかった。

俺じゃ、サルートの剣を受けることができない。腰に短剣は持っているが、引きぬく時間は与えてもらえそうもなく、ただ視線を外さないように見つめることしかできそうになかった。

「……危ないなァ……」

ぞっとするほど低い声が漏れる。――最初と同じ？

先ほど呻《うめ》いていた声とは違う、まるで剣を振るのを楽しむようなその声に違和感を覚える。いきなり剣を振る気はないようだが、まるで隙《すき》が見えない。最初に俺を斬《き》ろうとした状態に戻ったのかと考え、抗《あらが》う術《すべ》を失くしている絶望的な状況に、俺はただ声だけを出した。

「……お前、誰だ」

「サルートだろ？　何言ってるんだ、なぁユリス？」

くすくす笑う、その表情は楽しげで最初とも違う。伸びた前髪から覗《のぞ》くその目は、いつもと変わらないようなのに冷たい。ただ、視線だけが――違う。

「違う、兄様は俺を殺そうとしたりなんかしない」

「殺されるようなことをしたんだろう？　なあ、ユリス。――に愛された、者」

最後の言葉は囁《ささや》くような声で、聞こえなかった。

何を言われているのかわからない。ぶん、と振られる剣に慄《おのの》いてしまい、足元が乱れかける。

「俺は何もしていない」

「何も？」

「……何をしたって言うんだよっ！　兄様、正気に戻ってくれ！」

叫ぶと返ってくるのは嘲笑《ちょうしょう》。

ああ、違う。これはさっきとも違う。これは絶対違う、兄様じゃない、兄様は俺を、こんな風にあざ笑ったりしたことなんて一度もない。

悲しみ嘆いて俺を斬《き》ろうとした彼は確かに〝サルート〟だったけれど、これは絶対に違う――――!!

「魔力もないくせに頑張ってる？」

一歩。

「目障りなんだよ、お前の存在が」

二歩。

「お前がいなければ誰も苦しまなかったのに」

三歩。そして、俺が一歩下がる。

「お前がいなければ俺だって――――」

詰められた距離。今度は外れない、確実な距離。

振りかぶった剣の向こうに、つりあがった口元が見えた。笑うその姿があまりにもいつもと違いすぎて、俺は固唾《かたず》を呑《の》んで振り下ろされるのを待った。

けれど、剣は振り下ろされなかった。

いや、振り下ろされかけたのだけど彼の視線は、違う物を捉えたのだ。

俺の後ろに固定されたかと思うと、また瞳からはすべての色が失われた。

「サルート!!」

聞こえたのは、嬉《うれ》しそうな女性の声。晴れた空に浮かび、上をくるりとめぐり飛ぶ桃色の竜。自分の竜から駆け下りてきた彼女は、お腹を大事そうに抱えてサルートのもとへ駆け寄ってくる。

「だ、めだ……」

微《かす》かな呟《つぶや》き。次の瞬間、違う光を煌《きら》めかせたその目は、俺に振り下ろされる直前の剣を見るとそのまま――。

「え……？　何、い……いや、やめてえええええええ！！！」

彼女の前でその剣が振り下ろされたのは、俺の上ではなくて。

サルート自身のお腹につきたてるように刺さる剣が、ただ、見えて。

「……悪ぃ、ユリス」

穏やかに笑う、その顔が。元に戻った、いつもの兄様の顔で。

――――ねえ、ゆきちゃん。

――――楽しみね？


身体が落ちる。暗転する前に見えたのは、彼女が泣く姿。あのときの俺の顔はどんな顔だった？

どうしてそんな風に笑うんだ、悲しいくせに誰よりも、苦しいくせに。

「……あんたまで、子供、置いて逝くのかよ……ッ」

とっさに口を衝《つ》いて出た言葉。悲しそうに、でも心配させないように無理に笑う顔。

〝その意味〟を俺は知っていた。知っていて、俺は叫ぶしかできなかった。

崩れ落ちるその身体を、俺はただ受け止めるしかできなかった。


「いや、いやなの、どうして！」

泣き叫ぶ彼女を視線で抑え、そっとサルートを草原に下ろすと、ゆっくりと黒い靄《もや》が肩口にたまっていく。黒い、黒い靄。俺の目の前で魔方陣のような形を作ったそれを見て、俺は自分の短剣をそこに突き立てた。

「きゃっ？」

霧散する黒い靄、まとわりつく靄。あのときの黒い物体と同じもの。そして恐らくは、彼の中に巣食っていたもの。

「ノエル、燃やせ」

投げつけた剣は空中で燃え尽きて砕け散る。

腹に長剣を刺したまま呼吸を確認するが、サルートの息はすでにほとんど感じられなかった。

「クララ、治癒魔法を」

「う、うん」

白い光が浮かぶが、あまり吸収されていかない。剣を抜けばいいのだろうが、抜いたところで彼女の魔法程度ではふさぐのは難しいだろう。それほどに深い傷、治せる人など限られている。

絶望的な状況に、俺は唇を噛《か》む。

「ゆ、りす……」

「！　兄様」

「すま……うま、く、うごけなく」

「駄目です、喋《しゃべ》らないで」

どうしたらいい。

どうすればいい。

サルート自身が魔法を使えればいいのだろうが、今のサルートに魔力はほとんど感じられない。おそらくあの黒い靄《もや》に食いつくされたか、抵抗するときに使ったか……いずれにせよ回復手段がなく、俺は、俺たちは見守ることしかできない。

「やだ、やだよぅ……やだよぅ……っ」

「くら、ら……」

前では考えられないくらい細くなった手が、泣きつくクラの髪を撫《な》でる。その手がそのままお腹にたどり着き、少し止まってゆっくりと撫でていく。

「ふぇええ……」

「泣くな、よ……」

そんな余裕があるわけじゃないのに、ボロボロと涙をこぼすクラを見ながらサルートは笑う。まるで、安心しろと言いたげに。

……安心なんて、まったくできない状態なのに。

笑うサルートの真意が見えて、ただ俺は唇を噛《か》みしめることしかできない。

俺に魔法が使えればこんな怪我《けが》なんて治せるのに。どうして俺に回復魔法は使えないんだ。

ふと、そう思った。

「……兄様」

俺が、もしこの指輪をはずせば助けられるだろうか？　この指輪の中には、魔力がたまっているはずだ。恐らく、一人の怪我を治すのには余裕なくらいの魔力が、この中には入っているはずなのだ。

『何度先読みして対策を考えても、助けられないいんだよね』

『彼らを助けてほしい』

神様の願いが脳裏をよぎる。

けれど。……けれど。

俺は、じっとサルートの顔を見つめた。

けれど今の俺にとって、大切なのは。

何より今、なくしたくないモノは何か。

「兄様、魔力があれば回復魔法は使えそうですか」

「……？」

俺の突然の言葉に、怪訝《けげん》そうに見上げる目は肯定を示していた。

俺はそっと指輪をはずし、眼を閉じる。巡る、何か温かいもの。ああ、魔力ってどう渡せばいいんだっけ？　確か血縁者ならこのまま渡せるはずだ。

「……？」

「握って下さい、強く」

俺の指輪をサルートの手に握らせると、サルートは目を見開いた。

流れこんでいく魔力。指輪を媒介にすれば、それは自分で思っていたよりはるかに容易で、拍子抜けするほどするりと流れこんでいく。

「こ、れは……」

「剣、抜きます。……できますね？」

俺自身が回復魔法をかけるより、恐らく俺の魔力をサルートが使う方がいいだろう。使ったことのない俺が使ったところで無駄使いするようにしか思えない。予測でしかなかったが、神具の中に魔力があることを、そのまま流しこんでいることをサルートはあっさりと見抜いたらしい。微《かす》かに頷《うなず》く彼に合わせて俺は剣を抜いていく。

あたり一面を包みこむ白い光。

それは、幻想的なくらい優しい光で彼を照らし出す。

俺はその光景を見ながら、ただ……心の中で、謝り続けていた。

6

光が収まったところで、俺はすぐさま指輪をはめて一息ついた。すぐに元の状態に戻るように指輪をはめたけれど、いつもの魔力がない状態と違い身体の中に魔力が巡っているのがわかる。サルートに流しこんだ魔力は大量には感じなかったが、それでも一人の怪我《けが》を治しきるほどの量だ。余剰分として開放されてしまった魔力は簡単には指輪に戻っていかないようで、纏《まと》わりついているような感覚がある。

少しでも俺の中に残っている魔力を戻そうと念じてみると、指輪に吸いこまれていく感触はあったが巡っているのは減っていかなかった。しばらくはこの状態が続くかもしれない、ウッカリ使わないように気をつけないと。

俺は溜息《ためいき》をつきながら、今後のことを考える。

傷は治ったものの、死にかけ状態のサルートは動くのも無理そうだ。妊婦を一人で乗せるのも躊躇《ちゅうちょ》したが、行きが大丈夫だったのだから心配しなくてもよいだろう。

俺はそう結論づけるとサルートをノエルに乗せ、別荘まで飛んだ。

サルートが起き上がれるようになるまでに一週間を要した。その間に父上や叔父上がなだれ込んできたが、眠っている彼に対して何ができるわけでもなくそこにとどまるだけだった。そして起きたサルートに対して彼らがやったことと言えば……。

「さっさと書け、俺が出してくる」

「……」

結婚誓約書、の署名だった。

えー。起きぬけにそれですか。事情がさっぱりなサルートは突きだされた要求に意味がわからず、俺に助けを求めてきた。

「……ユリス」

困り果てたサルートに対し、今回は俺は苦笑でしか返せない。確かにすぐ行った方がいいのだ。何せ、もうすぐなのだから。

「……もう臨月なので、いつ生まれるかわからないんですよ」

「!?」

「ちなみにクララは今寝てます。ちょっと体力的にきついみたいで」

魔力の強い子供をお腹に宿しているからだろう、彼女の眠りは存外深い。寝ているだけで体力が落ちているわけではないから問題はないのだが、できれば彼女が起きているときに起きればいいのに、サルートも起床するタイミングが悪いとしか思えない。おかげで事情を本人が一番理解していないままだったのだ。

「……わか、った」

記憶は混濁しているようだが、クララの状況と誓約書の関連性は理解できたらしい。とりあえず署名をして叔父上に預けると、叔父上は父上と仲良く帰って行った。確かに移動魔術は父上しか使えないが、それでいいの？　何その善は急げ的な動き、声をかける暇もなかったよ。

「……どこまで覚えてます？」

静かになった部屋でベッドに近づき声をかけると、情けない顔をしたサルートが俺を見た。

ああ、うん。これはかなり覚えているんだろうな。

「悪い、ユリス」

「何がですか？」

「信じてたつもりだったのに……信じ切れてなかったみたいだ……」

「……？」

何をだろう。

サルートの台詞《せりふ》に首を傾げると、盛大に溜息《ためいき》をつかれた。なぜそんなに疲労感満載なのだろうか。

「俺が何かに『憑《つ》かれていた』のは、気づいたか？」

「はい。あの後出てきたのを殺したので、もう大丈夫だと思いますけど」

「そ、か。それで頭の中、すっきりしたのか……」

ポツポツとサルートは今まで起こったことを話してくれた。爆風に飛ばされた後、気づいたときには森の中央ぐらいまで入りこんでいたこと。慌てて街へ戻ろうとしたが、気づくと意識が途切れていて……森の中を行ったり来たりを繰り返していたという。

「……何かを食べていたんだとは思うんだがな」

「？」

「何を食べていたのかはまったく記憶にない。まあ、それはともかくだ。何度も気を失いつつも、俺はなんとか森の出口までたどり着いたんだ」

それからは普通に、というか……転移魔法を使えばすぐ王都に戻れたはずなのに、サルートはそうしなかった。いや、できなかったのだと言う。

「頭の中にな、クララのことが残ってて」

「はい？」

「クララの実家のある街へ、飛んだんだよ俺」

「なにゆえに」

そこにいるかもわからないのになぜそこへ飛んだのか。そう聞いてみるが、サルートはただ首を振った。王都にいる可能性が高いというのは本人もわかっていたらしい。わかっていたけれど、わかっていなかったとサルートは呟《つぶや》いた。

「どうも思考のバランスがおかしくなったというか……」

「衝動通りに動くような感じです？」

「ああ、それだな。なんていうか悪いことしか考えられない状態と言うか、なんかずっと夢見てるような感じだったな……」

夢を見てるような感じ、か……。あの黒い靄《もや》の正体はいったい何なのだろう。俺の推論と合わせると……恐らく、サルートはあの黒い物体に噛《か》まれた、のだろう。噛まれた後、そういった状況になったということだ。自殺しようとしていたし、ほぼ間違いない気がする。

「そこで聞いちまったんだよな、俺」

「何を？」

「お前とクララの結婚話だよ」

「ぶ」

……そう来たか。王都に飛んできていれば、叔父上や父上が確実にサルートを捕まえて事情を話していただろうによりによってピンポイントでそれを聞いたのか。

なんという悪意しか感じない状況。いや、サルートが悪意しか気づけない状況だったのだろうか。今考えてもわからないが、通常の判断ができていなかったことだけは確かだ。

「……クララを守るためですからね？」

「うん。今の状態聞きゃあ、わかる」

「それはよかった」

「むしろ今なら簡単にわかるのに、なんでわかんなかったんだろうな……」

その話を聞いたサルートは完全に精神のバランスを崩した。いや、そこまで保っていたのがむしろ奇跡だったのだろう。未だ王都には精神を崩したまま眠る兵士たちがいる。サルートは魔力がある分ほんの少しだけ、正気でいられる時間が長かったのかもしれない。

「……気づいたら、この都市にいた」

「ふむ」

「耳に入ってくる言葉言葉が、恨み辛みに聞こえたよ。彼女が妊娠中であること、仲がいい夫婦のようだ、ってこととか、いろいろ」

「……」

なんていうか通常の精神状態でも誤解しそうな事実の羅列である。むしろ誤解されるように動いていたのだから、仕方ないと言えば仕方ないのだが、もっとほかのことを聞けばいいのにと思ってしまう。

「ちゃんと話さなきゃと思って探したはずなんだ」

「普通に聞いてくれればすぐわかる話ですもんね。大体クララのお腹の大きさからいって、俺の子のはずないし、クララの様子見ればすぐに誤解に気づけたんじゃないですか？」

「……そうなんだよな。でも俺、無意識にクララと会うのは避けたんだと思う」

「え？」

「……アイツに斬《き》りかかりそうだと思ったから」

それ、俺はいいんですか。

思わずジト目で見ると、サルートは苦笑した。心の声で言ったつもりだが、相変わらず勘はいいようだ。

「お前なら、多少はもつだろ」

「まあノエルがいれば多少はね、もちますけどね」

「……もし、お腹の大きさが小さかったりしたらどうなったと思うよ」

「あー……」

それはちょっと考えたくないな……。精神のバランスを失った状態で、裏切ったように見える彼女。それは、なんというか……想像するだけで恐ろしい。

「まあ、いいです。で、俺を見てどうなったんですか」

「……なんか、色々考えたことがぶっ飛んで、憎しみだけに支配された」

「憎しみ、ですか……」

覚悟はしていたけれど、ショックで瞬きを繰り返すと、サルートは非常にバツの悪そうな顔をした。

「あのな、俺は聖人君子じゃないんだよ」

「？」

「例えば年齢とかさ。俺はどう考えたってクララよりすげぇ年上なわけ」

「ん、まあそうですね？」

そういや十三歳下じゃないか。このロリコン。……いや、俺も人のこと言えない、か？

いや、俺は一桁《けた》差だし関係ないよ、うん。

「魔力に関してもさあ、最初はすげぇクララに警戒されてたんだぜ、俺」

「というと？」

「魔力がある、イコール彼女にとっての天敵、だったんだよ」

「ああ！」

思わず納得してぽんと手を叩《たた》くと、サルートの眉《まゆ》がいやそうにしかめられた。自分で振ったくせにえらい態度である。

俺は彼女の恋愛に関しての言動を思い出す。言われてみればその通りで、彼女が魔力の強い人間を選ぶというのは、実は逆にすごいことなんじゃないか？　彼女の話を聞いたからこそ余計にそう思い、首を傾げる。

どうしてそうなったんだろう。

「ユリスはそういう警戒吹っ飛ばして、最初からクララと仲良くなっていただろ？」

「まあ。恋愛感情は見当たりませんでしたが」

「ん。それは知ってるけど。……俺にとっては、羨《うらや》ましかったんだよ」

「羨ましいって……兄様……」

……一体いつから口説いていたんだサルート……。

出てくる真実に、開いた口がふさがらない。それってつまり。

「……『男の嫉妬《しっと》はマジ見苦しい』」

「はっははは」

前に言われた台詞《せりふ》を思い出し、口に出す。サルートは自分の台詞だということに気づき、爆笑して腹を抱えていた。まだ内部に傷があるらしく、笑うと痛むようなのにそんなに笑って大丈夫か。

というか、そんなオチなの!?

「そんなわけでまあ、お前に斬《き》りかかっちまったんだけど」

「どんな理由ですか」

「嫉妬に狂いまくった挙句《あげく》の殺人衝動」

「…………」

どこまで本気だ、この男。さらにジト目で見ると、サルートは存外優しい目をして俺を見てきた。まるで、何かを見透かすように。

「なのにさあ……本気で斬《き》りかかったはずなのに、お前が目を閉じるのが見えて」

「？」

「ああ、お前は俺を信じてるのか、って。すとん、と思って」

「！」

最初の剣がズレて刺さったのはそんな——俺自身の無意識の行動に対する、応《こた》えだったのか。

「俺は自分こそ止めなくちゃいけないと思った」

「そしたらあの自殺衝動ですか……」

「うん、なんつーか、ハタ迷惑だな」

「ホントですよ！」

止まらない、止められない衝動はそのまま続く。その次の嘲笑《ちょうしょう》や、攻撃は俺がサルートの剣を飛ばしたから。いわゆる闘争本能を刺激されたことで、優先事項が入れ替わったのではないかということだった。

本人は半分夢の中だったようでほとんど感情を覚えていないようだが。

「……俺はさ」

「？」

「お前がいなかったら、と思ったことがないとは言えない」

「兄様……」

酷《ひど》いことを言われているはずなのに、目は優しいままだった。あのとき感じた傷の上をえぐるようなものではなく、ただ癒《いや》していくようなそんな感覚。

「俺は伯父上も、伯母上も、トリスも苦しんでいたのを知っているから」

「……」

「いなければ、と思ったことがないとは言えないんだ」

だけどな、とサルートが呟《つぶや》く。

「それ以上にお前にもらったものも、俺は多いんだよ」

「兄、様？」

「例えばクララ。……アイツが俺を信じてくれたのは、お前の傍《そば》に俺がいたからだよ」

「俺がいたから？」

「ああ。クララにとって俺は、手の届かない……手を伸ばしてはいけない存在だった。それでも、手を伸ばせたのは、俺を信じてくれたから。魔力が強いのに、魔力がなくても、その人間を大切にしてた。そんな俺を、信じられたから告白にも頷《うなず》けたって言ってたな」

言われた事実に俺は頷き。――ぽかん、とした。

え、なんだ？　なんかうっかり流して聞いたけどこれ惚気《のろけ》!?

「今、なんか、しらっと惚気と自慢しませんでした？」

「はっはは。そもそもクララと文通したのだって、お前の状況聞くためだったしな。いやついでに口説いたけど、それはもう時効ってことで一つお願いします」

「はあああ!?」

文通てアンタホント、いつからクララ口説いてたんだよ!?　というか人をだしにして何彼女ゲットしてるんですかこの親父!?

それにその口ぶりだと俺が学生時代だしクララは十五歳……成人してるけど、確かに成人してるけど十五歳じゃないか!?　このロリコン!!　いや俺今自分の首絞めた気がするけど気にしたら負けだ！

「なんだよその目はー、手はすぐに出したわけじゃないぞ？」

「当たり前だ！　そんな犯罪許すか！」

「犯罪って、成人してから口説いて恋人にしたのに……」

問答無用、二十歳以下は犯罪！

ベッドにもたれてのらりくらりと俺の追及をかわすサルートにぎゃいぎゃい騒いでいると、うるさかったのかいつの間にか起きたらしいクララがドアの傍《そば》に立っていた。

さすがに二人の時間を邪魔するわけにはいかず、静かに寄ってくる彼女に気づいた俺は、クララに残りの時間を譲ることにした。……サルートもあんまり長時間起きてはいられないだろうし、な。彼ら二人だって話したいことは山ほどあるはずだ。

「……ありがとな、ユリス」

そう、幸せそうに笑うサルートに俺はただ笑って部屋を出る。

サルートがあまりにも自然に俺を見送ったものだから、俺はずいぶん後まで気づかなかった。

俺が魔力を渡した方法を聞かれることも、なぜ俺が魔力を持っていたかも、一切聞かれなかったことに。

第9章　それぞれの理由

1

それからの日々はあわただしく相変わらずの日々。

サルートのところに生まれたのは碧《みどり》の瞳のかわいい女の子で、正直デレデレしているサルートはうっとおしい。女の子かわいいからいいけど。つい癒《いや》されるから、毎回訪ねちゃうけど。……あの子も、こんな感じだったのかな。

「でもこういう場につれてくるのはどうかと思うんです」

「いいじゃないか、勇者の従者を選ぶこの大会は、案外子供にも人気なんだぞ？」

「まだわかる歳《とし》でもないでしょうに……」

きゃっきゃとサルートの腕の中で笑う幼子は、剣戟《けんげき》の音が飛び交う大会の喧騒《けんそう》にも負けずに元気だ。こういう大会が国民の娯楽っていうのもどうなんだろう、と思うが俺も初めて見る本格的な大会に、少し心が浮き立っていた。

俺の年齢は二十一歳。……つまり俺が勇者ＰＴと一緒に行動するなら、この大会の優勝者である可能性が高い。珍しく見に行くと言いだした俺に、じゃあ家族皆で行くかと付いてきたのは、考えるにだしに使われたんじゃなかろうか。

「仕方ないわよ。男の子ってみんな、こういうの好きよね」

サルートだけならとがめられても、俺がいると遠慮するのがクララだ。まったくサルートは、こういうところが子供っぽいよな、とどちらが年上かわからないことを思いつつ（実際考えると俺の方が年上なのか）、俺は大会に集中することにした。

「まあ、魔術師の方はトリスで決まりだろうけどな」

「剣士の方もファティマで決まりのような気もするんですけどね」

「前評判通りならな。なんか覆面騎士っぽいのが頑張ってるらしいぞ」

「ふ、ふくめん……？」

なにそれネタ？

「この大会は年齢以外は特に制限ないからなあ。負けたりするのが恥ずかしい奴《やつ》とかは結構顔隠してたりするぞ」

「へぇ……」

体格とかでバレるような気がするんだけどそうでもないのかな？

魔術師と剣士の戦いが交互に行われる中、トリスとファティマはほぼ一撃で勝ち進んでいき、あっと言う間に優勝戦までこぎつけた。見ているだけでわかる。トリスが攻撃魔術を使うのを初めてまともに見たが、格が違うと言えばいいのだろうか。攻撃や、補助の術や剣の速さ等の質が違いすぎて目線で追うのが精いっぱいなレベルだった。

「……さすがに強いですね」

「そりゃな。学校でも相手してる奴《やつ》がほとんどだろうし、相手の癖もわかり切ってんだろ」

ファティマのことは想像できていたが、トリスは予想以上に強かった。だが、案外つまらなさそうに見るサルートに首を傾げる。

「なんだか不満そうですね？」

「んー。魔術師戦は魔力の強さで決まる部分が大きいからあんま見てて楽しくないんだよな。トリス自身と模擬戦はわりと楽しいが、こういう大会だと相手の動きがあまり変わらなくて退屈になる」

「そんなもんですか」

というか、トリスとサルートの摸擬戦ってどんな風になるのだろう。確かにそちらの方が見るのもよほど楽しそうである。サルートの剣は洗練されているが、魔物相手に振るう剣は予想ができない動きをしていたりとトリッキーで面白い。対人でも恐らくその強さは発揮されるに違いない。

「ま、剣士の方は期待してたりする」

「ファティマが勝つような気がしますけどね……」

「賭けるか？　ってか、お前、案外あのお姫さんのこと気にしてたんだな」

「そうです、ね……」

卒業してから、ファティマと直接話したことは一度もない。兄のいる第二師団の方へ配属され、見習い騎士として働きだしたことも、魔物退治に対しての評判も知っているがそれは伝聞でしかないのだ。行軍が一緒になっても、見かけることすら稀《まれ》だったので、どれだけ強くなったかすら知らない。

彼女のことだ、学生時代とは比べ物にならないくらい強くなっていることは確信できる。それを確かめられる機会であるからこそ、俺はここに来たのかもしれない。本当は、大会の結果だけ知れればよいことだったのだから。

「お。優勝戦は件《くだん》の覆面騎士っぽいぞ」

「なんでそんなに嬉《うれ》しそうなんですか兄様……」

「あの剣の使い手、面白くね？」

目線の先にいるのは、揺るぎなく相手を見据えるファティマとどこを見ているかわからない覆面をかぶった剣士。……え、覆面って顔だけ全面に覆ってるのか。ちょっと笑えるけど周りはなんだかすごく覆面剣士に好意的だ。男性だからかなー……あれじゃファティマもやりづらそうだな。

「たぶん平民騎士なんだろうなあ。武器とか全般粗末だし」

「騎士かどうかはわかるんです？」

「んー、基本の型ができてるから学校は出てんじゃね？　ただ、名の知れた家や会ったことある奴《やつ》なら剣筋でわかるんで、知らん奴。ユリスはあいつ知らないのか？」

「え、俺ですか？」

「なんかお姫さんは知り合いっぽいからな」

闘技場を見下ろすと、そこでは何か話しているファティマが見えた。二、三言葉を交わしたところで合図が始まり、術のかけ合いと剣の打ち合いが始まる。

「さあ、記憶にはないですけど」

大方、最上級クラス出身の奴だろう。剣筋を見る限り、速さはファティマが上回るものの、破壊力は断然覆面の方がある。打ち合いを不利と見たかファティマが飛び退《すさ》り、足元に牽制《けんせい》を打ちこみつつくるりと場所を変えていく。

まるで舞うような姿に眼を細め、彼女が描いた軌跡を追う。

「結構押されてるように見えるが……これは決まったっぽいな」

「ええ。ファティマが勝ちますね」

一合。二合。打ち合っているように見えるが、ファティマはすべて流していた。見た目は派手だが、確実に相手の手にダメージを与えているファティマと、動くことに少し遅れている覆面騎士では恐らくファティマが勝つだろう。それだけの力量差が感じられた。

そう、気を抜いた瞬間に覆面が揺らいで見えた。

「え」

「うお？　なんだ、あれ」

いきなり速さが変わった覆面に、ファティマが一瞬足を取られる。やられるか。そう感じて思わず手を握る、――だがその瞬間彼女はその崩れた足元にスライドするように体勢を変え、鮮やかに相手の剣を下から刈り飛ばした。

「決まった！」

思わず歓声を上げ横を見ると、サルートの生温かい目にかちあって俺は口を閉じた。なんでそんな目で見ているんだよ、もう。喜びが台無しじゃないか。

わあ、と上がる歓声に彼女が力を抜く。覆面はしばらく立ちつくしていたが、そのまま逃げるように立ち去っていった。……その後ろをファティマが追っていこうとするが、いち早く近づいた審判が彼女の手を取り優勝宣言を行う。

「……なんか、嬉《うれ》しそうじゃないな」

「ですね……」

彼女は何を話していたのだろうか。勝ちぬいたというのに表情は晴れず、彼女はぼんやりと覆面騎士の消えた先を見つめていた。

「ユリス？　どこ行くんだ？」

「ちょっと……」

追いかけたそうにしていたのが気になったのだ。俺も噂《うわさ》程度しか把握していないが、ファティマは基本的にいつも一人でいるイメージがあった。その彼女が何を気にしていたのか……そして負けたとはいえ、ファティマ相手にあれほどの腕を示した彼はなぜ逃げるように去ったのか。

「トイレか？　表彰はすぐだから、早く戻れよ」

「……はい」

子供じゃないんですよ、と言おうと思ったがそう話している時間が惜しい。誰もがファティマの方へ注目している今ならまだ追いかけられるかもしれない。そう思い、俺は急いで控室の方へ向かった。


「いない？」

「ああ。後日受け取りにくると言ってさっき帰ったぜ」

喧騒《けんそう》を縫うように潜《くぐ》り抜け、ようやくたどり着いた控室。

優勝者のファティマに会いたいというなら警戒されたのだろうが、誰も知り合いをつれてきていなかった覆面に会いたいと言ったので、どうやら知り合いだと思われたらしい。思ったよりもあっさりと彼の行方を、見守りの兵は教えてくれた。

「……怪我《けが》を？」

「そういや多少足を引きずってたな。覆面してたってことは平民だろうし、きっと後日こっそり来るんだと思うぜ」

「わかりました、ありがとうございます」

準優勝の人間をあっさり帰した理由も謎だと思ったが、魔術師でもなければ貴族でもない、そんな人間だからこそすぐさま帰宅が可能だったのだろう、と今のやり取りで把握できた。

なんだかんだ言って貴族至上主義なところあるもんな。そんな貴族騎士様をなぎ倒した覆面騎士に対して友好的かつ逃がす方向へ補助していたのは当然だろう。俺はたぶん見た目で平民だと思われたんだろうなぁ……うん。今日は観戦に来ただけだから普段着だしな。

控室の脇の出口からそのまま出してもらえるというので、一瞬迷ったが戻れなくなることを承知で俺は彼を追いかけることにした。

怪我をしていたというだけあり、追いつくのもさほど時間はかからなかった。まだ表彰式をしているし、周りに人影もほとんどない。そんな中で重装備の人間が軽く走って追いかける俺から逃げ切れるわけもなく、程なくして細い道に入り込もうとしている彼の後姿を見つけることができた。

「……」

なんて声をかければいいのだろうか。迷いつつ曲がり角を俺も曲がったところで、目を疑う状況が俺を待っていた。

「おい!?　大丈夫か！」

そう。足を引きずっていただけの青年は、その場で力尽きて倒れていたのである。剣を弾《はじ》き飛ばされただけのはずで、多少足をひねることはあっても倒れるなんてことが起こりうるわけがない。それなのに、彼は倒れていた。

「なんで倒れ……え？」

とっさに抱き起そうとする手を止められる。だが、その感触は人の肌にしてはあまりにも毛深く、巻き付かれた感触がした。あまりの違和感に目線を下ろす。

「……尻尾《しっぽ》？」

そこにあったのは人間の手ではなく、鎧《よろい》の隙間からはみ出したらしい毛の生えた尻尾が俺の手に巻き付いていた。

慌てて目線を覆面に戻すと、先ほどと違い人間のカタチではあるものの、明らかに兜《かぶと》からは入りきらなかったであろう毛がぴょこりと飛び出している。それだけじゃない。鎧の隙間からはみ出しているのは体毛……なのだろうか？　明らかに人間の体毛とは違ったソレに、俺はぽかんとしてしまった。

「……ち、違う、これは！」

「その声……」

尻尾と顔を交互に見る俺に、慌てたように覆面騎士が喋《しゃべ》る。くぐもってはいるがちゃんとした人の言葉で、そして俺はどこかで聞いたことがある声だった。

「……っ？　ユリス……？」

愕然《がくぜん》とした様子で俺の名前がその口から洩《も》れる。やはり知り合いか。というか俺の名前をそのままで呼ぶ人間もそんなにいないし、俺の心当たりと言えば一人しか思い当たらない。

「オルト？」

「……ち、ちが……っ」

ぶんぶんと手を振り回そうとするが、鎧に阻まれて振られたのは尻尾だった。いつの間にか俺の手から外れていたそれは、怯《おび》えているかのように縮こまった状態で振られていた。

……うん。

「オルト。とりあえず落ちつけ？」

「……」

確信を持ってその名前を呼べば、気圧《けお》されたように押し黙る。黙られたら黙られたで困るのだが、俺はとりあえず場所を変えるべきではないかと思い当たった。わき道にそれたとはいえ、長時間話していれば大通りはすぐそこなので近道しようとする人間に簡単に見つかるだろう。

そしてオルトの反応を見るに、こんな状態になっているのはできれば人には知られたくない、そんな雰囲気を感じる。

「なあ」

「っ何！」

「とりあえず場所を変えないか？　どこに行こうとしてたんだ？」

また黙りこむオルト。だが、にらめっこしていても話が進まないことに気づいたのだろう、少しすると彼は声を絞り出すように話し出した。

「近くに知り合いの厩《うまや》がある……そこ、行こう」

「わかった」

壁に手をついて起き上がろうとするので、そのまま近寄って支えてやる。なぜか手を出した俺を不思議そうに見ていたが、その視線の意味もわからず俺は彼を支えながら歩き出した。

厩は本当にすぐそこにあり、干し草を替えたばかりなのかそれほどひどい臭いはなかった。落ちつけるように適当なところへ座れば、オルトもそのすぐ近くに座る。

「……ユリスは」

「ん？　何？」

「この姿見て、何も言わないんだな……」

いや、言う機会がなかっただけだけども、そういうことを言いたいんでもないんだろうな。反応から察するに、逃げないとか怯《おび》えないとか、そんな感じのことを言いたいのだろう。

「んー……びっくりはしたが、それだけだな」

「はぁ？」

「ってか、びっくりする以外になんかあるのか」

聞く前からなんとなくは察しているのだが、ここはあえて事情を訊《き》いた方がいい気がする。尻尾《しっぽ》といい、長い毛といい、どう考えてもお約束なアレの気はするが、違うかもしれないし。

「びっくりする以外にはって……普通怖がるとか、あるだろ……」

「中身が知り合いなのになんで怖がるんだよ」

そりゃあ血走った目で襲いかかられるとかなら考えるが、受け答えはそのまんまオルトで特に何か変わったところがあるようには感じられない。つまり、怖がる理由がないのだ。

「……」

「……」

「……そういうもん？」

「俺は少なくともそれくらいの認識だな」

深く頷《うなず》いてやると、脱力したようにオルトが倒れこむ。どういう反応だ。

「それより鎧《よろい》脱がなくていいのか？　重いんじゃないのか？」

「……重い、けど」

「脱ぐの手伝うか？」

そのまま手を近づけると、なぜかオルトがじっとこちらを見てくる。兜《かぶと》に隠れているとはいえ、目の光だけは辛うじて確認できる。なぜか固唾《かたず》を呑《の》んで見守っているような様子に俺は首を傾げるが、彼はすぐ諦《あきら》めたかのように目を逸《そ》らし頭を差し出してきた。

留め金を外して兜を取り去る。

「……」

「……」

「……なんだよ」

「いや、顔は人のままなんだなと」

うっかりライオンとか狼《おおかみ》とかそのあたりの顔が出てくると思いきや、毛深くはなっているもののちゃんとオルトの顔がそこにあった。状態でいえばライオンの顔の部分が人みたいな感じだろうか。これはこれで面白いが。

「……もっと！　違う感想があるだろ!?」

がー！　と叫ぶオルトに俺はさらに首を傾げる。

「感想……」

「……」

「アホ毛がかわいいな？」

「かわ……っ、ちげぇええ！」

兜に押さえられていたせいで変な方向に伸びたその毛は、自己主張するようにぴょこぴょこと飛び出しているのだ。どう考えてもかわいい以外の感想が出ない。

ひとしきり叫んだあと落ちついたのか、オルトが鎧を脱ぎながらはぁと溜息《ためいき》をついた。出てきた腕や足には毛がびっしりで、姿としては狼男とライオンの入り混じったような状態だ。

「俺はなんで忘れていたんだ……ユリスってこういう奴《やつ》だった……」

がくりと悲嘆にくれる様子が哀愁漂う。こういうって俺のことをどういう認識なのだろうか、聞いてみたいところだがオルトはようやく立ち直ったようで、ふて腐れたように俺の方向を向いて干し草に座りこんだ。

「……で？　なんで俺を追いかけてきたんだよ」

「あ」

言われてみてようやく、追いかけてきていたことを思い出した。

だが、聞くまでもなくファティマが気にしていたのはオルトだったからだろう。オルトとは俺と一緒で同室だったこともあるし、選抜戦にかける想いなどを聞いていてもおかしくはない。

「あ、ってなんの理由もなく追いかけてきてたのか？」

「いや、なんかファティマが気にしていたのが気になって、なんとなく追いかけてきただけだよ」

「なんとなくって……」

俺は何か気づかれたのかと気が気じゃなかったのにそれかよ、と。溜息《ためいき》しか出ないらしい様子に、何か罪悪感が湧《わ》いた。

「いや、悪かった。俺が追いかけてきたのに気づいてたのか？」

「ああ、うん。この状態になると、聴力とか人間の比じゃなくなるんだ」

それで曲がり角を慌てて曲がったのか。倒れこんだ理由を聞いてみれば、慌てすぎてすっころんだだけだと回答が返ってきた。

「バランスはあんまよくないんだ……」

まだ使いこなせてない、と当たり前のように言うオルト。しかし何か忘れていないだろうか。

「その状態って、意図的にできるもんなのか？」

「あ？　いや、その……」

「っていうか、なんでそんな状態になるんだ？」

そう。普通の人間は、尻尾《しっぽ》なんて生えたりしない。そして同室だった俺は断言する。数年前まで、オルトは確実に人間だった、と。

「あー……どっから話せばいいんだろ……」

うんうんと唸《うな》りながら、オルトは首を傾ける。ぴょこぴょこ動くのは耳だろうか……ふさふさした毛の横に、ちょこんとあるそれは警戒でもしているのか震えている。

「突然そうなったのか？」

「突然っていうか……徐々に？　父ちゃんがさ。完全に狼《おおかみ》になってるの見たことあるから。遺伝だと思う」

……。

完全に変身するのか。父。

「もしかしたら俺もなれるのかもしんないけど……俺は見た目も性質も問題なく人間だか

ら大丈夫だと思います、って父ちゃん言ってたからどうやるのかとか全然聞いてなくてさ。俺もいきなりこうなったから、これでもすっげぇびびってんだ」

要約するとこうだろうか。

父には変身できる遺伝子があり、それも自分に遺伝されていた。

「……って。人間じゃないのか」

「そこ!? 獣人だよ獣人！ 父ちゃんは半分って言ってたから、俺は四分の一になるんだと思う」

あ、やっぱり獣人であってるのか。そしてクォーターってことね。

「いきなりこうなったっていうのは？」

「あ、なんかちょっと毛がよく生えるなーと思ってただけで、さっきまですごい変わりようではなかったんだよ俺。覆面は単純に同期の奴《やつ》らのアドバイスだったんだけど、試合途中に何か変化した感触がして……時間がたつにつれて、毛深くなってってたから、これやばいと思って」

「なるほど」

見た目からしておかしくなっているのになぜ控室の兵士は止めなかったんだろうと思っていたが、徐々に変化したというならわからなくもない。自分で違和感に気づき急いで帰ってきていた最中、変化が酷《ひど》くなったということなのだろう。もしかしたら転んだのもいきなり尻尾《しっぽ》が生えてバランスを崩したとかそんな理由かもしれない。

「最初はさ、ちょっと毛が生えると反応よくなるとか速くなるとかその程度だったんだけど……」

そうしていくつか状況を訊《き》いた後、はたと気づく。徐々にまた、変わっていっているということに。

「おい、変化解けてる」

「あ……ほんとだ」

くぐもっていた声も通るようになり、毛がぱさりぱさりと落ちていく。そのまま見つめていると、変化はまた唐突に終わりを告げた。

「不思議なもんだな……」

獣人を見るのは初めてなので、興味深く毛を見つめていると真剣にこちらを見ているオルトと目が合った。

「……ユリス」

「ん？」

「このこと、誰かに言うか？」

「……」

目の前にあるのは、証拠とも言うべき獣の毛。俺は獣人の生態は知らないが、魔物の生態を調べている部署に持ち込めば、オルトが獣人であることは証明できるのかもしれない。

　だが。

「なんのために?」

「はっ?」

「そんな後味悪そうなこと、わざわざしなきゃいけない理由がないんだが」

「……」

　それとも獣人であることは、何かまずいことなのだろうか。俺が調べた限りでは特に差別されているとも書いていなかったはずなのだが。

「——人間じゃ、ないんだぞ?」

「四分の三人間なら十分じゃないか?」

「……」

「っていうか俺は別に、オルトが生粋の獣人ですと言われても特に吹聴《ふいちょう》しようとは思わないが」

　他人には他人の事情があるものだ。そして俺は、興味本位で調べることはあっても、それを悪用しようとは思わない。自分に危害が加わるというなら別だが、オルトの態度はそれとは違う……ただひたすらに、知られることを恐れるだけの態度だった。それだけで大体想像はつく。オルトにとって、喋《しゃべ》ってほしくないことなのだと。

「それで、いいのか？」

「うん」

深く頷《うなず》いてやると、オルトはようやく信じてくれたようだった。弛緩《しかん》した空気が流れる中、俺は一応これだけは聞いておこうと口を開く。

「ところで獣人ってばれると何かまずいのか？」

「……そこからかよ!?」

そうして俺は常識がなさすぎるとなぜか怒られる羽目になったのだった。

魔術師には、トリス・カイラード。そして剣士には、ファティマ・ソーガイズ。前評判通り、彼ら二人が勇者PTのメンバーとして選ばれた。それはまるで、決まっていたかのように。

2

……偶然、なのだろうか。

それとも、勇者PTは俺が守るべき相手ばかりしかいないのか。

サルートを助けたことは後悔していない。あのとき、俺は何度あのときを経験しても指輪をはずすだろう。はずして彼を助けることだけを考えるだろう。彼を失うことだけは、考えることができなかった。

けれどきっと、俺はあのとき魔力を使ってしまったことで後悔するのだろうな。神様はハッキリと、魔力を使うなと言っていた。まだ使ったのは一度きりとはいえ、あんな状況がまた起これば俺は自分の力を使うのを恐らく躊躇《ためら》わないだろう。……躊躇わない自分を、俺は知ってしまった。

となれば、俺ができることは一層気を引き締めることだけだ。なるべく使わない状況に。そしてなるべく、魔力を使うにしても少なくしないといけない。

そう考えた俺は、薬草学も視野に入れながら勉強を再開することにした。まあ、正直魔法に関しては思考が頭打ちってのもあるんだけどな。この世界にRPGで言うところのポーションみたいな回復剤はないので、ひたすら回復補助にしかならない。けれど、ないよりはましだろうから俺は必死になって勉強する。

魔法に関しても、陣を描いた紙を持っておくことにした。詠唱するほどの時間をかけるより、紙を持っていた方がマシ。指輪をはずせば魔力自体は巡るのは確認できたが、正直無詠唱とかそういうことできるかもわからないしな。下手をすると、俺自身が魔法使うことはないのかもしれない。トリスに魔力をわけるのが仕事とかそんなオチの可能性は高い。

とりあえずはできることを、なるべく多く。そして、深く。ひたすら自身の知識を高めることを重視しながら、俺は日々を過ごす。

オルトとはあれから、何度か会う機会があった。と言っても、あまりにも俺自身にいわゆる「雑学」「一般常識」がないことを知ったオルトが、時々訪ねてきてくれるようになっただけだが。

上級クラスに所属していた後は地方へ配属され、数えるほどしか王都にいなかった彼だが、選抜戦の結果を受けて中央へ戻ってきたという背景もある。そのためアイリを通してなんとなしに会うようになり、彼の秘密を知ってしまったことで何か遠慮が取れてしまったらしい彼から、呼び出しを食らうことも増えた。

そうそう、アイリがいるときには出ないが話題は獣人である。

王都ではとんと人族以外を見かけないなと思っていたが、普通に差別があるために基本的に獣人は人族の王国へ来ないから、だったらしい。もちろん明確な差別があるわけではないが、獣人は魔力をほとんど持っていない者が大多数なのだ。扱いは推して知るべしといったところだった。

そこに来て、半分・四分の一ともなればいい顔をされないのは当然。そのため、オルトは完全に人間であるふりをして日々を過ごしていたのだという。

ちなみにオルトが、身バレしかねない注目度の高い選抜大会へ出た理由だが……。

「ユリスは知らなかったのか？」

「？」

「あの大会、選抜に勝ち残ると出身村や、親の領地に保護がかかるんだ」

……とのことだった。

詳しく聞いてみたところ、選抜大会で勝ち抜き、実際に勇者と行動を共にするようになると、当然繋《つな》がりを持ちたい貴族や末端の自称王族がなんとかして取り入ろうとすることが昔あったらしい。もちろん武力で。

そのため、選ばれている間は平民なら出身村や家族の身の保証をしてくれるのだそうだ。

「俺の村は……魔の森の近くにあるから、さ」

「そうなのか？」

「うん。昔は俺の父がこっそり守ってたんだけどさ。今は誰もいないし、村っていうか街もだいぶ廃れてきてるから……ずっと、何かできないかと思ってたんだ」

あー……そういえば前、俺に大会に出ないのかとか聞いてたのはそれだったのだろうか。そう聞いてみれば、さすがの俺でも騎竜には勝てる気しないし、とわかりやすい返答が帰ってきた。そりゃそうだ、そもそも人相手ですらない。

「もしかしてファティマが気にしてたのってそれか……」

「昔話したことあった。『お前は偉いのだな！』とか言われた覚えあるし、選抜大会にも出ないってそのときは言ってたな。だからなんで出たのかもわからんけど、それを気にしてたっぽい」

なるほど。さもありなん。

勝負は時の運というが、何かしらの決意があってファティマもオルトとの約束を反故《ほご》してまで出たのだろう。

「まー……負けたらすっきりしたし。しばらくは、王都で頑張るさ」

強くなれば守れるんだしな。

オルトはそう呟《つぶや》いて、自分を納得させるように繰り返していた。

3

「よしユリス、夏の休暇をとるぞ！」

「またなんですか唐突に」

二十二歳夏。駆け落ち騒動後、俺は近衛《このえ》に戻れないかと思っていたが、何をどうやったものか、おとがめなしで騎竜士として配属は戻されていた。

なんというコネ押し。まあ二大師団の団長が親類なんだから、無理を通せば道理も引っこむ、ってやつなのかもしれない。

まあ、第一師団のメンバーは、サルートとクララが結婚したことで大体の事情は理解していたみたいだしね。アルフに誤解のうえ八つ当たりをされたのは今となってはいい思い……いや、さすがにいい思い出ですまされんか。なんだかんだ言ってしつこかったしな……。

まあそれはともかく。

黒騎竜の機動力がなくなったために行軍に支障が出たのもあるが、それ以上に第一師団と魔術師師団の末端が受けたその被害は多く、一人でも多い騎士の確保が望まれたのも一因なのだろうな。

まあ、戻ったんだから細かい事情は今となってはどうでもいいことだが。

そんなわけで近衛騎竜士としての動きも定着してきたころ、サルートがそんなことを言いだした。

「いやほら、俺は王都を一人で出れないが、あの子ももう一歳だし、観光は必要だと思ってだな」

「また俺をだしに使う気ですか……」

「大丈夫だ！　今回はトリスもルルリアも一緒だ！」

「！」

並べ立てられた名前に思わず息をのむ。

選抜大会で勇者ＰＴメンバーとして選ばれたトリスは、同じ近衛でありながらさらにすれ違う日々が続いていた。元々が魔術師師団とのかけもちのため、いろいろすることもあるのだろうと思っていただけに、そのサルートの提案は意外でもあった。

「トリスも、ですか？　忙しいのでは？」

「忙しすぎるからだよ」

返ってきたのは単純明快な回答。つまり、強引に休ませるということだろう。

「……それで、なぜ俺も？」

「嫌なのか？」

「嫌というか……」

ルルリアとは見習い騎士時代に会ったきり、ほとんどすれ違うことすらなくなっていて今彼女がどうしているかも俺は知らない。トリス以上に会わない彼女に思うことは特にないのだが、なぜそのメンバーでの避暑に俺が紛れこむのかがわからずに戸惑う。

「お前を連れてこいって言ったのは、あいつらの方だぞ？」

「えっ」

「ここは外野がうるさいしな。俺の家族を交えての避暑なら、トリスの腰巾着《こしぎんちゃく》もついてこれないだろうし、のんびりできると思うぜ？」

腰巾着ってひどい言い草だなと思いつつ、サルートの言いたいこともわかり俺は躊躇《ちゅうちょ》する。俺がトリスに必要以上に話しかけられないのは、傍《そば》に誰かしら魔術師がいるからとも言えるのだ。トリス自身の視線は時々感じるのだが、少しだけでも話しかけようとすればなぜか取り巻きのバリケードができる。

家を出ている手前、母がいる実家に行ってまで話そうという気はさすがにしないし、わだかまりはだいぶ解けたとはいえあの家に戻るのは少しだけ怖かった。ちょこちょこと感じるトリスの視線に関しては確かに気になってはいたので、サルートの申し出は暇になりそうな夏の休暇を消化する意味でも、ノエルの息抜きに遊びに行くという観点でも、確かによさそうに思えた。

「わかりました。調整はお願いします」

「任せとけ」

ふと、トリスとルルリア両方がいなくなるのは近衛《このえ》的に大丈夫なのだろうかという心配がよぎったが、我関せずの反応のサルートに、まぁなるようになれと俺は問題を投げ出したのだった。


ここでなぜサルートが一人で王都を出られないかに関して、説明した方がいいだろう。

サルートは、魔の森の中心からの生還が確認されている。その報告の際、何も言わずにずっと団を離れることは規約違反となるため、事情をある程度は正確に説明しなければならなかった。

そして事情を聞いた上層部の反応は、二つに分かれた。

魔の森で一度影響を受けているため、いつ何時敵対するかわからない者を師団に置いておくわけにはいかないとする者たちと。

副団長を務めるほどの実力者を、そのまま追放したり遊ばせたりするには惜しいとする者たちだ。

サルート自身は俺が黒い靄《もや》の影響を消したので、特に問題はないように考えている。だが、それを証明することはできないし、事実を教えたところでやったのが俺という時点で恐らくは駆除できるはずがないと一蹴《いっしゅう》されただろう。目の前に実例があるとしても、だ。

そして協議の結果、サルートの立場は降格しても部下が抗議するだけだろうと見当がついたので、そのまま継続となった。ただし、少しでも魔の森の影響下に入るのを失くすため、魔の森へ近づくことや、王都から出ることは禁止された。つまり、王都から基本的に離れない父の預かりとなったのである。

その背景から恐らくこの旅行に関しては、父の意向を受けたトリスがサルートを『監視』するという名目で連れ出すのであろう。

そこでルルリアが同行者に入る理由はわからないが、トリスと俺が行くのにどうして自分が置いて行かれるのかとサルートに抗議した、なんてことは十分ありえそうだ。なのであんまり考えないことにする。

とにもかくにも、近衛《このえ》騎竜士として初の休暇は、代わり映えがありそうでない、そんな別荘への避暑から始まったのだった。

☆

「きゅー」

「……」

「きゅ？」

「……かわいい！」

いきなり近づかれて、きゅーう！　と抗議しているチビ竜をルルリアが抱きしめる。その横でノエルが幼い弟を助けようというのか、それとも自分をかまえと言いたいのかぐいぐいと口で彼女の袖《そで》を引っ張っている。

美少女がチビ竜二匹と戯れる光景にほのぼのしつつ、俺はあたりを見回した。

ちなみにこのチビ竜は、王都のみの配属になったサルートに合わせたクララの配属故か、母竜がまた身ごもりこの春生まれたチビ緑竜である。つまりはノエルの弟だな。ノエルと違って普通の騎竜なのでちびっこいままで、まだ話すこともほとんどできない。だがやはり幼竜のかわいさは段違いで、ノエルまで張り合っているのかチビのままなので、常にほんわかする光景が繰り広げられていたりする。

照り返す光に反射するのは、一面を覆いつくす緑。ぽっかりと空いた空地のようなこの場所には、豪奢《ごうしゃ》とも呼べそうな白亜の建物が鎮座しており、その横には小さな川も流れ、まさに別荘と言えるような様相を呈していた。

ここに来るのは久しぶりだ。学生時代サルートに連行されてきたときにはあまり周りを見回す余裕がなかったのだが、今はどう考えても金かかってるなこの場所、と判断できる余裕すらある。実家の持ち物がとんでもなく豪奢なのは、今に始まったことでもないが。

「ユリス様？　どうかなされましたか？」

「ん、いや。のどかだなぁと」

きゅーう、とチビ竜とノエルの声が重なる。俺が弟竜を触るとさすがに抗議されそうなので、ルルの傍《かたわ》らからノエルを抱き上げてやるとノエルは嬉《うれ》しそうに鳴いた。

サルートの家族と俺たち三人の六人という大所帯だったため、久しぶりに竜車にも乗って陸竜と戯れられたし、なんだかんだ言って俺得の状況が続いているなぁ。どうやら俺は勇者召喚の時期が近づくにつれ、自分で思っていたよりも気を張っていたらしい。なんだか力が抜ける現状に、凝り固まった肩の力がほぐされていくようだった。

「トリスもそうですけれど、ユリス様も働きすぎなのですわ」

「俺は大したことしてないよ」

「嘘《うそ》ですわ。この前だって、無茶な往復を頼まれていたではありませんか」

ぷう、と膨れるルルリアに首を振る。俺の仕事はといえば、アルフの研究手伝いは別として、基本的には索敵や運搬が主流である。黒騎竜の機動力は随一のため、他の騎竜ではとてもできそうにない日帰り往復もできる。そのため、近衛《このえ》でありながら近隣の村であれば仕事を押しつけられることも確かにあった。

「俺は乗っているだけだし」

「そんなことないですわ。いつだって道すがら、何か変わったことがないかを必ず確認さ

れているし

れていると聴いていますもの。それに、いつも見かけるたびに難しい本を読まれているし

……いくら研究がお好きだとしても、根を詰めすぎてはいけません」

心配そうな瞳に、俺は苦笑を漏らす。

「大丈夫だよ。俺は自分の限界は知っているから無理はしていない」

「でも……心配、なのですわ」

まだ納得のいかなさそうな彼女に、それよりもと俺は話題を変える。

「俺はあんまりルルを見ないいんだが、ルルは俺をよく見かけるのか？」

「えっ？　え、ええ！　そうですわね。ユリス様は目立ちますから、何をしたとかどうしているとか、常に耳に入ってくるのですの」

「……」

確かに近衛《このえ》としては異色かもしれないが、ルルに動向がばれているってどうなのだろう。眉《まゆ》をしかめた俺に、慌てたようにルルは言い募る。

「そ、それにトリスにもサルートにも近況は聞いておりますし！」

「……」

「その……やっぱり気になって、しまいますから……」

周りに訊《き》いたりしてはご迷惑ですか？

そう、か細い声で喋《しゃべ》り俯《うつむ》くルルリアに、俺はいじめすぎたかなと首を振った。ルルリア

が俺を気にしているのは今に始まったことでもないし、ただ、不思議だったのだ。見かけているると言うわりには、俺が見たことがほとんどなかったから。

「まあ、構わないけど」

「本当ですか!?」

現金にもぴょん、と顔を跳ね上げるルルリアに苦笑が深まる。

「ただ、見かけているなら声をかけてくれればいいのに」

「あ……」

軽く言ったつもりだったのに、なぜか言葉を詰まらすルルリア。

俺は何かおかしなことを言っただろうか？　首を傾げたところで、ノエルがきゅーう！　と抗議するように鳴いた。

「あ、すまん」

放置するなと甘えたのかと思いノエルの頭を撫《な》でると、また抗議するように鳴いてノエルは俺の後ろを見た。振り返ればそこにいるのはお茶の載ったお盆を持ったトリスで、どうやら人がいることを教えてくれただけらしい。

「兄上、お茶にしませんか？」

「もう授業は終わったのか？」

「ええ。まだ小さな子供相手ですし、すぐにお昼寝に入っちゃいましたよ」

ささっと近場の切り株にクロスをしき、そこにお盆を載せるトリス。なぜか様になっているので見つめていると、僕の顔に何か？　と逆に首を傾げられた。いや、単純に見てただけだよ。

「サルートの子供ってことでどれだけヤンチャなんだろうと思ってましたけど、好奇心が強いだけの、普通の女の子だなぁって感じでしたよ」

「どういう感じだよそれ」

「小さな水球一つで歓声を上げるくらいの子ってことです。手を出したり、触ろうとはしてませんでした」

なるほど。俺は余裕で手を出した覚えがあるな。トリスも似たようなものだったのだろう、小さく笑うトリスに俺も笑う。

まだ魔力の発現もないだろう一歳児相手なので、手品のように見せて遊んであげたのであろう。ちなみにサルートとクララは、娘を預けたその横でイチャイチャしていたのを俺は知っている。新婚旅行代わりだし娘はよろしくな！　とか本人に言われていたがさすがに自重しなさすぎだろう。あまりに居づらいのでノエルとチビと遊んでいたところに同じような気持ちのルルが来て、そしてトリスが来たのが今の状況だ。

トリスが来てしまったので先ほどの話を続けるのも憚《はばか》られ、のんびりとお茶をする。その横でなぜかほっとしたように息を吐いたルルリアがいたが、見なかったことにした。

見かけても話しかけられない何かがあるんだろうか。そう思ったが、ルルリアが俺を嫌っているわけではないことはわかったし、追及しても楽しそうではない。何も聞かなかったことにしよう。

「ここにいると、時間を忘れそうですね」

「そうだな……」

どこか遠慮してしまいそうな弟相手でも、緑に囲まれているとなんとはなしに気が抜けてしまう。さっきみたいに何も考えなくても笑いあえる、そんな共通の話題があることすら俺は忘れていたのだと気づかされる。

今がどんな仲であろうと、確かに俺たちは十年以上を一緒に暮らしていたというのに。

「……そういえば」

「はい？」

「トリスが選抜大会に出た理由って、何かあるのか？」

オルトに事情を聞いてずっと思っていたこと。魔術師師団のホープとして期待され、近衛《このえ》魔術師として父の跡を継ぐであろう弟。その弟が、危険性を伴う勇者のＰＴメンバーに、なぜ進んでなろうとしたのか？

確かに実力を示すという意味では、これ以上ない大会だ。ただ、魔の森の活性化という、今回の選抜大会は実際に勇者と一緒に行動することも十分考えられる大会でもあった。それに、なぜトリスが出ていたのか……オルトと話して、俺は疑問に思ったんだ。

「理由、ですか……」

トリスが口ごもる。

「何か言いづらい理由でもあるのか？」

「あ、いえ。言いづらいというわけではなくて……」

かまいすぎているルルに嫌気がさしたのか、チビ竜がとてとてとトリスに近づいていく。トリスは近寄ってきたチビ竜の頭を撫《な》でつつも、思案するように何度か口を閉じたり開いたりした。

「……その、大した理由では、ないのですが」

「うん」

「——自分で、できるようになりたかったんです」

「自分で……？」

って何をだよ？

思わず湧《わ》いた疑問がそのまま顔に出たのか、盛大にハテナマークを浮かべる俺に、トリスが苦笑する。

「何を言ってるのか、わかりませんよね？」

「ん、まあな」

「本当は、大会に出ること自体父上には止められたんですけど。どうしても出たいと言って、無理を通したんですよ」

「へえ……」

俺も問答無用で止められた口だし、あの父ならトリスの出場も止めたのではないかと思っていたが、やはり予想通りだった。サルートの一件があって以来、少しは父の少なすぎる言動と予想外の行動に慣れてきた俺ではあるが、まだ少し戸惑うな。トリスは当然という感じで喋《しゃべ》っているが。

「父の言うことに逆らったのも初めてだったんですが、やろうと思ってやればできるものなんだな、って思いました。僕は今まで、何かをやろうともほとんどしていなかったから……大会に出て、少しでもできる人になろうと思いました」

「……ふむ」

だから何をだ、と言いたいが言いづらい。話の筋から行くと、自発的な行動をできる人間になりたい、ってことだろうか？　そのことがどう『自分でできる』に繋《つな》がるのかわからないが、トリスの中では繋がっているらしく、僕の理由はだからそれだけです、と締め括《くく》られてしまい話はそこで終わってしまった。

かまい倒されたチビ竜が疲れ果ててノエルの横で寝てしまったので、その後はルルを交えた雑談でのんびりと午後はそのまま過ぎていった。

断章　ファティマの理由

『もう、頼むから俺に構わないでくれないか』

そう、彼が言ったとき私の世界は音を立てて崩れ落ちた。

手の力が抜ける。片時も手から離さないと誓った剣が手から滑り落ちる。

そのことすら私の頭からは抜け落ちて、ただ茫然《ぼうぜん》と彼の顔を見ることしかできなかった。

「なん、で?」

だって一緒にやってくれるって、言ったのに。

だって修行をすれば落ちこぼれの私だって騎士になれるって、教えてくれたのに。

どうして彼は、今にも泣きそうな顔で私を拒絶するんだろう。

☆

「ファティマ」

「……」

「ファティマ！　やりすぎだ、休憩しろ！」

「！」

一心不乱に振っていた剣をようやく止める。

まだたいして振っていないのに、兄はいつも過保護だと思う。素振りなどそれこそ数時間単位でも続けていられるのに、すぐに止められてしまう。

「まだ動かし足りません」

「……しかしな。誰もついてこれてないじゃないか」

周りを見れば、休憩に入ったであろう同僚たちが見える。見習いだらけのこの場所は、騎士養成学校時代より根性のない人間が多い。ましてや兄の率いている第二師団は平民取り混ぜての師団であるために、勉学のみしかやってこなかった人間や、我流の剣を使う者も少なからずおり、ここで一様に厳しく鍛えられて場合によっては地方へ配属されていく、らしい。

「問題ありません。午後の訓練に影響が出ることはしておりませんので」

身体を慣らす程度しか動かしていないので、むしろ体力は有り余っている。そう言外に告げると、兄は溜息《ためいき》をついた。

「お前が修行に明け暮れていたことは知っていたが……。予想以上だったな」

「そうですか？」

とりあえず強制的に休憩になるようなので近くの椅子に腰かければ、周りの人間がホッとしたように床に座り始める。本来見習いである私が椅子に腰かけるのは問題がありそうだが、団長との血のつながりがあることは周知の事実であり、かつ男子と一緒に修行をする程度の力があると判断されている私は特に文句を言われたことは一度もなかった。

……身分が関係するのかもしれないが。

そう、思い当たり憂鬱になる。私が友達と呼べたような人間は限られていて、今は二人とも私の傍《そば》にはいない。――いや、いなくならざるを得なかったのだ。すべては、私が何も気づかず、何もしなかったせいで。

「ああ。確かにファティマは魔力も根性も私以上あったが、女性だし身体的な能力は男には勝てないと思っていた。――それが、今では微量な魔力の使用程度でそこらの男の動きを上回るとなれば、私も兄として鼻が高い」

「……ありがとうございます」

感心するような兄の言葉に、私は礼の言葉を述べる。

だが、心は浮かれない。ほんの数年前の私であれば、こんな兄の言葉に天にも昇る気持ちで喜び、そして彼らに報告しただろう。兄に褒《ほ》められるようになったと、それもお前のおかげだと、そう喜んだに違いない。

けれどそれも今は、昔の話。

「ファティマ……」

兄が戸惑ったように私の顔を覗《のぞ》きこむ。

「お前、一体どうしたんだ？」

どうした。私はどうしたんだろう。

騎士養成学校で出会った同室者。彼に出会ったとき、私は劣等感に塗《まみ》れていた。何をやってもあがらない修行の成果。すぐ倒れてしまう身体。女性として成長しているのだと言われても、なぜ自分は女に生まれてしまったのかと自分の運命を恨む毎日だった。

『駄目《だめ》よ、女の子なんだからもっと身体を大事にしなくちゃ』

校医にそう優しく言われれば言われるほど、止められたくないという思いが強くなった。私はどうしても自分がやっていることが、無駄なことだと認めたくなかったのだ。止めてしまえば、諦《あきら》めてしまえば私はきっとただの女の子になる。何度も絵本を読んで、何度も話してもらった誇りある騎士には、もうなれないような気がしたのだ。

そんな無理をし続けた私が、倒れるのに時間はかからなかった。一昨日より昨日。昨日より今日。どんどん動かなくなる身体に焦り始めたころ、彼は私が倒れているところに居合わせて、そうして、あの言葉を言ってくれたのだ。

『女の子なんだから、体力ないのは当たり前だよ？』

騎士養成学校の同級生も、先生も、私が女だからできなくて当たり前とは言わなかった。

『腕はなかなかですが、まだ体力不足ですね』

『力勝負なら男の勝ちだ！』

『やっぱり男の子のほうが強くなるよねー』

どんなことをしても、腕相撲なら男の子に敵わなかった。

走り続けるにも、ずっと仕事で走っていたという女の子には及ばなかった。

そうして失望したように言うのだ。『ソーガイズって有名な騎士様の家系って聞いたけど、大したことないんだね』

彼は——ユリスは、最初からそうだった。私の名前を聞いても、そうなんだとしか言わなかった。本人は魔術師家系のそれこそ第一人者であるカイラード家の者でありながら、それを自分から言うことはなかったし、相手の家系を追及することもなかった。

ただ、私だけを見て。

ただ、ちっぽけで、あがいていただけの私だけを見て。

『ほかを伸ばせばいいんじゃないの？』

人にはできることとできないことがあるのだと、そう、気づかせてくれたのだ。

「ファティマ？」

——そうだ、彼は気づかせてくれたのに。

一人一人、できることは違う。

私がどれだけ頑張っても一人でできなかったことは、身体が成長するにつれて他を伸ばすことで、違うようにできるようになった。

力で負けているなら速さで勝ればいい。

体力で負けているなら、尽きる前に倒せばいい。

大振りで体力を削ることなく温存し、そうして技術を磨き、私は自分と目指していたものとは違う、けれど確実に強い騎士になる道を歩んだ。

私は何を勘違いしていたのか。

私はずっと、彼が私の前を歩いてくれていると思いこんでいたのだ。

二つ年上の、男の子。

同じ騎士養成学校の生徒だから、私は彼も騎士になるのだと思いこんでいた。本を読むのも、知識を詰めこむのも彼なりの強さを追及するものだったのに――私は、彼を否定したのだ。

『どうして剣を取ってくれないのだ！』

修行をするにつれ、彼は私と剣を合わせたがらなくなった。

最初は気づかなかった。彼の目は確かで、私の欠点を確実に指摘してくれていたから、そうやって指導してくれているだけなのだと思っていた。

いつの間にか、できていく距離。

いつの間にか、悲しそうに伏せる瞳。

私は本当に彼との何を見ていたのだろう。彼は何度も、何度も言っていたのに――『できない』、と。私の要求することが『自分のできないこと』だと、そう伝えていてくれたのに、私は自分が強くなり、彼に追いつくことだけに夢中で、彼が耐え切れなくなるまでついに――気づくことはなかったのだ。

彼は――騎士になりたかったわけでは、なかったというのに。

剣を扱えなければ騎士ではない。

魔力がなければ魔術師ではない。

彼は、どっちつかずの自分に気づきながらも、ただ何かを目指すように前を見ていた。

私がやっていたことはただ、彼の目指す道を強引に自分の都合のよいように曲げようとすることだったのだ。彼には彼の、目指す道があったというのに、私はそれすらも聞き入れず、ただ押しつけるばかりで彼の言葉を聞こうともしていなかった。

そんな私を彼が見放すのなんて当然だったのだ。

私は、救い上げてくれた彼ならきっと私の傍《そば》を離れないと思いこんで甘えていたに違いない。甘えて、甘えて、押しつけて。そうして、耐え切れなくなった彼は私の傍からいなくなった。

いなくなって初めて私は、彼を失いたくなかった自分を知った。

どうして私は気づかなかったんだろう。

彼はいつだって、言葉で伝えていてくれたのに。

「……なぜ、泣くんだ」

伝い落ちる水に、動揺した兄が私をゆする。

私には泣く資格などない。なのに、涙は自分の意思とは関係なく滑り落ちる。

「……私が悪いんです」

「何が!?」

「私が、言うことを聞かなかったのが悪かったんです」

「は……?」

兄は何を言われているかきっとわかっていない。でも私は、自分の考えをまとめるためにも、言葉に乗せる。

「えーとそれは……お前が学生時代に一緒にいたという彼氏のことか?」

「かれし?」

「仲がよかったんだろう?　ユリス・カイラードは」

ユリスの名前が出てきて頷《うなず》く。そう、あの決裂が起こるまで、彼と私はずっと一緒にいたし、ずっと我儘《わがまま》を聞いてもらっていた。その事実は変わらない。

「それで……何が悪かったんだ？」

「彼は、ずっと自分の気持ちを伝えてくれていたのに……私は聞いていなかったんです」

「聞いてなかったのが悪かったのか？」

「はい。あと、私の行動も駄目《だめ》だった」

あの後、私は何もかもが手につかず、ずっと一人きりで泣いていた。初めて自覚した、自分の恋心。そして同時に砕け散った心は、何も受け入れることができなかった。

とばっちりを受けてしまったアイリには本当に悪いことをしたと思う。ユリスがいなくなることで、矢面になるのは平民の彼女だと、気づいたときにはすでに手遅れだった。

ごめんね、と。

泣きながら謝る彼女に私は首を振った。ユリスを傍《そば》からいなくならせたのは私で、アイリはそれに巻き込まれただけだった。痛々しい頬《ほお》の傷を見て、オルトにこれでもかと非難されて、もう私は一人でいるしかないのだと、そう思い知った。

一度だけ、それでも話したいと思ったことはある。

手段が思い浮かばなかった私は、騎竜士になったユリスと話す機会を作ることはできなかった。そんな折、黒騎竜の契約者の話が出て、それに関わることでユリスと話し合うことはできないかと行動したことは今でも後悔している。私がしたことはユリスの契約竜を取るようなそんなものだと、私は知らなかったのだ……。後から事実を教えてもらって反省した私は、結局、その後彼にかかわることは一切できなかった。

私が動くと、ソーガイズに関わりたい人間が動くことを、あのとき私は初めて知った。私が動けば、他の人間が傷つく。ならば一人でいるしかないではないか。今も、昔も、友人と呼べるのはあの二人だけなのだから。

「だから私は一人でいるしかなかったんです」

「……」

「兄上？　なぜ怖い顔をされているのですか？」

私が悪いと教えただけなのに、どうして兄は剣でざくざくと近くの人形《ひとがた》を切ろうとしているのだろう。兄の不可解な行動に首を傾げていると、なぜか近くの騎士見習いがこっそり寄ってきた。

「あの～……」

「なにか？」

「先ほどの口振りだと、彼の言うことを聞かなかったから孤立した、という結論になるんですけど」

「!?」

どうしてそうなるのだろう。

「そんなことはない！　私が悪かっただけだ！　彼はいつだって私のことを考えていてくれたし、伸び悩んだときもちゃんと相談に乗ってくれた！　私は我儘《わがまま》だったろうに修行だって付き合ってくれたし、いつだって傍《そば》にいてくれたんだ！」

「えーと、それでなんで離れるという結論に？」

「だから私が悪かったのだ……必要以上に自分の要求を押しつけすぎてしまったから、いやになってしまったのだと思う……」

「はあ……」

「私もきっと、妹のように面倒を見られていることに、少しだけ反発をしていたのかもしれない。……ちゃんと、私自身を見てほしかった。その言葉を伝えればよかったのに、私はただ押しつけるだけだった……」

ぼそりぼそりと怖い雰囲気の兄の横で喋《しゃべ》っていると、なぜか聞いていたらしい兄がつかつかと足音を立てて戻ってきた。

「それで？　ファティマはどうしたいんだ」

「どうしたい……？」

言われたことに首を傾げる。

どうしようもない、と思う。すでに彼との道はあまりにも離れてしまっているし、近衛《このえ》である彼と第二師団の所属である私では一緒に行動をする機会すらないだろう。

つまり、私は彼と話し合う機会を永遠に失ってしまったのだ。

「私と彼の接点はもうないし……話したいと言っても聞いてもらえるかもわからない」

「それでいいのか？」

それで、いいのか？

「……よくなんて、ない……！」

私は何度だって、謝らなくちゃいけない。無理をさせて、押しつけて、どうしようもない友人だった私を、それでも彼はずっと見ていてくれたのだ。その想いに少しでも報いるためにも、私は彼と……話をしたい！

「ファティマ」

「はい」

「ひとつだけ、思い当たる方法がある」

「？」

兄はしばらく逡巡《しゅんじゅん》していたが、やがて口を開く。

「トリス・カイラードを知っているか？」

「トリス……カイラード？　ユリスの弟だったと思いましたが」

「ああ。あいつが、勇者の従者を決める選抜大会に出ることは知っているか？」

それは知っている。下馬評でも確定で決まるだろうと言われていて、あの身分の高さでありながら勇者の従者になりたがるなどなんて高潔な人物だろうと確か言われていた。

「はい、知っています」

「そうか……。それで、だな。ファティマもあの大会に出る気はあるか？」

「私に勇者の従者になれ、と？」

確かにあの大会は身分を問わずの強者《つわもの》が出るので、興味はあった。私は兄と違い気軽な身分であるし、恋愛結婚が主である家事情から嫁に行けとも言われたことはない。

だが、兄は反対してはいなかっただろうか。私自身も昔聞いたオルトの事情を思い出し、無理に参加する必要はないかと思っていたのだが。

「なぜ？」

「なぜって……勇者の従者になれば、王とも近くなるし、同僚は相手の弟。機会なんていくらでも作れるんじゃないか？」

「！」

ユリスが弟の話をしているところを見たことはなかったので思いつかなかったが、確かに弟と同僚になれば話し合う機会は作れるかもしれない。何より、王城には彼の父も、彼本人もいる。第二師団の本拠地は王城からは少し離れているし、すれ違う機会も増えるかもしれない。

しかし……そんな動機でよいのだろうか。

「まだ納得できない顔だな？」

「え、ええ……」

私自身の勝手で、世界の命運を決める勇者の従者に立候補してもいいものだろうか。

「選ばれると決まったわけでもないし、目の前にある機会を逃すのは馬鹿のすることだとは思わないか？」

「あに、うえ」

「私はな。お前を泣かすような男になんて、お前を会わせたくはない。だがな、そのままお前が抱えこみ、ずっと孤立している方が私は見ていたくないんだ。だから、ファティマ、後悔なんて後でしろ！　巡ってきた機会は——逃すな！」

「！　……はい！」

力強く言う兄に、喝を入れられて私の声が弾む。

そう……そうだ。後悔するのは、またいつだってできる。私が行動することで、また誰かに迷惑をかけるのかもしれない。

でもそれでも私は——もう一度、彼と話をしたい。

「……まあ、私も話したいことがあるしな」

「？　はい」

「目標があった方がいろいろ調整もきくだろうし？　気が紛れるよな？　うん。ファティマは大会に向けて、やれるべきことをやってくればいいぞ」

くるり、となぜか兄は師団のばてたまま転がっている騎士たちに向き直る。

「お前らも、話は聞いていたな……？」

「はい」

「ファティマの調整は副団長、お前に任せる」

「はっ」

「あと、手の空いてるものは数名私のもとに来い。——私のかわいい妹に、何をしてくれやがったのか、事実を確かめないと、な……？」

「「は、はい……！」」

真っ青になりながらがくがくと頷《うなず》く騎士たちに、私はなぜ兄が恐れられているのかわからず首を傾げたのであった。


そもそも、ただでさえ噂《うわさ》が酷《ひど》かったユリスのことが正しく伝わるはずもなく、曲解を重ねて兄のもとに届けられていたことを知るのは——もっと、ずっと後のこと。

第10章　勇者の仲間

1

そしてそのときは、訪れる。

二十三歳の春。神殿より、告知。

『勇者召喚を行う』

勇者PTであるトリスとファティマが呼ばれた横で、俺もなぜかいた。

王座に向かい、頭を下げて並び立つ。

びしっと正装している二人の横で、一介の騎士服しか着ていない俺は地味すぎて逆に目立っていた。あまりの場違い感に帰りたいが、要求を聞くまでは帰れないので手持ち無沙《ぶさ》汰《た》に立ち尽くす。そんな俺に、二人の視線が思案気に突き刺さったところで、王は本題に入った。

「……黒騎竜を借り受けたい」

予想はしていたけれど、聞きたくない言葉。聞き違いではなさそうなその言葉に溜息《ためいき》をつきつつ、俺は顔を上げて王に向き直る。

「無理です」

「な……っ!?」

王の申し出を一刀両断で断ると、予想外だったのか周りがざわめいた。父上も叔父上も、横にいるトリスもファティマも俺の物言いにさすがにびっくりしたのか固まっているので、思わず苦笑を洩《も》らした。……予想はしていたが、まさか直球で訊《き》かれるとは思っていなかったのだ。おかげで思いっきりバッサリ切り捨ててしまい、予定が狂ったことを自覚する。

もう少しオブラートに包んでくると思っていたのになぁ。

「なぜだ?」

「ノエルは、盟約竜なので、簡単に解除することはできないのです」

「それは知っているが……」

「さらに、盟約者から離れすぎれば、盟約竜は盟約者以外の命令は聞かなくなります。盟約したまま騎竜のみを渡すのは、ほぼ不可能なのです」

コレは事実なので胸を張って伝える。それなら盟約を切れば、と思うだろうがそれはそれで問題があるのだ。

「ではその盟約自体を破棄してもらえまいか」

「嫌です」

「なっ……」

予想通りの言葉にさらに溜息を一つ。だからさ、竜は、モノじゃないんだってことをどうして理解していないかな。事前に騎竜の生態も聞いているはずなのに、どうして言いだすのか理解に苦しむ。毎回説明しないと駄目《だめ》なのか、そういった過程を作らなきゃダメなのかわからないが、断られるなんて予想通りのはずなのに唖然《あぜん》とする王に俺はかえって困ってしまった。大体盟約を切れってどれだけ無茶ぶりなのか、知らないはずないのになぁ。

「王に向かってなんてことを……！」

俺の口振りに盛大に反発が起こるが、無理を言っているのは王様の方なので俺は譲る気はない。俺は何度となく繰り返していた説明を、あえてゆっくりと話し始める。盟約を切っても、他の人間を盟約者として選ぶことはないこと。俺が言い聞かせて盟約を切るなんて、約束をさせた上で約束をぶっちぎることになり、どう考えてもありえない、竜にとっても無駄な行為であること。

それらを言い含めるように説明すると、その説明を受けたことがある貴族もいたのだろう、なんとも言えない雰囲気が周りに漂い始める。

「大体、なぜ騎竜だけを連れて行こうとするんでしょう？」

「は？」

「俺は別に勇者達についていっても問題ないのですが」

というか目的はそっちなので、むしろ連れて行ってほしい。そう言うと構えられそうだからあくまでもさり気なく示唆するだけに留めておくが、ニュアンスは伝わったのか王は微妙な顔をした。変な貴族に反発されても嫌だし、ここは遠まわしにいくしかないので大人しく説得するしかないかねぇ。じっと見据えると、なぜか王様は目線を逸《そ》らした。

「それは……」

「費用の問題でしたら、別に俺は自費で行ってもいいですし」

「は？」

「ついていくだけなので問題ないですよ？」

言外に戦闘力を期待するな、と示唆すれば王の目は丸くなった。ノエルは期待していいけど俺は付属品ってことで一つご理解いただきたい。何させられるかわかんないしね。そんな俺にざわりと周りがざわめく。勇者ＰＴと言えば、命の危険を伴う名誉職だ。そこに道楽でついていくと言いきる俺はさすがにおかしいのだろう、どうしていいかわからないらしい貴族たちの視線がすごく痛い。

「……ユリス」

「はい」

「本気か？」

なんとも言えない雰囲気の中で口火を切ったのは、さすがと言うべきか我が父上だった。息子二人が行くと言いだすとは思っていなかったのだろう、動揺しているような気がする。とはいえ、俺がＰＴについていくのは決定事項であり、ここでついていけなくなったとしてもこっそりついていく気なのでできればここで認めてもらいたい。

「本気です」

「なぜだ？」

さて、どう答えるか。父上に下手なことを言っても通らないので、ここは正直な気持ちを話して味方になってもらうべきだろうか。

「俺としては、竜だけ連れて行く意味がわからないです」

「ノエルはとても頭のよい騎竜と聞いたが？」

「ええ、もちろんです。でも、俺なしで動いたりはしないですよ。騎竜は主のためにしか動きません」

「……そういうものなのか」

「はい。そもそも騎竜士にとって盟約竜・契約竜を手放すということは職を辞することと一緒です。一度手放した騎竜は戻ってきませんし、その騎竜が違う相手と契約することはほぼありえません。それは頭がいいからとか、人間の思惑や前の契約者とは関係ありませんので俺が言い含めても意味がないんです」

もともと騎竜との契約は、フィーリングで成立しているものだ。心が添える相手を選ぶ騎竜にとって、主人が死んだなどのアクシデントはともかく、言葉だけで契約を変更することはありえない。

ファティマが何か言われていたのか、おもむろに寄ってきてノエルに手をさし出した。だがノエルは怯《おび》えて彼女に寄ろうとはしない。きゅー！　と鳴きながら彼女から離れる様子に広間がざわつく。

これはやっぱりファティマに黒騎竜《ノエル》を渡すつもりだった、ってことかな。騎士養成学校時代の騒動を思い出し警戒しつつ、ノエルの様子に安堵する。

「僕は、兄上に来てもらいたいです」

密かに続くざわめきを破ったのはトリスだった。トリスがノエルに近づくとノエルは怯えこそしないが、様子を見守るようにしている。ここでなつけば微妙なことになるのを理解しているのか、いつものように懐くことはない。特に何も言い含めてはいないのだがちゃんと俺の望むように反応するノエルはつくづく頭がいいと思う。

「ほら、この通りですよ。ノエルは僕に怯えたりはしないけれど、兄上なしでは動かないと僕も思います」

「ふむ」

「神殿からは黒騎竜が勇者には必要、ということでしたよね？　人が増えてはいけないとは言われていないのでは？」

トリスのたたみかけるような言葉に、周りが納得していく。こういうとき、発言力の違いってあるよなあ、とは思うが俺にとっては僥倖《ぎょうこう》の流れなので、文句を言わずに黙って静観することにした。トリスが援護するのは少し予想外だったが、その目が俺が同行することに対して肯定を示していた。

「わ、たしは……」

そんなトリスの横でファティマが何かを呟《つぶや》くが、言葉にならないのか俯《うつむ》いてしまう。彼女の小さな声は無視されて、王の採決は下される。

「あいわかった。此度はこの三名を召喚の儀に連れて行き、勇者と引き合わせるものとする」

勇者との相性もあるため決定事項ではないが、これだけの言質《げんち》が取れれば問題ないだろう。この分なら召喚陣を見ることもできるかもしれないな。神殿自体は気をつけなければいけないが、これで俺の目的は半ば達成できたと言えるだろう。

「出立は三日後とする。解散」

定められたその決定に、俺はただ息を吐いた。

突き刺さってくるのは羨望の眼差しか、それとも死に急ぐことに対しての憐れみか。

「ユリス」

「……はい」

「少し伝えたいことが有る。この後、屋敷に来るように」

王の裁定には口を出さなかった父が、俺を見つめる。

俺は少しためらいながらも、何かとがめる視線にただうなずいた。


「本当に――行くのか？」

困惑したような声に、俺はただ頷《うなず》く。

窓の外から見えるのは、黄昏《たそがれ》時の夕陽だ。トリスも話に加わりたいと言っていたが、父は何か思うことがあったのか二人で話したいと俺を執務室に連れてきた。

整理整頓のきっちりされた執務室に入るのは、子供時代以来だ。まだ物心もほとんどついていない頃、俺は魔術を調べるためだけにこの部屋によく入り浸っていた。父はいつも不在で、文字が読めるようになった後は基本的には書庫にいたのだが、執務室にはこの家にしか伝わっていない文書もたくさんあったのだ。当然のことながら書庫だけではなく俺はこの執務室にも、五歳を過ぎる前くらいまではちょこちょこと来ていたのだった。

そこまで本が多いわけでもないし、なんとなく距離が出た後は一切入っていなかった場所だが、変わらない様子に少しだけ懐かしさを覚える。思えば勤勉な父は、本を読む俺を見つけては話しかけてきてはいなかっただろうか。

今思えば、それだけで愛情を感じられていたものだと思い出せるのに、俺はいつから距離を取ってしまっていたのだろう。

「ユリス？」

不思議そうにこちらを見る父に苦笑する。

「俺は本気です。――行きます」

俺の返答に父の眉《まゆ》が少しだけ不快そうにしかめられる。昔だったら俺は、ここで身構えたのかもしれないが、今は違う。この父の様子は、きっと心配してのものだろうと今は思えるから、俺はさらに苦笑を深めた。

「なぜ、と思いますか？」

「当たり前だろう。お前は魔力も使えないし、騎士として力をつけているわけではない。確かにノエルはすごい騎竜だとは思う、だがそれだけだ」

遠慮のない判断を告げる父に、俺はただ頷く。そう、俺はサルートのように剣の腕が秀でているわけでも、トリスのように魔法を自在に使えるわけでもない。――魔物退治に関してすぐれているのは、ノエルを使った索敵能力だけで、退治する能力はまったくないのだ。父が心配するのは当然と言えた。

だが。

「それでも、俺は行きます」

「……なぜ、騎竜だけではだめなんだ」

「騎竜と盟主が離れられないことは言ったでしょう？」

「それでも、だ。何かほかの方法はないのか？」

淡々と告げられる言葉に、けれど俺の心は平静だった。もし昔の父の気持ちを聞かないままだったら、期待をされていないと失望したかもしれない。けれど、今伝わってくるのはただ父の不安。

おそらく父は、ただ心配しているだけなのだ。ろくに魔物と戦う力もない俺が、騎竜の盟主であるというだけでなぜ世界を救う勇者の従者にならなければならないのか、それが納得できなくて訊《き》いているだけ。それがわかったから、俺はただ口を開いた。

「父上」

「なんだ？」

「あのとき、俺に訊いたことを覚えていますか」

サルートが失踪《しっそう》したとき、俺は父と叔父上に話せなかったことがある。なぜ、魔力が使えるのに使わないのか。そのとき父は、ただ辛そうな表情をしてこう言った。

『……理由は話せない、のか』

『……使えるようにはならないのか？』

『頼む。話せることは話してくれ……っ』

その言葉を聞いたとき、俺はどうしても話すことはできなかった。

もし、使えない理由を信じてもらえなかったら？

もし、使えないということ自体が嘘《うそ》で、魔力自体がないのだと思われたら？

そんな不安感から、俺は父を信じ切ることができなくてただ言葉を濁し、言わなくてもいいと言ってくれた叔父上に甘え、俺はそのまま父に事情を話すことなく今まで過ごしてきた。

けれど、本当に話さないままでいいのだろうか。

そんな気持ちは日に日に強くなり、トリスの事情なども聞いて俺は、決心したのだ。勇者との同行が決まった今なら、もはや隠すことはない。――俺は、俺の事情でついていき、そして魔力をそのためだけに使うのだと、話す機会は今しかないと思った、

「あのとき？」

首を傾げる父に、俺は息を吸い込む。

「父上は俺に、訊きました」

「……」

「なぜ魔力を使えないのか、と」

「!」

ずっと目を逸《そ》らし、この二年間ただ話すことを躊躇《ためら》っていたことを告げれば、父は驚いたように俺を見た。

目を見開く父に、俺は笑いかける。

——怖く、なんてない。あれから何度も、父と話す機会はあったじゃないか。そのたびに、辛いことはないかと、何かできることはないかと目だけで訴えてくる父に、俺は何度も安心したじゃないか。言葉が出なくても、心配してくるその様子は、言われてみればすぐわかったことだった。不器用だなと叔父上が評した通り、父は不器用でも家族を、俺を大切にしてくれていた。トリスを通して伝わる話からも、俺が何か困っていないかを父は気にしていたことがはっきりとわかっていた。

だから、もう意地なんて張らなくていいんだ。俺は信じていいんだと、信じて話してから出ていきたいと、そう思っているから。

「……言いたくないなら、言わなくていいんだぞ?」

戸惑いながらも告げる父に、俺はつい笑ってしまう。

あんなに聞きたそうにしていたのに、それでも俺を慮《おもんぱか》って言わなくてもいいと言う父に、言うなら今しかないと思った。そう思えたことが嬉《うれ》しくて、ただ、そっと目を閉じる。

「違いますよ」

「?」

「言いたいんです。俺は、父上に」

「!」

予想外の言葉だったのか息をのむ父に、俺は一息に告げる。

「俺が魔力を使えないのは、貯めているからなんですよ」

「貯める?」

「はい」

神具の指輪を撫《な》でながら俺は事実を告げる。

もっと不安定な気持ちになると思ったのに、驚いたり不安そうにする父にそんな気持ちも思い浮かばない。騙《だま》されるとか、信じられないとか、そんな気持ちすら飛んで、ただ心配させたくないと思った気持ちが顔を出す。

「――俺は生まれる前に、勇者のために魔力を貯めてほしいと神様に頼まれたんです」

「……神、だと?」

「信じられませんか?」

少しだけ不安になり聞いてみるが、父の様子は変わらない。戸惑ってはいるが、ただ首を振る様子に嘘《うそ》をついているような表情は見当たらない。

「いや、お前は神具を持っているし、神の要求を受けていたとしても不思議はないが……」

言いよどむ父に首を傾げれば、父はただ冷静に呟《つぶや》いた。

「……貯めて、何に使うんだ？」

「それは俺も知りません」

「そうか……」

そんな神様どうでもいいと言われるかと思ったが、この世界はやはり神の存在が近いのかそんな不敬な言葉は出てくることはない。その代わり父は気まずそうに俺へ問いかけてきた。

「訊《き》いたのは私だが……話しても大丈夫なのか？」

「父上は別に誰にも言わないでしょう？」

「それは、言わないが……隠しておきたかったんじゃないのか？」

なぜか話したことを心配する父に、俺は声を出して笑いたかった。

（――なんだよ。こんな簡単なことだったんじゃないか）

現代の日本ならいざ知らず、神が近いこの世界では神の頼み事だったで簡単に納得できることだったのに、俺は何を躊躇《ためら》っていたのだろう。誰も信じられず、絶対的に信用できるはずの家族も信用できず、俺は何と戦うつもりだったのだろう。

少しだけ目を覚ませば、俺を見ている目がどんなに慈しむものか気づけたはずなのに、俺は父本人を見ようともせずにずっと目を逸《そ》らしていたのだ。愛情を向けても帰ってこないと、心のどこかで思っていた過去の自分が馬鹿らしくて、俺はただ何度も首を振った。

隠しておきたかったわけじゃない。

信じてもらえないだろうことを、言うのが怖かっただけ。

魔力が使えない、そのことでひびのはいった家族関係を、これ以上壊したくなかったから、父がそんな俺を受け入れてくれると信じることができなかったから、それだけのことだったのだ。

「……いいえ。旅に出る前に、どうしても父上には話しておきたかったんです」

「ユリス……」

「父上。――今まで黙っていて、すみませんでした」

心配していることも、あのとき知ったのに俺はそれでも信じ切れていなかった。けれど勇者の従者になることが決まり、父の目を見たときに俺はわかったのだと思う。息子二人とも失くすことになるかもしれない、そんな父の不安が出たその言葉を聞いたとき、俺はなぜついていかなければならないのか、それが俺に課された使命であることを伝えなければいけないと思ったのだ。

「……いいんだ。ユリスが言いたいときに、伝えてくれればそれでいいと言っただろう?」

「でも、遅くなりました」

「遅くはない」

近寄ってくる父を見上げれば、父はただ微笑《ほほえ》んでいた。

「遅くはないさ。——ユリスも私も、今生きて、ここにいるのだから」

「!」

神具をはめた左手をつかまれ、少し上に持ち上げられる。少しだけ指輪を見つめ、そうして父は納得したのか、ただ俺を見つめた。

「ユリス。——私は、私のできることをする」

「父上」

「この国のありように、ずっと疑問を抱いていた。魔力がない子供など捨てろと、そう暴言を吐かれたことすら何度もある」

「……」

「だが、私はユリスを授かったことを後悔したことはない。魔力のない子供を授かったことで、私は色々気づくことができた。自分が何をすべきかも」

手が下ろされて、俺はただ窓の外へ目線を移した父と同じように窓の外を見た。目線が合わなくても、王城をただ見つめる父の決意は伝わってきていた。

だから、俺はただ黙って彼の言葉を聞く。

「これからもっと忙しくなるし敵も増えるだろう」

「……」

「……そんな私の傍《そば》に息子たちがいないのは、むしろ都合がいい。だからユリス、お前はお前で……頑張れ」

不器用な、でも直球の、そんな言葉。

突き放されたはずなのに、そんなことを微塵《みじん》も感じさせない言葉に、なぜか嬉《うれ》しくなった。肩を揺らし笑う俺に、ふて腐れたように父が振り返る。

「——勇者を助けるのだろう？」

「はい」

「道はきっと険しい。だが、きっとトリスもお前の助けになる」

「はい」

「……」

続く言葉が見つからないのか目線をさまよわせる父に、俺はただ決意を伝えることにした。

「————助けて見せますよ」

勇者を、そしてこの世界を。

濁した言葉に気づいたのか父は目を瞠《みは》る。

「それが、俺が生まれてきた意味です」

だから、行かせてください——。

続けた言葉に、父はただ頷《うなず》く。

「……いつでも帰ってこい。お前の、お前たちの、帰る場所はここだ」

そんな、少しだけ愛情の滲《にじ》んだ言葉を呟《つぶや》いて。

2

そして俺は今、猛烈に呆《あき》れている。

「……で?」

目の前にはしょぼん、と正座する男女。

一人はトリス・カイラード。

もう一人はファティマ・ソーガイズ。

勇者PTのメンバーとして選ばれた、俺の同僚となるべき二人。

そしてその横に目線を移せば、焦げ付いたと思われる料理道具。爆発でもしたのかと思われる形跡。もくもくと立ちこめる異臭。——紛《まが》うことなく酷《ひど》い状態である。

「なんで料理一つでこんな大惨事になるんだ……ッ!?」

「「ごめんなさい」」

間髪容《い》れずハモる声に、俺は呆れることしかできない。

「ファティマが壊滅的なのは知っていたけど、トリス」

「う、はいっ!」

「できないならできないと、最初から言っておけ。道具を次の村で買い直さないといけなくなったじゃないか」

「ご、ごめんなさいぃぃ……」

もっとできると思っていたんです、と呟《つぶや》くトリス。

魔術師学校の実習って、こういう実習はないのだろうか。騎士養成学校では普通に料理をさせられたもんだけど、トリスは身分が高すぎて逆にやらせてもらえなかったオチだろうか。そしてファティマは壊滅的すぎて早々に俺が彼女の分も代理でやるはめになっていたことを思い出す。

ああ、懐かしくも思い出したくない日々。

「ファティマもだ」

「う……」

「手を出すと壊滅的になることはわかっていただろう。俺は何度、手を出すなと言ったんだったか。今からもう一度その頭に叩《たた》きこんでやろうか？」

「ごめんなさいぃぃ……」

米つきバッタのように謝罪を繰り返す二人に、俺は溜息《ためいき》をつく。

駄目《だめ》駄目な二人の相乗効果で、料理道具はほぼ壊滅。野菜なども臭いなどでやられ、とても食えたものではない。これでは次の村まで、せいぜい肉を炙《あぶ》る程度しかできないだろう。

マジ無理。料理好きなのに何この惨状。

こんなのでこの二人、どうやって俺抜きで召喚陣のある場所まで行くつもりだったのだろうか。俺も大概常識がないと言われているのに、こいつらにいたっては常識のかけらも見当たらないじゃないか！

どうすんだ！

近衛《このえ》から勇者ＰＴへ任命された俺は、今何をしているかと言うと、三人で召喚陣へ向かっているところである。

あれ、送る人は？　と思う人はいるだろう。

うん、全部断った。

神殿関係者と行動したくなかったために、わざわざ三人で行動することにしたのだが早くも後悔しそうである。何度も同行者はいらないのかと王に確認されたが、そもそも勇者ってＰＴのみで動くから、ほかがいると邪魔なだけだし。多少危険なところは通るけれど、それくらい処理できなかったら魔王討伐なんて夢のまた夢。むしろ神殿関係者が近づいてくる方が怖いので、送りも迎えも丁重に断らせていただいた。

ちなみに俺は、騎士養成学校の実習でのポイントは高かった方だ。料理の点数は特に高く、皆から高評価をもらっていた。テントの張り方も、結界の張り方も、知識だけなら任せろ状態。

……ファティマみたいな変な手合いがなければ、だけどな。

あと俺が自分で料理するのには、実は理由があって……。

「兄上が作られる料理は独創的で美味しいのですが、たまには違う味にしようか、と思いまして……」

「少々というか、大分甘いからな」

……まあ、そういうわけである。

この世界、味付けが塩辛いのだ。日本人ならば覚えがあるだろう。甘辛が主流であり、醤油《しょうゆ》がどれだけ美味しいかを。

この世界、さすがに醤油はないのである……。

俺はといえば和洋折衷で料理は作れるので、塩砂糖酒だけでもあればそれなりの料理は作れるのであるが、それでも物足りないと思ってしまうのが日本人。

魚系のだしを使う料理を作るとすごく驚かれるが、それくらいさせてくれと言いたい。コンソメすら塩辛いんだよこの世界！　もっと美味しく食べたい！　味のレパートリー少ないんだからそれくらい使えよって話なんだけど、だしを使うという時点で常識外というところが本当に涙を誘う。海が遠いので魚料理も少なめだし、何よりも辛くないと味がしないと思うとかマジダメゼッタイ。どういう味覚なのか。

そんな俺の公称はと言えば、小さい頃劇辛物が普通に出てきてびっくりした以後は、

『お子様味覚』を貫いている。いや、生前（転生前）は辛い物好きだったんだけどさ。それが主流の食事はちょっと勘弁して頂きたかったんだ……。

そんなわけで甘いものが続いたせいで、どうやらこの暴挙に至った模様。

いや、口で言えよ。

「別にお前ら好みで作ろうと思えば作れる」

「『えっ』」

「当たり前だろう、この五年間ほとんど遠征しかしてないんだぞ？　それくらいの味の変更が、できなくてどうするんだ」

あきれたように言う俺に、二人はしょんぼりと黙りこんだ。

「できるならなぜ今までしてくれなかったんだ……」

「できないのかと思っていました……」

「単純に俺の味覚が一般的じゃないのを忘れてた」

「『……』」

いやあ、そんな穴が開くほど見つめられてはさすがに照れる。

よくうっかりするんだよね、俺は特に何も言われなければ俺的に美味いと思う味で作っちゃうしなあ。トリスもファティマも食べられないわけではないので文句も出ず、俺自身も弟と昔よく面倒を見た女性相手ということで気遣いを忘れていたらしい。

　ははは。と笑って誤魔化すとジト目で睨《にら》まれた。

「まあ、トリスは少しずつやればできるようになるだろうし気長にやろう」

「わ、私は？」

「……悪いけどファティマは絶対触らんでくれる？」

「……」

　がっくりする彼女には悪いが、彼女の壊滅的な料理に付き合うほど優しくはなれないんで仕方がない。というか召喚まで結構強行軍だからこそ、人を減らして動いているとも言えるのだ。一々料理関係で道具を壊していては、近くの村に毎回寄る羽目になり真面目に間に合わなくなる。

「え、えっと……だ、大丈夫ですファティマさん。料理ができなくても生きていけますよ」

「……」

　弟よ。その慰めは優しすぎてきっと逆効果だ……！

「……私はそんなに駄目《だめ》なのだろうか……」

「え、あの、そういう意味じゃ、ええとおお！」

　さらに落ちこむファティマに、おろおろするトリス。

　最近見慣れてきた光景に目を細めつつ、俺は厳かに予定を口に出すことにした。

「朝飯は無理そうだし、もう出立しよう」

コントのような言い合いをやめ頷《うなず》く二人が馬に乗るのに合わせ、俺も手早く使えそうな道具をひとまとめにしてノエルに括《くく》りつける。

街道で感じる光は、初夏の日光。

暑くなりそうな日差しに嘆息しながら、俺はノエルに出発を告げた。

☆

その、夜。野営の見張りをしていると、一人近づく影があった。

「……どうした？　眠れないのか？」

王都から出て早十日。行軍一カ月と言われている距離だが、三人という少数精鋭の動きのため、予定よりは早く着けそうではある。

それでも街道沿いで野営することは少なくなく、今日は村ではなくて野営になった。

「……いや、もう寝た」

「一時間ほど早い」

「……わかっている」

ファティマが火の番をする俺の横に座る。

トリスがいるので結界陣を組んで寝れば正直見張り番は必要ないのだが……。いつどこで何が起こるかもわからない状態では、魔力を随時使用するのはあまりふさわしくない。

今日は野営の番を持ち回りでする予定で、俺が最初を買って出ていた。

次がファティマで最後がトリス。まとまって眠れないのはファティマとなるが、騎士として当然だとファティマが言い切ったのでこの順番だ。だがファティマの時間まではまだ一時間近くある。

パチ、と火が爆《は》ぜる。

柔らかな光に照らされた彼女を見ると、ファティマは真剣にこちらを見ていた。

「……ユリスは、何も言わないのだな」

「何を？」

王都で顔を合わせたときも。その後でかけるようになったときも。三人で出立することが決まったときも。

ファティマは何かを言いかけながら、口を噤《つぐ》んでいた。それは、気づいていたけれど。

「……あのときのことを」

あのとき。学生時代の決別したときのことだろうか。彼女の期待に応《こた》えられず、耐え切れずに逃げ出したときの――――。

「……逃げたことを、わざわざ自分から言いだす奴《やつ》はいないさ」

「逃げた？　なんの事だ？」

い。

怪訝《けげん》そうなファティマに、俺は苦笑する。

彼女は、俺が迷惑でしかないという問いに頷《うなず》いたことだけを覚えているのかもしれない。

迷惑だったかと言えば、迷惑ではあった。

けれど嫌ではなかったのだ。それを、どう表現すればいいのだろう。

「……俺は逃げたんだよ」

ファティマの期待から。

一緒に騎士として高め合ってほしいという、その純粋な気持ちから。

だって俺は。

「……俺は騎士になりたかったわけでもないし、騎士として強くなりたかったわけでもないし、自分の限界を超えたいわけでもなかったからな」

「は?」

「だから逃げたんだ。……お前の期待から」

何を言われたのかわからない、というファティマに。

本当に気づいていない純粋な彼女に、俺は何を告げればいいのだろうと思う。

あのときは悪かったと言えばいいのだろうか。謝ったところであのときと同じように要求されたら拒否しかしないのに?

「……お前が言っていることは、相変わらず難しくてよくわからない」

「ははは っ」

眉《まゆ》をギュッと寄せ、理解しようとするその姿に笑いが漏れる。

彼女はどこまでも真面目で。どこまでも、真剣で。

――――自分と正反対。

「私はずっと、お前に謝らなければいけないと思っていた」

「ん？」

「私はお前が思い詰めていることに気づいてやれなかった。辛いのだと、無理だと、そう告げていた言葉を軽く捉え、逆に捉え、私は取り返しのつかないことをした」

「ファティマ」

「待て、最後まで言わせろ。……私はいつも後から気づくんだ。相手に押しつけてしまった後に、すべてなくしてしまった後に、な。……だから、聞くのは嫌かもしれないが謝らせてくれ。……すまなかった……」

凛《りん》とした声で、彼女は俺にそう呟《つぶや》く。

謝ることを恐れないその姿勢が酷《ひど》く綺麗《きれい》で、それでいて痛々しい。

彼女は自分の声の弱さに、気づいているんだろうか。

「……もういいよ」

「だが」

「嫌だとは思ってなかったしね。俺も離れることしか思い浮かばなかったのが悪いんだ。……ちゃんと伝えられなくてごめん」

「！」

ぱちん、とまた火が爆《は》ぜる。

その音に膝《ひざ》の上に寝ていたノエルが、ひっくり返ってきゅぅ。と鳴いた。

「……その……」

「ん？」

「ユリスは、私が、憎くは……ないのか？」

「は？」

憎い？

聞きなれない単語にぽかんとすると、ファティマも予想外だったのか、慌てだす。

「え、だって、私が嫌いだろう？」

「いや別に嫌いじゃないが。むしろ好きな方だが」

「えっ！」

「いや、嫌いな奴《やつ》と友達づきあいはさすがにしないだろ」

何を言っているんだろうか彼女は。

俺は彼女に押しつけられる数々が辛かったが、嫌いだと思ったことは一度もない。憎いはどうだろうな、押しつけられた内容は憎かったかもしれないが……もう終わったことだ。

「……友達だと、思っていてくれ、たのか」

「え」

今度は俺が予想外のことを言われ、一瞬思考が停止した。

思っていてくれたのか、って。まるで最初から友達だと思っていなかったみたいな……

そんな卑屈な言葉が出てくるとは思わず、茫然《ぼうぜん》とする。

「すまん、私と友達などと、ありえないことを」

「待て待て待て」

俺と絶交状態になってからいったい何があったのか。

痛ましいくらいに自分を卑下するような態度に、思考が追いついていかない。

ただ、これは言っておいた方がいい気がする。

「ファティマ、お前、どうした」

「どうしたって……」

「確かに意識の違いから絶交状態にはなったがな。俺は、お前を友達だと思ってるし、それは別に変わってるわけじゃないぞ？」

「え……」

あれから十年近くの月日が流れて、彼女も大人になっているというのに、それでもその表情はあのときと変わらない。

純粋で、幼いその表情。

「これから長い旅になるだろうし、仲直りしとく、か？」

「ゆり、す……？」

「ああ、でも、修行に付き合わせるのは勘弁しろよ。無理だから」

手を差し出すと、そっと握り返してくるその手。

俺より小さくて、それでいて剣を使いこんだ、そんな手。

「……また、よろしくな」

「ああ、ユリス」

そっと握りしめながら俺は、彼女の目からこぼれおちたものは見なかったふりをした。

☆

弟と旅をするようになって一つ疑問に思うことがある。

「トリス？」

「え、はいっ？」

勇者召喚の地までもう少し。ひときわ輝く魔力スポットを遠目に見ながら、俺はトリスと火の番を代わるために声をかける。程なく返ってくる声は、いつも通りで。俺は違和感を覚えながら、言葉を繋《つな》ぐ。

「……ずっと気になってたんだが」

「はい？」

「トリスは枕が変わると寝られないのか？」

「は？　枕？」

必要なときにすぐ寝られるらしいファティマは、危機管理のスイッチオンオフの切り替えができているので心配はしていない。

だが、トリスはどうだろう？

魔術師は確かに、ある程度の疲労ならば魔法でどうとでもできるだろうが……。トリスの順番が俺の次になったことで気づいた、ちょっとした些細《ささい》なこと。

それが気になって仕方なく、俺はつい口に出していた。

「……あまりよく寝ていないだろう？」

「え」

「魔術師は魔力の循環である程度の疲労は抑えられると読んだことはあるが、トリスは正直いつ寝ているのかわからないくらい、ずっと起きてないか？」

これが本を読んでいるとかなら注意を促すこともできようが、なんか寝ようとして寝られてないみたいなんだよな……。

学生時代に実習もあっただろうに、旅慣れていないのだろうか。

だが俺よりは遠征がないとはいえ、行軍に関してはトリスはむしろ積極的に手伝いをしていたような記憶がある。だからこその違和感だ。

「……ええと、ですね」

「ん？」

「……寝たい、んですけ、ど……」

歯切れ悪く顔を伏せるトリスに事情があるのは窺《うかが》えて、俺はとりあえず喋《しゃべ》らせてみよう、と続きを待つ。

「……色々思い出してしまって」

「思い出す？」

思い出すと眠れなくなる記憶。フラッシュバックするようにボロボロになったときの弟を思い出して眉《まゆ》をひそめる。

そういえば、サルートとはぐれたときも、トリスはほとんど眠れていなかったように思う。事情が事情だったので気にしなかったが、あのときだけではなかったのだろうか。

「……はい。僕は、いつも守られてばかりだったから……」

「……？」

「一日が終わって夜になると、その日の駄目《だめ》だったことばかり思い出して……眠れなくなるんです」

トリスが軽く火元をかき回しながら、座りこむ。

俺は本来なら寝なければいけないのだが、声をかけた手前放っておくこともできなくて元の位置に戻って横に座り込むと、トリスは自嘲《じちょう》めいた笑みを見せた。

「料理もそうでしたけど。学生のとき、僕は何もさせてもらえなかったんです」

「え？」

「見張り番も、偵察も、騎士たちとの対話も、すべて。――カイラードの者が、下々のことに手をわずらわす必要はない、と」

「……」

「何度も代わってほしいと言ったのに、受け入れてもらえませんでした」

講習のときのことを思い出す。

そういえばトリスの周りには、何人もの貴族の息子らしい奴《やつ》らがいた。取り巻きのようにトリスにくっついていた彼らは、いつもトリスの傍《そば》で行動を制限していたのだろうか。

「……僕は、役立たずです」

「トリス」

「あのときも、今も。僕は言われたことしかできなくて。いつも肝心なときには何も、できないんです」

爆《は》ぜる火の音が物悲しい。

淡々と語る口調は平坦で、何も窺《うかが》い知ることはできないけれど、俺には言えることがあった。

「別に、今からでも頑張ればいいだろ」

「兄上」

「見張り番も偵察も慣れだ。大体、言われたことすらできない人間だって世の中にはいる。トリスは言われたことはできるんだ、もう少し自信は持っておけ」

俺は、弟の何を見ていたんだろう。

慕われているのは知っていた、けれど俺は学生になってから一度もトリスに手紙を書いたことはない。

トリスからは何度か近況を知らせる手紙は届いていたし、当たり障りのない内容を覚えてはいたけれど返事は書かなかった。俺は今、弟の口からそのことが出るまで、何も気づいてはいなかったのだ。

――――兄上は実習で何をしていますか？　どうしたら、騎士と連携が取れるでしょう？

（それは嫌味か？　俺に何を聞きたいんだ？）

――――主席になりました。でもちっとも魔法が上手くなった気がしません。

（主席って一番だろうが。上手くないなんて言うな、その一番をどれだけ取りたい人間がいると思ってるんだ）

見るたびに弟の悩みは贅沢《ぜいたく》なものなのだと思っていた。力があるからこその、無意識の傲慢《ごうまん》。それは馴染《なじ》みあるもので、だから俺は自分の気持ちごと無視し続けていたのだが。

夏の休暇で少し話したときに、最後まで聞いておけばよかった。できるようになりたい――その言葉の『自分でできる』は、今『自分で何もできない』、その劣等感を抱えているという意味だったのだろう。俺から見ればトリスができていることはいっぱいあるというのに、彼はそれに気づいてすらいないのだ。

「でも、僕は応用なんてできないですよ」

「基礎はできているだろ」

「それぐらいしかできなかったから……」

ファティマにも感じた、自己否定。

痛々しいまでの卑下に、感じたのは怒りだった。

「トリス。俺はさっき言った」

「え？」

「基礎でも『できない人間がいる』と」

「あ……」

「できていることすら否定するのは、できない相手に対して失礼だ」

大体俺は、魔法が使えないんだぞ？　その相手に対して、何もできないと嘆くのはどうなんだよ？

「あう。……ごめん、なさい……」

俺の視線が怒りを含んでいると気づいたのだろう、縮こまるトリスに俺は冷めた視線を送る。

……落ちこませたいわけじゃないのに。

制御のきかない感情に、俺自身がどうすることもできずにさらに言葉を重ねた。

「大体、応用ができないならどうしたいんだ？」

「え？」

「できないからって周りは待ってくれやしないだろう。ただ、後悔するだけでそれでいいのか？」

トリスはただ首を振る。

何度も、何度も。

違う、と言いたげに。

「できるように、なりたいです……っ」

「じゃあ、頑張ればいいだろ」

俺はこの弟が努力しないような人間だとは思っていない。嘆く傍《そば》で、できることはちゃんとできるようにしようと、その心意気があるのだけは知っている。ただ後悔するだけの人間なら、料理にしろなんにしろ『失敗する』はずがないのだ。

チャレンジしたからこそ、失敗して落ちこんで、後悔している。

「大体応用は、基礎ができてないとできないものだ」

「は、い」

「つまり応用する下地はお前の中に、あるんだ。なぜ、『応用できない』と思うんだ?」

「だって僕はいつだって、何も……」

ループしそうな言葉を遮って、俺はたたみかける。

何もできなかったのは、今までのこと。

「経験がないだけだろ。ここからは、俺たちは勇者を含めても四人しかいない。魔術を使えるのはお前一人と言っても過言じゃない。今から後ろ向きでどうするんだ」

「でも」

「ああ、もう。じゃあ今からでも、誰かと代わってもらうか?」

段々腹が立ってきて、そう告げるとトリスはびくり、と怯《おび》えたようにこちらを見た。

その反応は何か、違うものを含んだもので。

「いや、ですっ」

「トリス？」

「代わるのだけは、もう、嫌なんです……！」

まるで前に何かあったような物言いに、俺の眉《まゆ》が寄る。

なんだ？　今の違和感は。

「トリス、落ちつけ」

「あ……」

激昂《げきこう》したせいか、息を切らすトリスの頭に手を伸ばす。

そっと触れると、触られたことが意外だったのか、トリスは目を丸くしながら俺を見た。伝わるトリスの魔力は、昔感じたままの素直なオーラをまとっていて、根本が変わっていないことだけ、伝わってくる。

「俺は別に代わってもらいたいと思ってるわけじゃないから、落ちつけ」

「あに、うえ」

「トリスは、一人で全部できないと駄目《だめ》なのか？」

「え……」

これがほかの魔術師なら、俺の立場は恐らく本当に雑用以下になっていたに違いない。

ファティマが俺をないがしろにするとは考えづらいが、魔術師中心の胸糞悪いPTになっていたことだけは想像に難くない。

それを思えばこのくらい、正直なんでもないことに思えて、俺は言葉を続ける。

「トリスは俺の言葉も、ファティマの言葉もちゃんと聞けるだろう？」

「は、い？」

「応用ができない？　そんなの経験がないから当たり前だ。人の言葉を聞かないと動けない？　言葉通りにできれば連携はできるだろう。何が駄目《だめ》なんだ？」

トリスが首を傾げる。

ああ、そうか。トリス自身がわかっていないのか。

〝魔術師としての重圧〟が自分の中にあることを。

「……あのな。俺たちは、魔術師がリーダーじゃなくてもいいんだよ」

「あ……」

「わかるか？　俺やファティマが望んでいるのはリーダーとしてのお前じゃなくて、支えてくれる魔術師だ。無理をする必要も、一人で責任を背負う必要も、ない。できないことはこれから頑張って、できるようになってくれればそれでいいんだ」

「あ……僕は」

「俺たちは『勇者を助けて世界を救う』ためにここにいる。一人一人が無理をする必要はない。作戦を立てるのはお前でも構わないけれど、それも経験を積んでいけばできるようになることだから。

……焦るな、トリス」

指先に触れる髪が、逃《に》げて行く。

ずるりと座りこんで俯《うつむ》くトリスの頭を、俺はさらに手で追いかけてぐしゃりと撫《な》でた。

「やっぱり、……敵《かな》わないいな」

「ん？」

「あ、いいえ。僕、焦ってたんですね」

頷《うなず》くと、照れたようにトリスが笑う。憑《つ》き物が落ちたようなその表情にほっとして、俺も笑うとトリスの頬《ほお》が少しだけ赤くなった。

「僕、頑張ります」

「ああ」

「手始めは料理ですね！」

いや、そこは戦闘じゃないかな。まあファティマは放っておいても一人で全部殲滅《せんめつ》しちゃうから、サポ中心で考えればいい気もするけれど。どちらかと言えば大きい魔法を使いたがらないトリスだから、バランスは取れている気がする。

「あんまり辛いのは、勘弁な」

「好き嫌いは駄目《だめ》ですよ！」

「そういう次元じゃないんだけどなあ……」

何か別方向にやる気を出した弟を見ながら、これは照れ隠しかねぇと面映《おもは》ゆく思う。

なんだかな。

俺怒ってたはずなんだけど、いつの間にか違う方向へ進んでいた。

やっぱり俺は鈍くて、お人好しなのかねぇ。

「しばらくは僕が料理当番で！　見張りも多めにやりますね！」

「別方向にやる気ありすぎだろ」

当分辛い料理を食わされることに戦々恐々しながらも、俺はなんとなく、気持ちが軽くなっていた。

——数日後辛いものを食べ続けたせいでお腹を下したのは別問題とだけ言っておく。

確かに俺は、勇者PTの全員がなんらかの形で俺に関わる人物なのではないかと思っていたさ。

でもまさか。

『召喚された勇者』までもが、俺に関わるものだとは思ってもいなかった。

3

ざわめきが酷《ひど》くなる中で、長い茶髪が風を含んで翻る。

一人は少年。短く刈り込んだ黒髪に、真っ黒な目。

俺たちの方を親の敵《かたき》みたいな目で睨《ね》め付けている。

もう一人は少女。肩より長い茶髪に、こげ茶色の瞳。

その瞳は戸惑いに彩られ、縋《すが》るように傍《かたわ》らの少年に寄り添っていた。


――ねえ、ゆきちゃん、この子の名前ね。

一人一人、確かめるように彼女は神官たちを見ていく。

戸惑う視線はそのまま俺たちを捉え、そうして重なり合った視線に俺はひとり息をのんだ。

「まず名を教えていただけますか？」

緊張した面持ちで、神子《みこ》が二人に傅《かしず》きそっと少年の手を取る。

その動きに彼女の視線が俺から外れた瞬間、俺の口から漏れたのはどうしようもない憤りを含んだ溜息《ためいき》だった。

（後悔するってわかってたじゃないか）

心のどこかで、もう一人の俺の声がする。

そう、俺は魔力を使ってはいけなかった。勇者を助けるためには、使ってはいけなかったんだ。

「なんで名乗らなきゃいけないんだ」

「ダイチ、そんな風に言っちゃ、だめだよ」

ふて腐れる少年に寄り添う少女に、嫉妬《しっと》にも似た感情が湧《わ》きあがる。

なぜ彼女が、今ここにいるのか。理由もわかっているのに、俺は信じたくなくて、でも目を逸《そ》らすこともできなくて、食い入るようにただ見つめる。

「ええと、私の名前、は」

「馬鹿、こんな胡散《うさん》臭い奴《やつ》らに名乗るなよ」

「そんなわけにもいかないでしょ？」

このまま黙っていたってどうしようもないじゃない。

そう呟《つぶや》いて頬《ほお》を膨らます顔が、ずっと見たかった彼女の顔とかぶる。

……そうだ。

俺もこうやって我儘《わがまま》を言って困らせた、ただ彼女が心配で、それだけで何度も困らせた。ずっと忘れていた彼女の顔は、この少女よりもう少しだけ柔らかく、そして少しだけ年上の顔をしていた。

「……私の名前は――」

召喚陣に現れた勇者の片割れは、誰よりも何よりも、会いたかった俺のもう一人の家族。

「『みゆき』、です」

鼓膜を震わせる声は、彼女によく似ていて。

名乗られた名前に、疑いは確信に変わる。

――二人の名前からとって、みゆきってどうかなあ……？

どこか暖気《のんき》な妻の声だけが、脳裏に響いた。

☆

ようやくたどり着いた召喚の儀の場は、神殿関係者で埋め尽くされて、右へ左への大騒ぎでざわついていた。

まあ、そりゃそうだよな。神殿の存在意義とも言える儀式だし、普段はいない多くの神官がここに詰めかけているのだろう。神官の一人や十人や百人……は言いすぎだろうが、その位はいそうな雰囲気ですらある。

「ようこそいらっしゃいました、勇者支援の方々」

ほどほどに門外で待たされて、迎え入れてくれたのは下っ端ではなく一人の女性だった。やってきたその女性の服装は豪華で、その身分もすぐに知れる。

彼女は【神子《みこ》】——召喚を行う、神殿の最重要人物。

その女性が、にこやかに笑いながら俺たちの目の前にいた。

「トリス・カイラード様、ファティマ・ソーガイズ様、そしてノエル様ですね。お務め御苦労さまです」

……俺の名前がない。

にこやかに笑っているように見えるのだが、よく見てみればなんかこの女、目が笑っていない。美人は美人だけど、なんというか地味に嫌がらせ気味で腹が立つな。そこはたとえ従者扱いでも、ちゃんと名前を呼ぶところじゃないのか。

そしてトリスを見る目がなんというか気持ち悪い。見定めているのか、それとも何かほかの目的があるのか。ちょっと怖いんで、今すぐ誰かに変わってもらえませんかね。

彼女の微妙な雰囲気とあえて俺の名前を出さない状態に口ごもる二人を横目で見つつ、俺はそのまま客室までついていくよう手振りで指示した。

いいんだよ、別に空気で。最初から認めてもらおうと思っているわけじゃないし、そこまで気にすることでもない。俺のことを二人がどう思っているか道中よくわかったし、こんな見知らぬ神子の態度に傷つくほど柔にできていない。

それにしても……。

「……人が多いな」

いたるところにいる、人・人・人。先ほど百人は言いすぎかと言ったが、そんなことはなかった。むしろそれ以上軽くいそうだ。

俺たちが神殿の関係者じゃないことは服装やトリスとファティマの顔でわかるのだろうか、好奇に満ちた視線が俺たちを包んでいる。神子は時折振り返りつつ誘導してくれているが、足取りはあまり気遣ったものとは言えない。むしろさっさとここから連れ出したいと言わんばかりの早足で、ついていくのも一苦労だ。

程なくして辿りついた部屋は、二部屋だった。

片方が女性用、片方が男性用。

うん。まあそれはいいんだいくら元々が相部屋だったファティマとはいえ、この年齢で女性と相部屋とか困っちゃうしね。普通三部屋用意するよね俺の扱いは空気かそれとも空気以下でしょうか、軽く問い詰めたいが我慢する。正規メンバーでないことも、神殿の意向からことごとく外れた行動を取っていることもわかりきっていることだからだ。

「では、ごゆるりとお過ごしくださいませ」

言葉だけは丁寧に、神子《みこ》が頭を下げる。そのまま下がっていくと思いきや、なぜかちらちらと俺を見る神子。まだ何かあるのか。

「……何か？」

「……いえ。私めの部屋はあちらにありますので……」

なぜか自分の部屋の位置を俺に誇示し、少し横目で見ながら去っていく神子に問いたい。

この客間ベッド、一つなんだけど？　なんなのこの嫌がらせ？　お前にはベッドすらいらないよ、自分にはベッドがありますけどねとか念を押したいの？

「……兄上」

「気にするな。寝るのはソファで十分だ」

部屋の中は豪華だけど、明らかに俺を認めない態度に溜息《ためいき》しか出ない。

なんだろうね、この意味のわからない扱いは。確かに逆らってはいるが、俺って確か神の寵愛《ちょうあい》持ちで神殿に望まれているとかじゃなかっただろうか。神殿に帰属しない寵愛者など、存在しなくていいってスタンスなのかね。

明らかに俺だけに不自然な態度に、すでに諦《あきら》めの境地なんだが。

「ええと、兄上、行きませんよね?」

「どこに?」

「……」

憤慨しつつソファの上にクッションを並べ、寝床を作り始める俺にトリスがなぜか行先を聞いてくる。――あの態度じゃ少し部屋を出るだけでも何か言われそうだし、召喚が始まるまで動かないほうが無難だと思うのだが。

「……いえ、なんでもありません。交互にソファで寝ましょうか」

それからの三日間、あの神子にはち合わせるのも嫌なので俺たちはほとんど客間内で過ごした。時折トリスが部屋を出ていくことはあったが、兄上が気にされることではないですよと言うので放置しておいた。

何か時折鈍いとか、ルル頑張れとか呟《つぶや》いていたのは気のせいだろうか。

そして召喚の儀はつつがなく始まり、程なくして――俺たちは勇者たちと対峙《たいじ》したのだった。

勇者召喚の儀を受けて、召喚の場は騒然となった。

論点は一つ。

『どちらが勇者なのか？』

俺が知る限りでも、召喚のときに勇者候補が二人現れたことはない。

つまり、予定外。

巻き込まれ召喚なのか、二人で勇者なのか？

なんとなく、俺が考えるにみゆきの方が勇者の気がしないでもないんだが……根拠はないし、間違っていた方がいいので黙っておく。

勇者と言えば、剣を使い、魔法を使い最前線を突っ切っていくリーダー的な役割をこなす。あの嫁を思えば案外できるような気もするけれど、親としてはやってほしくないんですが……。

むしろ嫁入り前の娘を危険にさらすとかありえない！

「はあ……勇者だなんだと、お前らの事情なんて俺には関係ないだろ」

「ダイチ……」

疲れきっている神官たちを休ませるため、つれてこられたのは待機室。本来ならここで俺たち三人と顔合わせし自己紹介をする予定だったため、神官が慌てて隔離しようとするのを押し切って、強引に俺たちもついてきた。

ほかにも何人か神殿の偉そうな人と、国王の代理の貴族などが数人いる。少年少女の二人は不安の残る顔でお互いに身を寄せ、ソファの真ん中に座った。

俺たちは座る場所もないので立ったまま状況を見守っていると、召喚の儀を行った神子《みこ》は、慈愛の微笑《ほほえ》み？　的なものを浮かべて彼ら二人に手を差し伸べる。まるで助けを差し伸べるようなその仕草は一々ハマっていて、見た目だけなら非常に神々しいのだが……。

（胡散《うさん》臭い……！）

父に聞いていたせいか、はたまた迎え入れられたときの態度が原因か、神子の微笑みがマジで胡散臭くしか見えない。

こいつ俺を見たときにもこの内面が読めない表情してたんだよなあ……。そのうえトリスにもなんていうか、いやぁぁに媚《こ》びるような視線を送っていて、「絶対信用できない」って思った初対面がまた思いだされた。あながち間違っていないと思う、やっぱり目が笑っていないし。

「少しでも我々の言葉を聞いていただけないでしょうか、尊きお方」

鈴の音を転がしたような彼女の声は、甘さに満ちていて纏《まと》わりつくように響く。確かに造形は美人であるが、その誘惑に近い視線に俺は寒気が立つ。

まさか誘惑されてないよな？　そう思いダイチ少年をこっそり見てみると、なんだか予想以上に嫌そうな顔をしていた。

うん、君とは仲良くなれそうだ。まあ、俺的にもみゆきの方がよっぽど美人だと思うし、この態度ならば横に置いておいてもみゆきは大丈夫そうだ。

「俺らのどちらかが勇者だとして、何をすればいいんだ」

神子《みこ》の視線に怯《おび》えるみゆきを庇《かば》いながら、ダイチが神子に向き合う。先ほどまで膨れていたはずだが、存外立ち直りも早い。このままでいても仕方ないと判断したんだろうか、その顔はすでに真剣だ。

彼らが着ている制服に見おぼえがあるので恐らく高校生だと思うんだが……中々どうして見どころはありそうな少年である。

「魔王を討伐してほしいのです」

「は、お約束かよ。それやって俺らになんの利点があるわけ？」

おお。定番台詞《せりふ》出た！

俺は転生者だし使う機会なんてなかったけど、召喚って言えばこれだよねー、召喚した相手に文句をつけるのから始まるよね、とかつい思ってしまった俺はたぶん悪くないだろう。

結構好きだったんだよな、こういう定番もの。まあ、主人公になりたいと思ったことなんてないし、今は現実なのであまり楽しめるものでもないが。

そこから繰り返された言葉もわりと定番で、俺は右から左へ聞き流していた。まあ、要するに帰りたければ魔王倒せ、倒せなければ帰れない的なことを説く神子、反発する少年少女。

ダイチは言質《げんち》を取られるのが嫌なのか、しばらくは返事を渋っていたが、結局渋ったところでどうにかなるわけでもないので最終的には承諾した。

まぁ、そうなるだろうと思っていたので口出しはしていない。どうするのかと見守っていたら、最低限の約束はちゃんと取り付けていた。

曰《いわ》く。

みゆき・ダイチ共に丁寧に扱うこと。

どちらが勇者かわからないため、共に旅立つこと。

必要であればバックアップ等も行うこと。

魔王討伐の暁には、必ず元の世界へ返すこと、など。

……あれ、勇者って元の世界に帰れただろうか？　俺が調べていた限りでは戻ったというのは聞いたことがないように思ったが、口は挟まずにいておいた。

ここで帰れないことを伝えても仕方ないし、あんまり神殿関係の奴《やつ》らと話したくないんだよな……下手につついて監禁されたり軟禁されたりされたくないしね。勇者ＰＴということでトリスとファティマはそれなりに丁寧に扱われていたようだが、俺への目線がなんか含みがあるっぽくて、話すのも嫌なんだよここの神官たち……。辛うじて勧誘的なことはなかったのだが、トリスから離れたら変なのが寄ってきそうで、実は必ず二人単位で動くようにしていた。

そんな俺の様子をトリスは首を傾げて見ていたが、俺は父の台詞《せりふ》が頭から離れなかったので、事情を話す気すら起きなかった。知らなければ警戒しようがないが、俺がそばにいれば互いに牽制《けんせい》になるのだから伝える必要もない。

「では、共に旅立つ者たちを紹介いたしましょう」

ようやく俺たちの出番になり、一人一人名前を名乗る。

「こちらが騎士のファティマ・ソーガイズ様」

ファティマが一歩前に出て、剣を鳴らしつつ礼をとる。

「そしてこちらが魔術師のトリス・カイラード様」

トリスも同様に杖《つえ》を軽く示し、その存在を知らしめる。

「……もう一方《ひとかた》おられますが、勇者様の従者はこのお二人ですわ。後の一人はここに残られますのでご説明はいりませんわね」

「「は？」」

おい待て、自己紹介すらさせない気か？　トリスやファティマが二人して唖然《あぜん》としているし、事情を知らないダイチやみゆきすら、なにこれ？　って感じで首傾げてるぞ？

　ホント何言ってんの？

「……騎竜士、ユリス・カイラードです」

　神子《みこ》を無視して一歩前に出て、名前を名乗る。

「……勝手なことをなさらないで。勇者とともに戦う人は二名だったはず。貴方《あなた》は関係ないのでは？」

　痛いところをつっこまれ、俺は顔をしかめる。騎竜のおまけというわけにもいかないし、ここで騎竜だけ連れていけとかまた話し出すのも面倒くさい。あの神子の態度から無視されるかもしれないぐらいは思っていたけれど、俺は残られると決まっている、説明はいらないとまで真っ向から存在否定した台詞を吐かれるとは思わんかった。

　存在無視するなら無視で終わらせてくれればいいものを、あえてここで追及してくる仕草に頭の中に警鐘が鳴る。神子の言い様を止めようとするが、それよりさきに神子は、くるりとこちらを振り返って俺に言い聞かすように喋《しゃべ》りだした。

「それに貴方は魔法が使えないでしょう？　勇者の従者が魔法を使えないなんて、そんな馬鹿なことなんてないわ。貴方はここに残って修行すべきだと思いますの」

　さもいいことを思いついたわ、とでも言わんばかりの調子でのたまう神子についていけず、ぽかーんとする室内の面々。

そしてざわつく周りの貴族と神官は、申し合わせたように一斉に俺を見た。

「そう、貴方《あなた》には修行が必要なのよ。勇者が二人召喚されて人数も増えてしまったことですし、役に立たない人間を連れていく余裕なんてありません……ええ、そうよ、この旅に貴方は必要ないわ。そうしましょう?」

笑いながら告げる神子《みこ》の言葉に、その内容に俺は目を細める。

今ここで、この場所でそれを言う、その真の意味は。

「……いります!」

回らない頭で俺が口を開く前に、叫んだのはトリスだった。

きゅう! と呼応するように鳴いたノエルが、神子を威嚇するように喉《のど》を鳴らす。そのまま俺を庇《かば》うように立つトリスの前に出たのは、それまで黙っていたファティマだった。

「……そうだな、彼がいないと我らはあまりにも連携が立たぬ」

「それは勇者様にお任せしては?」

「異世界から連れてこられたばかりの彼らに指揮を求めよと? 神子様は戦いというものを知らないのだな」

「っ」

「まあ、我らの人数を三人と最初に認められなかったのだから、ここにいるのは二人としてもかまわない。あえてもう一方《ひとかた》と呼び、説明などいらないと否定し無意味に引き入れようとする理由など聞きたくない。だが彼は黒騎竜の盟約者。騎竜とともに彼は我らが連れていく。当然のことだ」

毅然として答えるファティマに、神子が苦々しげにこちらを見る。

二人が真っ先に援護射撃してくるとは思わずぽけっとしてしまったが、神子にとってもトリスとファティマの対応は計算外だったようで言葉が続いてこない。

「……なんかよくわかんねーけど、あの神子さんが悪役なのはわかるな」

「ダイチ、失礼だよ」

ここぞこそ話す勇者たちに、奇妙な沈黙が生まれる。

悪役って……っ、間違ってる気はしないけど勇者に悪役扱いされる神子ってどうなの。誘惑全然効いてなさそうなのはいいけど、なぜか勇者たちまで俺の味方になってるぞ？

「……あ、貴方の気持ちはどうなの？　魔法を使えないお荷物なんだから私のもとに残った方がきっと貴方の為な」

「お気遣いは結構です。俺は俺の意思で彼らについていきます」

「……っ」

なぜか懇願してくるように俺を見る神子をばっさり言葉で切り捨ててやる。

なんなの？　意思確認もせずに残るとか言い始めてたんだから、拒否されるなんて今更なはずなのに、なんでこの神子は慌ててるの？

「で、では、勇者様を別室に一度お呼びして説明を……っ」

「いえ、まずは話し合いたいので五人だけにして下さい」

「……っ、どうして……！」

どうしてと言われましても、隔離された後に何されるかわからんのに引き下がれるわけがない。

「では、そのように」

焦り故か口調すら乱れる神子《みこ》との睨《にら》み合いは続いたが、一向に折れそうにない俺たちに気づいた神官が、傍観者となっていた貴族に促されて話は強制的に終わった。

思い通りにならなかったせいか悔しそうに去っていく神子に首を傾げつつ、俺たちは勇者たちとともに残された。

「なんだったんだ、あれ……」

少年の呟《つぶや》きは、ほぼ残された全員の気持ちであった。

4

　五人になり、ようやく一息つけた。

「気を抜くのはまだ早いですよ」

「そうだな。トリス、頼めるか？」

　念のためトリスに要求すると、俺の意図を汲み取ったトリスが、防音結界を張るのでしばらく黙っててくださいと言いだした。念入りに侵入者がいないことと、盗み聞いている人がいないことを確認し結界を張るトリスに苦笑が漏れる。

「これで、よし！」

「またずいぶん念入りにするんだな」

「ちょっと召喚前に嫌なことがあったので、保険です」

　言葉少なに結界の持続性を確かめ、トリスが勇者二人にソファへ腰かけるように促す。

　俺たちは三人で向かい側だ。ところでなんで俺が真ん中なのだろうか、右にトリス左にファティマがささっと座ってしまったため、仕方なく真ん中に腰をおろす。

「嫌なこと……何があったんだ？」

「兄上、それは後で話します。先に勇者様たちと現状確認しましょう」

「わかった」

嫌なこと、ねぇ。それはさっきの神子《みこ》の様子に当然関係するんだろうな。召喚の儀式の前からトリスの顔が強張《こわば》っている気はしていたが、何かあったのだろうか？

「では改めまして自己紹介から、いいでしょうか？」

「あ、はいっ」

座り直しピンと背筋を伸ばすみゆきに、ふと笑いが漏れる。ぶすっとむくれつつも、ダイチ君も事情は気になるのか目線はこちらを向いているので、トリスは気にせずに話し出した。

「——魔法のある世界、ねえ……」

「ファンタジーだねー」

ところどころ聞こえる声はまったりとしていて、緊張感はない。説明を任せておいてなんなのだが、本当に大丈夫だろうかこの二人。まだ現実味がないだけだろうか。

召喚理由などを一通りおさらいした後、話は先ほどのことに移る。

「ええと、ユリスさんには、何か問題があるんですか？」

「ああ。この世界、というかこの国は魔力至上主義でね。魔力が使えないと、扱いが酷《ひど》いんだよ」

「！」

「まあ、あれは行きすぎの気もするけどね」

少しというか、大分特殊な例だとは思うが間違っているわけではない。そう、魔力至上主義に関して二、三説明すると、すぐに二人とも眉《まゆ》をしかめ始めた。

まあ、そうだよなあ。日本人じゃ特にピンとこない気がするしね。俺も二十数年間暮らしてるから慣れたけど、実際前世のことがなかったら俺は確実にグレていたんじゃなかろうか。

それぐらい、扱いに難があることは理解している。

「えっとじゃあ、俺たちは？」

「魔法が使えるのでしょうか？」

勇者たちが当然の疑問を口にする。

このあたりのことは俺が説明した方がいいだろう。どう説明しようか思案しているトリスに代わり、俺が召喚に関して説明することにする。

「基本的に『勇者』は、魔法が使えるよ」

「じゃあ、俺たちのどちらかが勇者なのであれば、それでわかるんじゃ？」

「それは無理かな」

『勇者』は総じて、魔王の対になって召喚されるものだ。魔王が魔法を使えるなら当然勇者も使える。それは、子供でも知っているような当たり前のことであるのだが、もう一つこの世界には違う法則がある。

「そもそも魔力がない人間って、この世界では存在しないんだよね」

「えっ」

「だから、この世界に来れているって時点でどちらも使えるはずだよ。そして魔力の強さに関しては……」

「関しては？」

「どうだ？」

トリスを見ると、トリスは軽く頷《うなず》く。

彼なら恐らく、こっそりやっていると思ったのだ。

「一応計測もしたけど、二人ともかなりの魔力総量ですね。ほとんど違いはありません」

「「！」」

「勝手に測ってすみません。でも、何かをしなくても魔力の強い人間は空気だけでわかるんですよ。特に制御を覚えていない今は、正確に計測しなくてもただ漏れなので空気中からでも測れました」

人によっては抑えることでほとんど計測させない人間もいるし、トリスは制御もできるようだが、召喚されたばかりの人間が抑えることなどできるはずもなく、非常にただ漏れだったようだ。

計測には魔力を使うみたいで俺は察せないが、それでも雰囲気や触ったりすればわかることも多い。

「まあ、世界を越えることで、付与されているのかもしれないけどな」

「そうなんですか？」

「ああ。だから召喚されるときは〝あえて〟異世界からなのかもしれない、という推論は読んだことあるな」

「へええ……」

俺が、みゆきたちが住んでいた日本には当然魔力なんて存在しなかった。それがどういうわけか召喚されたら魔力が強い状態でやってくるのだ。当然、そこには何かがあると考えられる。今喋《しゃべ》ったのは学生時代に読み漁《あさ》った、ただの戯言《ざれごと》だったが案外的を射ているのかもしれないな。

「とりあえず、俺たちはどうすれば？」

ダイチがみゆきを見つつ、聞いてくる。

まずは基本から抑えないとだよな……。

「魔力の制御は必須ですよね？」

「剣の扱いも必須だろう」

「言葉は、召喚の際に付与されているらしいから問題ないとして……一般知識もいりますよね」

「そうだな。そうなると、旅の準備の仕方なども覚えさせなくてはならないだろうか」

俺が考えている傍《そば》で、トリスとファティマが顔を見合わせながら次々と思い付きを口に乗せていく。

最初はぼーっと聞いていた二人も、まるで違う世界ということにようやく気づき始めたのか、なんだか段々雰囲気が落ちこんでいく。

「二人とも、待て」

彼ら二人は真面目に言っているのだろうが、ぶっちゃけ真剣すぎて怖い。勇者二人は眉《まゆ》をハの字に、しょんぼりとしながらこちらを見てきた。

うーんしまった。どう考えても話を急ぎすぎだろう。

「兄上？」

「ユリス、何だ？」

二人は当然のことを要求しただけなのだから、特に何かを感じているようでもない。

だが、彼らはまだ子供なのだ。

いきなり戦え、いきなり制御しろ、剣を持てと言ったところではたして実感が持てるだろうか？

俺は否だと思う。

もちろんここは、神殿。数ある勇者を育て、魔王を討伐できるようにしてきた施設、ではあるのだが……悪いが俺はここに長くとどまる気はないのだ。

「とりあえず旅をしつつ、二人の面倒は俺が見るよ」

「「えっ」」

「道中の魔物とかはお前らだけでなんとかなるだろ。俺はまずここから出たい」

仕組みに関してはさっぱりだったが、召喚陣を見れたのは収穫だった。神子《みこ》の詠唱も聞いたし、過程も大体覚えた。

だが、それだけだ。

あの神子といい、神官たちの様子といい、長居していいことなど何も思い浮かばない。召喚陣については心にメモってあるので後で紙に書いて、より解析しないととは思っているが、まずは出立を優先すべきだと俺は思う。

「あ。あのー……ずっと気になっていたんですが」

「ん？」

みゆきが何かを言いたげに、手を挙げる。ダイチはみゆきを止める気はないのか、そのままなので彼女は当然の疑問を口にした。

「神殿って悪い人たちのいるところなんですか？」

私の知っている神殿とずいぶん違いそうなのですが、と申し訳なさそうに伝えてくるみゆきに、俺はただ首を振った。

その後俺の鬱屈《うっくつ》に近い愚痴が火を噴いたのは、言うまでもない。

☆

とりあえず出発は明日にしようということになり、勇者二人の部屋へそれぞれ見送ったうえで、部屋から出ないように言い含めてから引き揚げることにした。軟禁のようなものなので嫌がられるかと思ったが、用意された部屋がどうもドア一つで繋《つな》がっていたようで、二人で話せるならと了承をもらえた。

だが実際部屋を見たところ、繋がっているドアが一つでないことと、鍵がかからないという致命的な欠陥があったため、神殿のあれこれを吹きこまれたみゆきが特に、一人でいるのを怖がってしまった。

結局自衛できるだろうダイチはそのまま、みゆきはファティマの部屋で一緒に一夜を過ごすことになった。


「で？　何があったんだ？」

本来なら鍵のかからない部屋にダイチを置いていくのは不安なため、俺らの部屋に連れてくるのかと思いきや、こっそりトリスが嫌がったので一時的に置いてきたのだ。しばらくした後に迎えにいく旨は伝えてある。

さて、トリスは俺に何を伝えたいのだろうか。

「ええと……。あの神子《みこ》、信用、できません」

「ふむ」

それ、あまりにも今更だと思うのだがなぜ言いだしたのだろう。トリスはなぜか非常に暗い顔をしていて、とても茶々を挟めるような雰囲気ではない。

うーん？

「兄上は気づかれませんでしたか？」

「何を？」

「あの神子……召喚儀式の前に、『魅了』を使ってました……」

「『魅了』？」

魅了と言えば、相手に言うことを聞かせやすくするような、そんな……。

ええ？

「魔法を使っていたのか!?」

「そうです」

神子が使うものは、魔法とは違う。それは召喚陣の前で俺が感じていたことだった。召喚は神様の力をおろすもの、と説明された通り彼女が勇者たちを召喚したときに感じた力は魔力とは別物で……そのときばかりは、ああ（どんなにダメっぽい感じでも）ちゃんとした神子《みこ》なんだ、と思ったものだったが。

召喚とは別に魔法も使っているってどういうことだ？　普通に魔力を持っている、というのはわかるのだが神子が魔法を使って『魅了』できる状態になって、いったい何をする？　俺たちに、いや勇者たちにも何をさせる気だったんだ？

「しかも一般的な魔法じゃなく、恐らく遺物に近い……失伝してる可能性の高い魔法だと思います。もしかしたら神殿のみに伝わるものかもしれません」

「！」

「僕は勇者の従者の代表として選ばれたとはいえ、古代言語を、それも一般的には使わないようなものを修得しているような段階だとは思われていなかったんだと思います。……小声とはいえ堂々と使われましたから」

古代言語は上位魔法に使用する言語である。当然その内容も多岐にわたり、発音を含め語彙《ごい》が多すぎて知らない言葉は古代言語と理解できないことすらある。まあ、トリスの年齢を考えると、早々にほとんどを修得しているとは確かに思われ辛いかもしれない。

つまり、そんな常識によって神子が魔法を使っているのを判断できたらしい。うん、うちの家族確か男三人全員使えた気がするけどどね。どう考えても使える方が特殊だから、恐らくはこっそり相手を支配したかったとかそんな使用目的だろう。

「どちらにせよ『魅了』は、相手に好意を感じていないと効かないものなのですけど」

「まあ、そうだろうな」

「彼女は恐らく、性的な好意を増幅させるのだと思います。……まあ、効果は確かに高そうでしたけど、ね」

吐いて捨てるような声に、俺は目が丸くなった。

おい弟。いったい神子に何されてたんだ。そっぽを向きながら何かを思い出したのか、空中を睨《にら》み付けるような様子になんとも言えなくなる。

「お前は大丈夫だったのか？」

「少なくとも僕の中では好意が微塵《みじん》もありませんでしたから、まったく。この神殿に来てから何度か声をかけられては、兄上の悪口に近いものを吹きこまれていましたし、むしろ好意どころか嫌悪しか感じてませんでした」

「ああ……」

神殿がやっていたことを思い出し、なるほどと思う。トリスが普通の貴族なら、当然魔力の使えない兄なぞ馬鹿にしていると、思って近づいていたのだろうな。そこを突いて俺の味方を減らしたつもりが、逆に仇《あだ》となっていたとかいうそんなオチだったのかもしれない。明らかにトリスが俺の味方をしたことに茫然《ぼうぜん》としていたしな。

ところで性的ってことはほかにも何かされかけたんだろうか。

「一応、探ろうと思ってにこやかには聞いていたつもりでした。儀式のときに、詰めのつもりで言ってきたのでしょうね」

……ふ、と口先だけで笑う弟の目が怖い。

もしかして、というかもしかしなくてもコイツ、神子《みこ》を嵌《は》めたんだな？　お兄ちゃんちょっと、策略的な君の未来が心配になってきたんだけど。素直な弟とは思えない所業だが、それだけ腹を立てていたのかもしれない。

「そういえば、兄上は特に神子に愛嬌《あいきょう》をふるわれていた気がしていましたけど、兄上も全然平気そうでしたね？」

「愛嬌？　なんだそれ。見るたびに気持ち悪いなとしか思ってなかったよ」

「き、きもちわるい？」

「ああ。人を人とも見ていない目で見られて、好意なんて感じるわけないだろう」

俺の言葉にぽかん、と口を開ける弟。

あれ、俺なんか変なこと言ったた？

「ええと？　あの神子、兄上にとても秋波、送っていました。よね？」

「いや？　トリスには媚《こ》びていたのはわかったが、名前すら呼んでこなかったし、話しかけられたこともないし、秋波何それって感じだぞ？」

「……」

弟は首を傾げているが、俺は空気として扱われた覚えしかない。

神子って一人だったよな？　しかも俺が一人でいた時間なんてほとんどないのに、よく弟に根回しなんてできたな。神殿怖い。

どうなっているのかよくわからないが、言えることは一つだな。

「とりあえず神殿には関わらん方がいいな」

「それは同意です。明日も朝早くに出発しましょう」

話がさくっとまとまったので、早々にダイチを迎えにいって翌日早朝。

俺たちは逃げるようにして、召喚陣のある神殿から抜き打ちのように出発した。


神殿から逃げ出して数日。

特に旅に支障はなかったが、問題になったのは行き先だった。

「よくよく考えたら直で魔の森まで行ったら死ぬるよな？」

「当たり前だろう！　何を考えてるんだ！」

すみません、何も考えていませんでした。通常なら神殿で半年ほど修行と知識を詰めこまれて魔王討伐に向かう、というのは知っているのだが、色々きな臭かったからなあ。

ぶっちゃけ魔法まで使ってくるならば洗脳とかされかねないし、そんなところにみゆきをいつまでも置いておくわけにもいかなかったのだ。

かと言って修行……修行なぁ。

この神殿の周り自体、弱い魔物はあまりいない。俺が十七の歳《とし》に魔物の活性化が始まってから、徐々にとはいえ魔物は強くなっていったから、正直初心者向けと思われる魔物はいないのだ。もちろん、頻繁に討伐される王都や都市の周辺まで行けばその限りではないが王都周辺はさすがに色々問題が出るだろう。何せ大きな神殿があることだしな。

「じゃあ、とりあえず修行するにしてもどこかの街に身を寄せた方がいいだろうな」

「どこがいいでしょうか」

俺とトリスは顔を見合わせ、思案する。場所さえ決まればダイチとみゆきを乗せて、とりあえず騎竜で運ぶだけなら可能だ（三人乗せると戦闘は難しいが）。あまり森の中をずっと連れ回せば疲れてしまうだろうし、異世界での第一歩がサバイバルでした、というのは少々どうかと思う。

ちなみに俺の一言で、みゆきとダイチが初めて覚えた魔法は浄化魔法でした。ほら、日本人綺麗《きれい》好きだからさ。

「あまり敵が強くなくて……干渉されないところ」

「実習だけじゃなくて知識も詰めこめる場所がいいと思うんですが……」

ぱっと思いつくのは学生時代使用した場所。いずれも駐屯地が近いのでそれなりに安全だが、勇者を連れ回してる状態を見られるのはあまりよくない気がする。

後は実家の領土か別荘のある土地。トリスも俺もいるので、ある意味一番治外法権がある場所と言える。誰かに密告される心配もない。

あと思いつくものといえば……。

「ああ。ファルリザードはどうだろう」

「！」

「なるほど」

人の王の権限が届かない中立地帯と言える場所。隣国とは言えないが、人族の国から接している場所から直接向かえばなんとかなりそうではある。何より建国からそんなに経っていないうえ、一番の魅力はその国主。

「ふぁる、りざーど？」

「どんなところなんですか？」

勇者たちが地名ではピンとこないため首を傾げている。

俺は、説明するために口を開いた。

「お前たちの前の勇者――リザードマンとその仲間が魔王討伐後に作った、独立国家だよ」

5

旅は順調に進んだ。

むしろ順調すぎて、退屈になるくらいには。

「そういえば、なぜユリスさんが教師役になったんですか？」

のんびりと進むうち、ダイチとみゆきもだいぶ警戒自体は解けてきたようだ。

ファティマが前方を偵察、俺が前、ダイチとみゆきが真ん中、トリスが後衛で森の中を徒歩で移動しているが……最初は二人だけで話していた彼らも、俺やトリスと少しずつは会話をするようになってきていた。

「トリスもファティマも基本をすっ飛ばして教えそうな気がして、必要に駆られてだな」

「酷《ひど》いです兄上」

「だってお前ら、彼らがこの世界の人間じゃないのをわかっているくせに、知識から詰めこもうとしたじゃないか」

まあ、日本での基本を知っている俺の方が、説明しやすいんじゃないかと思ったのもあるんだけどな。トリスはともかく、ファティマが人に教えるのは、あまりにも向いている気がしないしな……。いきなりファティマ流修行をされて、ダイチやみゆきが使いものにならなくなったら怖い。

「知識から詰めこんじゃいけないのですか？」

「まずは世界に慣れるのが先だろ。みゆきたちがどんな生活をしていたかは知らないが、少なくとも魔力のない世界から来たのなら根本が違うはずだ」

「あ……」

「俺は魔力を使わない生活に慣れてるから、まだ馴染《なじ》みやすいだろうと思ってね」

どちらかと言えば俺が慣れるのに時間がかかったからこそ出た発想ではあるが、そこまで馬鹿正直に話す必要はないだろう。もっともらしいことをつらつら重ねれば、勇者たちは納得したように頷《うなず》いている。

……うん、まだ子供、だよな。

「そういえばみゆきとダイチはいくつなんだ？」

高校生ということは服装から察しているが、それだけだ。できれば家族のこと、昔のこと、今の生活……そして何よりも、知りたい妻のこと。聞きだしたいことはいくらでもあるけれど、それを聞いた後の自分の反応に自信がない。

だから少しずつ、当たり障りのないことから聞いていくつもりだった。

「私は十七、です」

「……十六」

ふい、とダイチがそっぽを向く。地雷だったようだ。うん。歳《とし》って気になるよね男なら！

「ええと、ユリスさんたちは？」

「俺が一番年長で二十四だね。後の二人は二十二だ」

「えっ、思ったより、お若い、んですね……？」

心底びっくりした！　という声に苦笑が漏れる。慌てて疑問形にはしているが、それにしても驚いたのだろう、目が真ん丸になっている様子がかわいい。

日本人的には外人顔の年齢はわからんよね、うん。

俺も自分の年齢が時々あっているのか自信がなくなるくらいには、顔も態度も老成している気がする。中身の年齢のせいは若干あるかもしれんが。

そしてびっくりしていたのはトリスの方もだった。カキン、とかたまって止まるトリスに俺も足を止める。何をそんなに驚いたんだろう。

「え、みゆきさんは成人されているんです⁉」

「「成人？」」

「はい。この世界では女子が十五、男子が十八で成人ですので」

ああ、そうか。この世界の成人年齢を忘れてしまいそうになるが、女子は十五じゃないか。なぜか眼の色を変えた弟に、まずいか？　と思う。弟は確かにかわいいが娘は別格っていうかなんていうか……！　勢いよくみゆきの手を持ったトリスを止めようとした瞬間、トリスはきっぱりとこう叫んだ。

「成人女性と知れると求婚が高じて襲われる可能性もありますし、男性には近づかないで下さいね!!」

……踏み出した足を危うく滑らせるところだった！

ばし、と即座にトリスの手をはたき落とすダイチがわりとたくましい。

うん。俺も大概鈍感と言われる方だが、トリスは女性の扱いを学び直せ。

お前も男だろうが！

☆

自由都市ファルリザード。

その名の通り、リザードマンをはじめとした亜人種と人族が暮らす、小さな国家である。50年ほど前勇者が魔王を討伐した後、人族は彼らを扱いかねた。獣人などの亜人種国家はあれど、爬虫類種の国家はこの世界に存在していなかったからだ。

ただ在来種としては存在はしていたらしく、国家ができてからはどこからか鱗《うろこ》族が移り住んできて、それなりの規模の国家になったみたいだが。

彼らリザードマンは基本的に人と交わることができない。なんでも子作りが特殊らしいのだが、そこはまあ関係ないので割愛する。調べたけどね。一言で言うなら卵だと思ったら卵じゃなかった、みたいなそんな気持ち。

注目すべきはよくある勇者の話（王族と結婚とか、旅に出たとか）とは別の結果をたどった、ということにある。

早い話が隔離だろこれ？

人族にとっては住みにくい土地、水棲生物の多い場所を彼らに与えた、と文書は語る。お互い不干渉がよいとしたのかは不明だが、彼らの土地はその関係でかなり自由のきく国となった。そんなわけで彼らの国は今も人族の権力不可侵の不文律があり、王都とは輸出入の付き合いがあるだけの国のため隠れるには最適だと思われる。身を寄せるとしたらこれほど条件のいい国はほかに思い浮かばない。

前勇者なのでどこかに攻められるということもないだろうし（そんなことをしたら世界中の人間から総スカンを食らう）、こちらは現勇者ということで、話を聞きに行くのもいい情報になるはずだ。

「決して、亜人種を見たいからだとかそんな理由なわけでは……！」

「兄上？　なんですかいきなり」

おっとまずい、つい言い訳が口に出ていた。

だってリザードマンだよ!?　獣人は獣人でテンション高くなったけど、リザードマンとか想像するだけでわくわくするじゃないか。しかも竜に似てる種族ってのは俺的にとてもポイントが高い！

ちなみに俺はこの世界に来てからオルト以外の亜人種には遭遇していない。オルトが四分の一なのだから獣人に関してはそこそこ存在しているのだろうが、そもそもこの世界の獣人って基本的には『獣化』してくれないと獣人ってわかんないのだ。オルトの変化に関しては、中途半端なときもあったが、通常はみっともないから見せられない、レベルの話らしい。後から必死こいて調べたので確かだ。

大体、本来獣人はそれぞれの国で身分を持っているため、人族の世界で貴族になったりはしないし（人族の場所で活躍すると自動的に由縁のある国で身分をもらえるとかそういう話はあるらしいが）、そもそも俺が常にいたのは王都なので見る機会もほとんどなかった。

傭兵《ようへい》とか少数いるにはいるらしいので、近寄りさえできれば恐らくは見られたのだろうが……身分が高いってある意味不便だ。傭兵とかに遭遇できそうなところは、そもそも立ち入り禁止扱いだった。

ちなみに遠征していたわりに街中でのお散歩は俺がそもそもほとんどしていないので、それぞれの街中にどのくらい獣人がいたかは知らない。少なくとも王都に近いカルデンツァではまったく見かけなかった。

そこに来て、リザードマンである。

書物で一応は見てはいるものの、この世界に写真技術はないし、絵は抽象的すぎて本物がどんなものなのかさっぱりわからない。つまり知識としては完璧に役立っていない。

百聞は一見にしかずというじゃないか。うん。滅茶苦茶見たいです、会いたいです、知りたいです、あとできれば触りたいです！　どんな感触なんだろうか。

「ユリスは相変わらず好奇心旺盛なのだな」

「そうですねぇ」

あまりに目をキラキラさせていたのだろうか、見当違いの意見がトリスとファティマから寄せられる。いやあ、なんていうか外から見ているだけでもかなり人族の都市とは違うのが見てとれるしね。早く夜が明けて門があかないかな。

「なんかコイツらについていくの、今すげぇ不安になったんだけど」

「ええ？　そう？　私もとかげさんは見たい！」

「みゆ。物見遊山じゃねぇんだから……」

ダイチが俺の様子に不安を覚えているようだが、むしろみゆきは乗り気のようだ。

同じように目をキラキラさせている様子に、盛大な溜息《ためいき》をつくダイチが見える。

まあ、あれだろ。きっと家には何代目かのダイアナちゃん（※奥様の飼っていたカメレオン）がいるに違いない。

「みゆきはトカゲが好きなのか？」

とかげさん、と親しげに呼ぶ様子に嫁の面影が混じる。まぁ夫婦で好きだったんだけどね、爬虫類。なんとなく笑いかけると、みゆきは満面笑顔でハイ、と答えてくれた。

「家でも、飼ってたんです」

「そうか」

「大事な、家族なんですよ」

家族と言ったその言葉が。

愛《いとお》しむようなその表情が、時間を超えて思い出と混じる。

思わず手が、みゆきの頭に伸びた、その瞬間。

「そんなの、どうでもいいだろ！」

ばし！　と手をはたき落されて我に返った。

ああしまった、ついいつも奥様を撫《な》でていた癖がうっかりと……。初対面に近い女性に対してする仕草ではないよな、失敗した。

「ダイチ！」

「大体アンタもそこの弟やらも気安くみゆきに触んなよ！　下心ありすぎだろ！」

がるる、と言いそうなくらい噛《か》みついてくる彼に、思わずぽかんとする。

次に俺に湧《わ》き起こったのは、なぜか笑いだった。

うん、なんていうか……みゆきが大事なんだろうな、と思うとちょっとくすぐったい。

親としてはここは複雑にならなきゃいけないところなんだろうけど、なんていうか、昔の自分を見ているようで、先に立ったのはなぜか嬉《うれ》しさだった。

……青い春、だなあ。

「な、なんで笑うんだよ！」

「え？　いや、かわいいなと」

「はあ!?　俺が未成年だからって馬鹿にしてんのかよ！」

きっと睨《にら》むダイチに、俺は微笑《ほほえ》む。やっぱり歳《とし》は気にしてたのか。でもまあ、俺から見れば娘と同世代の君は、普通に子供にしか見えんのだけどね。

しかしここでそれを言うのもどうかと思うよな。

「あ、ダイチ君」

「？」

「兄上は恐ろしく女性の好意に鈍感なので、そういう意図はまったくないと思いますよ？」

「…………………」

だが空気を読まないトリスはあっさり追撃していた。

いや、だからお前が言うなと。
しかし、この空気の読めなさは逆に才能かもしれない、とちょっとだけ思った。

「……水だな」

「水ですね」

「水以外の何物でもないな」

門をくぐると、そこには街があるはずだった。

だが、目に入ってきたのは一面の水。水というか、滝というか……キラキラ輝く水が零《こぼ》れ落ちる幻想的な光景に足が止まる。

「水の魔力スポット……？」

その言葉に呼応するように、今度は勢いよく上に噴きあがる水を見て、俺は思った。


街、どこですか？

☆

6

ファルリザードは輸出入が盛んなので、人族の商人は案外多い。また、他種族を受け入れているだけあって人族であっても特に警戒されずに入れるのがいいところだという。まあ要するに、人族の国は人以外の受け入れは厳しいが、逆は違うというそれだけの話なわけだが。

勇者と会うのも楽ってどういうことだ。

普通勇者と会うのってこう何日も並ぶとか、逆に何か必要とか、そういうイベントが必要なものじゃないんですかね？　街に入った後、希望を言ったら速攻通されるってそれでいいのか独立国家。

「ふむ。お前たちが今回の勇者か。よく来たな」

ということで、俺たちの目の前にはリザードマンのおじちゃん？　お兄ちゃん？　がのんびりと鎮座している。本当に上半身リザードなので、表情読めないというより性別も年齢もさっぱりわかりません。でもこの気安さから言ってあまり気難しい人（？）ではなさそうである。

「お会いできて光栄です」

「お時間を取っていただきありがとうございます」

とりあえず会話は俺とトリスで進める、と話し合った通りに二人でそれぞれお辞儀する。相手は前勇者だし、敬意は払って慎重に行かないとだよな。

ここに通されるまで特に敬語を強要されたり変な視線で見られたりはしなかったので、

特に警戒はしていないが。遠巻きにはされたけど。

「んー……とりあえず勇者はどいつだ？」

「ああ、えっと」

「俺だ……いえ、俺、です」

ダイチが若干緊張しながらも、答える。話し合いになるにあたり、とりあえず勇者はダイチが名乗ろうということになったのだ。女性が勇者となると何か発生したときに危険すぎるし、向こうの世界で剣に近いものを習っていた（恐らく剣道だな）との申告もあったことで、ダイチが名乗る方が無難だと俺たちの意見が一致したためだ。

「ふむ。あと、神官はどいつだ？」

「いません」

「は？　いない？」

驚いたのか、首がこてんと傾く。中々愛嬌《あいきょう》のある仕草で和みかけたがちょっと待て。神官って神子《みこ》のことだよな？　実は勇者ＰＴについてくるものなの？　初めて知ったんだが。

「神官とやらについてきて、ここに来たんじゃないのか？」

前勇者の質問が続くが、意図がわからない。だがここは別に隠すところでもないなと判断し、素直に答えることにした。

「ここに来たのは勇者が修行するためで、神官はついてきていません」

「修行？」

「はい。御迷惑でなければしばらく滞在して、勇者を鍛えたいのですが」

どうでしょうか、とこちらも首を傾げてみると、前勇者の首が逆に傾いた。表情は変わらないが、何か仕草が飄々《ひょうひょう》としていてかわいいな。さっきから首をずっと傾げているが、疑問点がどこかにあっただろうか。

「……その話の流れで言うと、神官に勧められたとかでもなさそうだな？」

「え、と。まったく関係ないですね」

「じゃあ神官とか、ああ、あと神子だったかな。そいつらが来ても問答無用で追い返してもいいか？」

追い返す？　追い返すってどういうことだ。いくら治外法権といえども、神殿関係者を話も聞かずに追い返すってそれ相当おかしくないか？

前勇者も神殿と折り合いが悪いとかそういうオチなのだろうか。

「別にかまいませんが。というかまあ、むしろそうして下さい……？」

言い切っていいのか迷い、疑問形で答えると前勇者は納得したのか、傾げていた首を縦にこくりと振った。そしてあっさりと、爆弾発言をしてくれた。

「どうやら洗脳はされてねーみたいだな」

……。

うん、あっさりすぎて、逆に聞き逃しそうになった。洗脳って今、言いましたか。言いたいことはなんかすごくよく伝わるけど、前の勇者から出る台詞《せりふ》でこれほど物騒なものはちょっとなくないか！

「ちなみにお聞きしますが、洗脳とは一体」

「んん？　わかってて逃げてきたんじゃないのか？　この国の神官ってホントろくなもんじゃないよな」

「はあ」

答えづらい。答えづらいよ前勇者様……！

『魅了』を神子《みこ》に使われた時点で覚悟はしていたものの、直球で神殿に関して言われると重みが違いすぎる。

「あん？　気のない返事だな」

「ああ、えーと……。まあ、あまり神官に対しての言葉は避けたいところなので」

「ふうん？　神殿大好きか？」

「大嫌いですが」

あ。間髪容《い》れずに答えてしまった。

「兄上それは直球すぎてどうかと思います……」

「すまん……」

「ははは、気にすんな、告げ口なんざしねぇ。俺も大嫌いだしな」

ええと、あっさり言われたのでいいのかなこれ。この人を召喚したの、神殿だよね？

滅茶苦茶ばっさり言い切ってるけどいいんだろうか。いいか、洗脳とかしょっぱなから言ってるし、俺たちよりもよほど神殿に関して理解しているんだろう。

「できれば認識をすり合わせたいのですが、いいでしょうか」

「認識とは？」

「ハッキリ言いますと俺は神殿が大嫌いで、召喚された勇者を連れて一日で飛び出してきたので、前勇者様と神殿の関係は知らないのですが」

「おお。やるなあ。俺は逃げ出すのに一カ月ぐらいかかったぞ」

「まあ、この世界の住人ですしこれでも人間国内では有数の使い手と一緒ですから。それでですね、確認したいのですが、神官は勇者に対して何かしなければならないとかあるんでしょうか」

まず聞いておきたいのはこれ。

追いかけてこられても勇者に対して何か起こせるわけない、と思っていたから脱出を強行したのだが、合流した後に何かされるのであれば出会うことも避けなければならない。前勇者から聞くべき事項としてはこれはまず最優先になる。神殿との関係が疎遠だというのであればそれでよかったのだが、この口ぶりだと定期的に神殿関係者が来ていたり、勇者を追いかけてくる可能性があるようだしな。

魔王のこと聞きにきたはずなのにどうしてこうなったんだろう。

「んー……俺が召喚されてまずされたことが、いかに神殿が偉いかを詰めこんでくるってことだったからなあ。まず神殿信者にするのが最優先なんじゃね？」

「はあ？」

「俺は魔力はないが、魔法は効かない体質らしいな」

「え？　魔力がない？」

ここにいるだけでも、勇者からは魔力の片りんみたいなものを感じるのに。

ないってどういうことだ。俺と一緒で使えないってことだろうか？　そして魔法が効かないって気づいた、そのきっかけを考えると……。

「真っ先に洗脳魔法かけられたぜ？」

「……」

「効かないとわかった後は、そりゃまぁ大騒ぎでなぁ。慌てる神官が口滑らせたのは聞こえなかったふりをしておいたんだが、そのあとがまた酷《ひど》かったな。まだ若いってことで知識としてすりこもうとしてきやがったのさ。まあ、その頃には態度も相まって俺にとっては敵だと思ってたんで、適当なところで逃げたけどな」

「はあ…」

「いやあ、そもそもあの国鱗族《うろこ》とか希少だったからどこ行ってもばれるしすっげぇ苦労したぜぇ？　そもそも身分証に未成年とか書かれたし、ホント仲間に恵まれなかったら死んでたかもな」

次々飛び出してくる神殿の悪行にすでにお腹いっぱいなのはたぶん気のせいではない。魅了魔法に始まり、勇者召喚の後は洗脳魔法って。マジであのとき、勇者二人を神殿関係者に引き渡さなくてよかった……一度でも引き離されたらアウトだったろう。

しかしまあ、いったいなんだって神殿はそんなことしているんだ？

ずっと思っていた疑問だが、勇者の意識まで変えてくるという現実に寒気しか起きず、俺はまっすぐ前勇者の目を見る。もし、神殿のこの勇者の扱いがずっと同じように続いてきたものだったとすれば、その内容を知るには彼に聞くのが一番だ。

「つまり仲間はともかく、呼びだした神官は勇者に対して、服従に近いものを求めると？」

「間違いなくな。あと、仲間も洗脳魔法に関してはされたって言ってたぜ。たまたま神官の魔法を見破るような魔術師がいたから全員難を逃れてたけどな。今でも時々、神官が紛れ込んでは暴れてくるんで妙な奴《やっ》らが来たら俺が会うことにしてる」

「あ、なるほど」

なぜ勇者としか名乗っていない不審者が、国王にすんなり会えたのかがさっぱりわからなかったのだが、こういうことだったのか。それなら遠巻きにしていたことも、刺激を与えないような動きをしていたことも、察しが付く。

「理解できました、ありがとうございます」

「どーいたしまして？」

「もう一つお聞きしたいのですが、勇者を服従させる理由が何か察しがつきますか？」

「……権力的な問題じゃね？」

確かに一般的に考えたらまずそれだろう。いまだここの国は不可侵であり、神殿が権力をふるいたいと思ったならトップである彼を説得、あるいは言葉は悪いが洗脳しようとすることは考えられる。

でもここは、人の国じゃない。

神殿の魔力至上主義を考えると、単純に服従させたいというなら疑問がかなり残る。そもそも魔力がない人間を軽く考えていそうな神殿が、ここの占有に魅力を感じるだろうか？

大体現勇者に対してそれをやる意味がわからない。魔王を倒した後のことを考えているにしても、気の長すぎる話だ。あと勇者が勝つとも決まっているわけではない。

「……本当にそれだけです？」

「いや、もちろん冗談だが」

「は？」

あっさり最初の意見を翻した彼に、思わず口から疑問符が飛び出る。

やばい、大分素になってきた。元々こういう砕けた相手に敬語を使うのって苦手なんだよな……だってこの人たぶん気にしないし。

「まあ、俺が知っている限りじゃあ、勇者を洗脳するのは、確実に魔王を倒すためらしいぜ？」

「ええ？」

ずっと黙りこんでいたダイチが、彼の台詞《せりふ》に反応する。

魔王を確実に倒すために洗脳が必要？　何それ？

「どうせ俺に、魔王のことも聞きにきたんだろ？　ちょっと長話になるが時間はあるか？」

「ああ、えっと、大丈夫です」

そもそも滞在許可をもらわないことには何もできないしな。姿勢を楽にしろ、と言われて全員が体勢をそれぞれ崩し、前勇者を囲むように並ぶ。

それが合図だったのか運ばれてきた酒らしきものを呷《あお》り、前勇者はさらなる爆弾発言を投下した。

「——魔王はな。勇者と、同じ世界から召喚されんだよ」

☆

『お前はいつもそうなんだよ』

響く声が、泣きそうな顔が、辛そうなその瞳が真っ直ぐ俺を射抜く。

なぜ俺だったのか。

それは、俺にもわからないけれど。

『いい加減、認めろ。後ろばかり振り返って、嘆いてもなんにもならないんだ！』

例えばそれは、本当に些細《ささい》なこと。

初恋の彼女が、たまたま好きだったのが俺だったり。

同じことをしていたはずなのに、評価を受けるのが俺だけだったり。

俺のためにしたことが、彼にとっての不幸になってしまうことだったり。

俺にとっては、取るに足らない小さな〝幸運〟が、誰かにとって、渇望の対象になりうることを俺は知らなかった。

小さな小さな積み重ねが、相手の心の奥底にたまっていくものだと、俺は気づいていなかった。

『そんなの、仕方ないことじゃない！』

そう言い切った彼女は、きっと正しかった。

俺を庇《かば》うように立ち、彼に毅然として立ち向かった彼女は、とても綺麗《きれい》で。

――けれどきっと、誰よりも残酷だった。

理屈で割りきれないことなんていっぱいあるのに、どうしてか俺は彼が何を言っているのか理解できなかった。

――愛されていたのは俺だけ？

――ずっと、憎かった？

素通りしていく彼の言葉たちに、俺は茫然《ぼうぜん》とする。

いつだって彼女は俺の味方で、それを疑ったことなどなかった。

けれど親友が俺の敵だったかというとそれはたぶん違う。親友だって、俺の味方であったのだ。だが、それと同時に、どうしても譲れないものを挟んだときにお互いにどうするか、俺自身が気づこうともしていなかっただけなのだ。

いつも相手が譲っていたからこそ、成り立っていた関係だったのに俺は何も気づけなかった。気づこうともしなかった。自分が見たくないもの、やりたくないことを押しつけ続けていたのだと、気づいたときには遅かった。

ふらりと階段の端へ寄って行ったあいつに、違和感を覚えたのは一瞬のこと。

〝親友〟が、誰よりも彼女を好きだった彼が、彼女に手を出すと思っていなかったから、彼が彼女のもとから離れて〝何を〟するのかを考え付かなかった。

だから遅れた。

まずい、と思ったときには手遅れで、俺は何を考える間もなく、走り寄りその手を掴《つか》んでしまっていた。

『離せ！　お前まで落ちる！』

乱暴に振りほどかれた手が、その本人も考えていなかったほどの焦りによる勢いが、襲いかかったのは俺ではなく、同じように近寄ってきた彼女に対してだった。

『みさと!?』

『あ……ッ』

普段であれば、少しくらい押された程度でバランスを崩すことなどなかっただろう。

偶然が重なった、予想できなかった事故。

ふらりとよろめき、彼女は自分のお腹を庇《かば》ったまま足を踏み外す。

『――ゆき、ちゃ……っ！』

彼女に近かったのは俺ではなくて親友。

空中に踏み出さなければ届かない、絶対的な距離。

俺の傷ついた右足はとっさの行動を阻んだけれど、踏み出すことは許してくれた。

だから俺は飛んだ。

迷うことなど一瞬もなく。

ただ、彼女の手を掴むためだけに。

『――馬鹿、やめろ俺が……俺がっ！』

慌てるような声と、浮遊感。

なぜか俺の意識には、最後の彼の声だけが響き渡っていた

☆

「なんであんな夢見たんだか……」

はあ、と溜息《ためいき》をついた。

死ぬ直前のことは覚えているが、あまり思い出したくないことでもあった。あのときのことを一度として後悔したことはないけれど、それでもやるせなさは俺に残っている。

この手で、かなわない約束をしたことが今でも、俺の中に残っている。

「兄上？　どうしたんです、指輪を見つめて」

「んー。昨日のファルさんの話を思い出して、ちょっとな……」

夢を見た理由はわかっている。

前勇者——ファルさんが、俺たちに告げた言葉は、それほど重いことだったのだから。

『勇者と魔王は、同じ世界から召喚される』

『理由は知らん。ただ、対立した関係そのままに、同じように召喚されるのだと……俺は、身をもって知った』

前勇者が語った昔は、書物には載っていない真実。

勇者だからこそ知ることができた……そんな、現実だった。

『俺は召喚される前、弟と跡目争いをしていた』

そう、語り始めたファルさんは弟との確執を、そして自分が跡目に選ばれたことを、教えてくれて。

それを認めないと叫んだ弟さんが目の前で、消え去り。

そしてしばらくして、自分もこの世界へ飛ばされたのだと、そう語った。

『洗脳されていない俺に、神官は最初気づかなくてなぁ。……知りたくないことまで俺は知っちまった』

『魔王は倒したい相手を勇者として呼ぶのだと。その関係は密接なもので、昔の勇者の中には魔王を倒せなかったことも、あったらしい。それで考え出されたのが、洗脳だったんだろうな。万が一にも魔王に対して手加減などしないように』

勇者が魔王を倒せなかったときは一体どうなったのか。

そこまでは窺《うかが》い知ることができなかったが、それでも、ファルさんが語った内容は衝撃的だった。

『俺はアイツを倒した。――この世界のためではなく、俺が生き残るために』

『アイツが望んだのは跡目でもなんでもなく、俺の死だったからな』

『なぜ死を望んだのか……？　それはな、アイツが不治の病に倒れていたからこそ、俺が跡目になったからだよ。アイツの言うことには、俺が死ねば病は治るのだと。だからこそ、俺を倒してあの世界に帰るのだとアイツはそう言った』

『結果として洗脳がなくても魔王を倒した俺は勇者として、史実に残った。――が、まあ、神殿との仲は最悪でな。あの世界には戻れないのだろうと思っている』

戻せるかどうかも知らない、と彼は話を締めくくった。

そして神殿は信用ができないとも。

『どうなってああいう組織になったのかも知らんが、この世界に関係ない俺らを呼び、この世界のためだけに同郷の、場合によっては、勇者にとって一番大切な魔王を倒せと言ってるんだよ奴《やつ》らは。俺らの都合なんぞ関係ない。俺がこの世界を救ったのは、別にこの世界を守りたかったわけじゃない、ただ、死にたくなかっただけだ』

『お前にとっての〝対立者〟……魔王が誰かは知らないが、知人、いや、親しい人間が相手になることは、覚悟しておくといい』

そう、ダイチにも告げて彼は俺たちに滞在許可をくれた。

「ファルさんの話、どこまで本当なんでしょう？」

「ほとんど嘘《うそ》はついていないように思ったな。……大体彼が嘘をつく必要がない」

「です、よね……」

トリスは内容が内容なだけに、気持ちがついてきていないようでしばらくぼーっとしていた。まあ、トリスは神殿に対して不信感はあっても現実的に何をされていたわけでもなさそうだからなあ。

俺は無神論者だからさっぱりだが、思うところがあるのかもしれない。

「それよりも問題はダイチだな」

「心当たり、ありそうでしたもんね」

ファルさんの話が終わった後のダイチの顔色は、酷《ひど》いものだった。

明らかに、何かを察したと思える顔色に問い詰めるのは憚《はばか》られてそのままみゆきが支えていくのを見送ってしまったが……彼にとっての心当たりは、誰だったのだろうか。

みゆきは心配そうにしているだけで、特に何も変わらなかったので心当たりがなさそうなみゆきではなく、ダイチが勇者なんだろうなあ、とは思ったが。嫁の様子を知っているだけに、みゆきが勇者の可能性がうっかり否定できないのが怖いな。

「まあ、考えていても仕方ない」

「そうですね」

「ダイチたちは自分の世界へ帰るために。俺たちはこの世界を救うために。……目的自体は変わっていないんだから、やれることからやるしかない、だろ？」

　窓の外には、水しぶきのあがる快晴。

　噴きあがる水に囲まれたこの都市で、俺たちはまず修行より朝食をとることにした。あ、ちなみにこの都市、外門の中にもう一つ通用門みたいなものがあり、そこ以外は水が邪魔して入れないようになっている。

　魔力スポットの水は触れられるが通り抜けられないらしい。

　最初、水しか見えなくてこの都市はどう入るんだと悩んだ昨日が何日も前のようだ、本当に一日が濃かったな。

7

さーて楽しい楽しい、修行のお時間です。すごく気が重いな！

そんな感じでメンバー紹介。

どんよりじっとり真っ暗闇しているダイチ。

その横でおろおろしているだけのみゆき。

二人の様子に困ったようにこちらを見るトリス。

マイペースに少し離れて素振りしているファティマ。

うん、見事にばらばらだな。どうしてくれようか。

とりあえずは座学からだよなあ。一応道すがら、料理を含む旅路に関しての知識は入れたし、魔物の種類を覚えろと言うのは厳しいので生活に役立つ魔法からちょこちょこ教えてはある。

攻撃魔法をいきなり覚えるのはきついので、基礎的な魔法を覚えさせ、余裕があれば撃たせるということも繰り返し済み。

だから魔力に関しては馴染《なじ》んでいる、と言える。

問題なのは、この後。どのように鍛えるか、ということだ。

「んー……みゆきはとりあえず、後方支援をメインに動くんでいいんだよな？」

「あ、はい。ダイチみたいに運動神経はよくないので、魔法をメインにしたいと、思っています」

攻撃もそれなりにできそうではあるが、性格的にあまり向いてないようで色々戸惑うことが多かった。それを見てダイチが攻撃は俺がやる、と言いだしたのでみゆきはメイン支援のみで鍛えるのが無難だろう。

俺としても、みゆきが前に出られるのは怖いしな……。俺が守りきれるならいいが、俺は正直お世辞にも強いとは言えない。ノエルが威力を発揮できない狭い場所での戦闘となると、魔物相手には歯が立たないことも多い。

だから、この決定にも希望にも、特に不満はなかった。

「となると、基本はノエルに乗る方がいいかもしれないな」

「えっ？」

「攻撃しながら身を守る術を習っているトリスはともかく、みゆきは同時に行うのは厳しいだろ？」

今まではノエルを肩に乗せて俺は避けているだけだったが、人数が増えるとなるとそうもいかない。加えて完全後衛のみゆきがいるなら、完全に視野外に走った方が無難だと思う。

そう思い、口に出すと疑問をまず言ってきたのはダイチだった。

「みゆきが竜を操れるのかよ?」

「基本は俺が動かすが?」

「……」

騎竜は二人乗りが普通です。まあ、みゆきに風の加護を覚えてもらって飛ばしていれば特に問題はないだろう。

後はノエルがみゆきを乗せてくれるか、だが。

「ノエル、乗せてくれるか?」

「きゅ♪」

俺の肩からみゆきの頭へ飛ぶと、そのままぽてっと舞い降りる。すりすり身体を寄せている姿は、警戒心のかけらも存在しない。

ふむ。みゆきのことは好きらしい。

相変わらずノエルの騎乗基準はよくわからないが、彼女はきっと乗せてもらえるだろう。ちなみにダイチは嫌いではないようだが積極的には行かないし、ファティマに関しては互いに距離を取っているようでよくわからない。トリスは乗れる。

「ノエルちゃん、よろしくね?」

「きゅ～♪」

すりすりし続けるノエルを、みゆきが嬉《うれ》しそうに撫《な》でる。

うーん、ダイアナちゃんと嫁を見ているかのようだ。和む。

「トリスさん、これで本当に下心ねぇのかよコイツ……」

「えっ。な、ないと思いますけど」

「二人きりで騎乗……手取り、足取り、だと……？」

「お、落ちついてダイチ君！」

ダイチが何か言っているが俺の耳には聞こえない。聞こえない。聞こえないと言ったら聞こえない。

大体これぐらいの役得、別にいいだろう。

こちとら二十四年も娘と離れていたんですよ？　なぜかその娘が十七歳というところは確かに気になるところだけど、考えてもわからないので置いておく。この年齢差はなんだろうな、異世界だから時間の基準がずれているのだろうか？

なんとなくひっかかりを感じるが、みゆきが彼女の娘であることは外見からも確かなので気にしないことにする。

「竜に乗るにあたって、気をつけた方がいいことってあります？」

「そうだなあ。振り落とされたり、攻撃されたときのために、その場で浮遊するくらいの魔法は覚えてくれると楽かな。あと、竜の支援の魔法も覚えてくれると助かるよ」

「わかりました！」

素直に笑うその顔が眩《まぶ》しくて、俺は目を細める。人の言葉を聞くその姿に躊躇《ためら》いや影はなくて、健やかに育ったんだろうなと思う。同時に、やり切れなさがこみ上げて、軽く唇を噛《か》んだ。

（……彼女が、娘を育てられないような人間だと思っていたわけではないのに）

なぜ、この娘が育つ近くに俺がいなかったんだろうと叫びたくなる。わかっていた後悔だったはずなのに、いざその姿を見てみれば湧《わ》きあがるのはどうしようもない寂寥《せきりょう》感とやり切れなさばかりで。

そんな自分が、嫌になる。

「ユリスさん？」

「……あ」

「どうしました？　疲れました？」

突然黙りこんだ俺が気になったのだろう、顔を覗《のぞ》くように首を傾ける姿に慌てて手を振る。

まずい、みゆきを見ていると昔が連想されて止まってしまう。

不自然にならないように答えなければと、焦って口を開いた。

「いや、ちょっと考え事をしていただけだ」

「そうです、か？　ユリスさんは何か、色々抱えこんでるみたいで心配です」

「！」

――――ゆきちゃんは、いつも一人で抱えちゃうんだから。

ふいに、彼女の声がみゆきの声に重なって聞こえた。

そう言えば、俺はいつだって怒られてばかりいた。いまみたいに、彼女は俺が抱えこむとすぐに気づいて心配そうに怒るのだ。

（やっぱり、似てる……よな）

思い出したいようで、思い出せない彼女に、みゆきはどこまでもそっくりだった。

「……本当になんでもないよ。ちょっと、思い出してしまっただけだ」

「え？」

「君に似た、心配性の女の子をね」

だからなんでもないんだ、と笑いかけると、みゆきはきょとんとして、少しして真っ赤になった。

……あれ？

「……トリスさん、俺、もう我慢できないんですけど！」

「落ちついて!?　ファ、ファティマさんっ、ダイチ君に手ほどきしてくれませんかー！」

「みゆきも何真っ赤になってんだよ、離れろそこのたらし兄！」

赤くなってないもん！　と叫んで反論するみゆきの頬《ほお》は確実に赤い。

え、えーと照れる要素どこにありましたか？　そして何か外野が騒がしい気がするんだけどどうしよう。っていうか名前で呼べよ、なんだたらし兄って。

「え？」

「ファティマさんまでぼーっとしてる……！　兄上ぇぇ……！」

「あ、いや、すまん」

ファティマが素振りをいつの間にか終えて帰ってきていたので、俺は彼女の方に向き直る。なぜか俺の方を見ながら惚《ほう》けていたファティマは、俺が近づいてきたのに気づいて瞳を揺らした。

何か聞きたそうにするその姿に、内心首を傾げる。

「ファティマ？　どうかしたか？」

「あ、いや。……もう私が教えていいのか？」

修行に関して苦情を言ったのはおぼえているのだろう、思考が切り替わったように聞いてくるファティマに首を振る。

気のせいだろうか。

さっき、何か違うことを言いかけられた気がしたのだが。

「ダイチの剣の方の基礎は俺も一緒にやるよ。トリス、今言った感じでみゆきに指導よろしく」

「あ、はい！　わかりました」

ダイチは俺がみゆきから離れるのであれば、とりあえずはいいらしい。むぅ、と口を曲げる彼に俺は笑いかけながら、場所移動を促した。

とりあえず、ダイチが死なない程度にファティマを抑えるのが俺のできる仕事だろう。

特訓が始まって数時間後、ダイチの俺に対する態度がかなり軟化したことだけは明記しておく。

☆

元々の才能か、はたまた勇者であるからなのか。

ダイチの成長っぷりは〝凄《すさ》まじい〟の一言に尽きた。一般に、いくら下地があったとしても剣の道はそれほど甘いものではない。まず、倫理観が邪魔して魔物を斬《き》るのにも一苦労であることが多い。それは常識だ。

俺も騎士学校に入って一番ネックになったのが、慣れるまでの時間だったたし、正直ダイチもその壁にぶつかると思っていた。

ダイチはその予想を覆すように、修行にのめりこんでいた。最初こそファティマの容赦なさに撃沈していたが、そのうち率先して動くようになり、一カ月でファティマの基礎レベルを超え、三か月でハッキリ言ってついていけなくなった。俺が。

……運動神経がいいってレベルじゃないぞ！

今ではファティマとの打ち合いが始まると、もう誰も手がつけられない速さにまでなっている。

ちなみに前勇者が時々遊びにきているのは御愛嬌《ごあいきょう》だろうか。楽しそうに殺《や》り合う（としか言えない）彼らに若干の羨《うらや》ましさは感じるものの、当然俺が手を出せるはずもなく、俺は早々に彼らの間に入るのを諦《あきら》め、今はトリスのみゆき指導にちょこちょこ口を出す程度にしている。

正直俺いらない子すぎない？　と思っていたのだが、そうでもなかったのが魔法の指導だった。

まず第一に、トリスは教科書通りの教え方ができる。これは首席でもある彼としては当然のことだ。

ただ、これには問題がある。

みゆきには必要のない技能まで教えることになるため、教科書通りでは効率が悪すぎるのだ。具体的に言うと、指揮等の能力は基本は必要ない。軍隊率いるんじゃないんだからみゆきが指揮をやるってどんな非常事態だという話である。

神殿への忠誠も必要ない。なんでそんなもの義務過程に入れたのか小一時間問い詰めたいが、トリスに言うのは筋違いである。頼むからやめてくれと言ったところ、神妙に頷《うなず》かれたので本人も微妙だと思っていたらしい。その取捨選択は自分でやってほしかった。

後は支援オンリーといえども、攻撃魔法0では身も守れないため、攻撃魔法も若干は覚えなくてはならず、その選定も必要になった。このあたりの匙《さじ》加減、ここらが一番の俺の出番だった。

「実戦がないって、こんなにも人に教えることに響くんだな……」

「す、すみません……」

俺は騎竜師団の斥候として、ぶっちゃけ思いっきり前線をうろついていた方だ。

当然その後の魔物討伐での魔術師師団の攻撃や、指揮なんかも見ている。地図が頭に入っているのでどのように追い詰めていたか、なども見ていればわかる。

対してトリスは指揮官に近いところにいたとはいえ、ほぼ後方待機。酷《ひど》いときには魔法一発すら打たずに撤退すらしたことがあるらしい。

つまり、絶対的な経験不足なのだ。

そしてそのままサルートの失踪《しっそう》したあの出来事に巻き込まれたのだから、結果は推して知るべしだった。なんでこいつ何もできないと思いこんでるの、と思っていたが背景を知ればわかりやすいくらい自明の理だったのだ。

それでもその後頑張ってできることはやったらしいのだが、そこはそれ。研究者として、また魔力の強い者として常に後方にいることを強要されたがために、実戦経験は結局ほとんど積めず見習い期間は終了。勇者PTに選出されることで神殿その他の指導を受けられるようにもなったけど、父の言いつけによりこれも警戒しながらの師事になり結局中途半端に終わった。

みゆきに教えながら、実は一番スキルアップしたのはトリスなんじゃなかろうか……と思うくらいには、二人共に俺が教える羽目になったのは言うまでもない。

まぁおかげで切磋琢磨、みゆきもかなり魔法を使えるようになったのは僥倖《ぎょうこう》と言えよう。なんで今更弟に指導してるんだって話もあるが。

そうして半年たったある日俺たちは一通の手紙を受け取る。

差出人はユラ・カイラード。

父からの、招集の手紙だった。

第11章　魔力の使えない魔術師

1

「魔物退治の合同実戦、ですか」

「ああ。勇者が現れたことで士気はあがっているものの、神殿にいないってことで騒ぎになったらしくてな。そこで父上宛に協力要請が飛んで着た、らしい」

手紙の内容は、魔の森ではなく、周辺の魔物討伐に対しての支援要請。さすがに魔の森の魔物討伐となると難しいと判断されたのか場所は国境付近ではなく、ここからそう遠くない場所だった。

恐らく、魔物の間引きの手伝いだろうな。魔の森の活性化が始まってからというもの、魔物は増加の一途をたどっていたが故に、国内全体での間引きはすでに慣例行事化しているからわからなくもない。

「総指揮は第二師団団長タクラ・ソーガイズ」

「！」

「このあたりは第二師団の指揮下だったか……？」

第一師団と違い、第二師団の方が遠方に出ることは確かに多い。ただこのあたりは本当に辺境なので王都から来るとなると相当の距離があるし、地方にいる領主軍等もいるはずなので、ちょっと意外とは言える相手であった。

「……………」

「……どうしたファティマ」

「いや、まさかな……」

何か微妙な顔で首をひねるファティマに、俺は声をかける。ちなみに名前からわかる通り、タクラはファティマの兄である。確か十五歳近く離れているはずなので、結構いい年のお兄ちゃんであるはずだが……なぜファティマは微妙な顔をしているのであろうか。

ちなみに二人っきりで話したことは、ない。

ファティマ本人と話したのすら久しぶりだったぐらいだしな。基本第二師団と一緒になるときは第一師団との大規模な合同作戦のことが多く、ほとんど接点はなかったのだ。

「何か気になることでも？」

「いや……」

ファティマの歯切れがなぜか悪いので首を傾げると、彼女は溜息《ためいき》をつく。明らかに何か隠している。だが、様子から言って気が重い、ぐらいのレベルなので、無理に隠しているという感じもしないが……一体なんだろう。

「兄上は過保護でな……」

「過保護?」

「ああ。……私の様子を見にくるつもりなんじゃないか、と思ったんだが」

魔物討伐は言わずもがな、国家事業である。

国家事業使って、妹の様子見、だと? それ過保護で済むレベルなのか?

「その可能性、あるのか?」

「兄上ならやりかねん」

なるほど。なんだろう、嫌な予感しかしない。

「まあ、お役目第一で動いてくれるとは思うのだが、その……」

「?」

ちらり、とこちらを見る目にまた俺は首を傾げる。

んー……と。俺が何か?

「いや、なんでもない。兄上との連絡は、私がやろう。その方が無駄がない。勇者たちの世話はユリス、頼む」

「ああ。それは任せとけ」

露骨に逸《そ》らされた言葉に、俺は続ける言葉がなくて了承する。何か予感を抱えながらも、ファティマの言葉に頷《うなず》くことしかできなかった。

☆

『なあ、幸人《ユキト》。いいのか？』

俯《うつむ》いていた顔を上げると、そこには〝親友〟の心配そうな顔。

今は何日だろう？　いや、あの日から何日たった？

『それで、本当にいいのか？』

『……』

動かなくなった右足。引き離されかけたその手。

泣き叫んだときに現れたのは、遅すぎるぐらいの助け手。

『この足で、何ができるんだよ？』

『幸人……』

――ゆきと君なら、安心して預けられるわ。

義母の優しい声が、虚《うつ》ろに聞こえた。彼らが亡くなったあの日、泣きじゃくる彼女を抱えながら俺は誓ったのに。何があっても彼女を守ると、そう誓ったのに。

『何もできなかったわけじゃないだろ？　お前はちゃんと、俺に』

『でも実際助けたのは、お前だろ？』

彼女を庇《かば》いながら、俺ができたのは彼女を傷つけさせないことだけだった。複数の人数に対処できるほど俺は強くなくて、時間稼ぎはあっという間に終わりを告げて、俺は、無様に転がることしかできなかった。

相手が質《たち》の悪い大人だったとか、そんなことはどうでもよかった。

たったひとつ、守りたかったものが守れなかった。

俺の中に残ったのは、そんな後悔だけだった。

『……わかった』

『……』

『だけど幸人。あの子はたぶん、諦《あきら》めないと思うぜ？』

苦笑しながら、親友の気配が遠ざかる。

わかってる。いつだって、彼女は、俺のことを見捨てたりはしないから。

そう、呟《つぶや》いた声を聞く者は誰もいなかった。

☆

「アイリじゃないか。久しぶり」

「え、ユリス!?」

第二師団と合流して二日。指揮との連携はファティマとトリスに任せ、みゆきとダイチに師団編成を見せて回っていると、見知った顔を見つけた。数少ない声をかけられる友人に声をかけると、アイリは少し驚いた後にキョロキョロと周りを見た。

「え、っと、ファティはどこ行ったの？」

「ファティマなら団長のところだよ。俺は口出しするところでもないんで、勇者連れて敷地内を見学中」

「あ、そうなんだ。後ろにいるのが勇者様？」

俺の後ろについていた二人が顔を出すと、アイリは人懐こい笑顔で彼らに笑いかけた。その顔はいつも通りで、どこもおかしな様子はない。

さっきの驚きようはなんだったんだろう？

「えーと？　二人なの？」

「右が勇者のダイチ。左が、彼と一緒に召喚されてしまったみゆきだよ」

「ええ！　二人召喚されることとなんてあるんだ……！」

まだ末端には情報が行っていないようだが、アイリは気にすることなく二人にそれぞれ握手を求めている。挙動不審になっていた二人も、アイリの様子に緊張がほぐれたようでそのまま受けていた。

「第二師団は初めて詳しく見たけど、またずいぶんいろんな人がいるんだな」

「んんー？　そうね、第一は近衛《このえ》から補佐が入るくらいの師団だものねぇ。第二は一度人がごっそり抜けたのもあって、結構雑多な師団になってるわね」

「ああ、なるほど」

三年前の魔の森の闘争で失われた第一師団の戦力は、第二師団からも補填《ほてん》されたのだろう。当然第一に行く者は身分が高くなるので、その分第二師団の方は幅広く集められた、と考えられる。

道理で傭兵《ようへい》上がりっぽい人間が多いはずだ。元々が身分関係なしに実力主義と言われているだけあり、その荒っぽさも第一師団の比ではないんだろうな。なんだかんだ言ってサルートの周りの人間は、上品な人が多かったしな。

「ま、でも団長がしっかりしてるから特に変わったことはないわよ？　逆に平民が多いから、私にとっては気楽な部類だわ」

「ああ、そうなのか？」

「ええ。あー、そうそう。オルトもここに来てるわよ」

「へえ」

そういえばここ一年は色々あって話し合っていなかった。久しぶりにアイリから名前を聞いたので、ついでに近況も聞くことにして、その旨をみゆきに伝える。その間手持ち無《ぶ》沙汰《さた》になりそうなので、みゆきにノエルを引き渡しつつ、アイリに向き直った。

あいつに最後に会ったのは、第二師団所属になって、遠征に行ってしまったときだっただろうか。魔の森の活性化の激化と団内の昇級に伴い、段々遠くへ行くようになったので会えなくなったんだよな。

「あいつに会うのは久しぶりだなぁ。元気そう？」

「んー……一時期ユリスに相談した後は元気そうだったんだけど、最近ちょっとなんか悩んでるみたいなのよね。見かけたら声かけてやってくれない？」

「悩んでる？」

あいつは確か、獣化に関して悩んでいて、アイリに心配されてたんだっけか。結局俺があいつの秘密を知ったことで力が抜けたのか、あの後は特に問題なく過ごしていた。ちなみに一般的な獣人は変化が中途半端になることはないことが調べでわかり、これが四分の一の特性なのかもしれないな、ということで話の決着はついている。本人も俺が調べたことにより変化もコントロールできるようになったようだったし、悩んでるとしたら別のことだと思うのだが……。

また何かあったんだろうか。

「ユリスさん、さすがにそろそろ行かね……行きません、か。なんかすげぇ視線痛い……」

「あ、悪い悪い。次、行こうか」

さすがに話しこみ始めたことで、視線が段々うるさくなってきた。居心地が悪くなったのだろう、声をかけてきたダイチに謝罪しながら、俺はアイリに手を振る。

このあたりは騎竜師団メンバーばかりのようで俺にとっては顔見知りが多く、居心地は悪くないのだが好奇の目は他の場所より多い。彼らにしてみればあまり長居はしたくないだろう。

「じゃ、またあとで。もしかしたら作戦始まるまで会わないかもしれないが」

「了解！　オルトに会ったらよろしくね～」

俺たちの様子にあっさりと手を振り返してくれるアイリに別れを告げ、俺はファティマと合流するべく進路を変える。

そのとき、目の端に気になる顔が目に入り、俺はそのまま足を止めた。

「あれオルトじゃないか？」

「あ、いた？　……ん？」

そこに確かにオルトはいた。コントロール自体も問題ないらしく、一時期手放せなかったらしい覆面はしていないが頭にはバンダナを巻いていて、どうやら女性と話しているようだ。その表情は真剣で、とても声をかけられる雰囲気ではない。おそらくは打ち合わせの最中か何かだろう。

「んー……話し中みたいだし声はかけないほうがよさそうだな。後で俺が話したがってたこと伝えておいてくれよ。じゃあな、アイリ」

「あ、はいはい～」

横目で見つつ移動したとき、視線を感じたのは気のせいだろうか？

あの女性もどっかで見た気がするんだけどな……と思いながら、俺はそのまま足を進めることにした。

断言しよう、俺の剣の腕は平均並みである。そりゃあまあ、腐っても騎士養成学校卒なので使えないとは言わない。だが、これは無理だ。

2

「私と勝負しろ」

暴走する兄の腕を必死に引くファティマと、どう考えても目が据わっている第二師団団長タクラが俺の前に立ちはだかる。

「……お断りします」

ひたり、と顔面に突きだされた真剣を見て嘆息する。

どうしてこうなった。

☆

魔物討伐予定地で合流した俺たちは、早速翌日から作戦開始ということで休息を取っていた。役割分担を決めに総指揮のタクラのもとへ顔を出したファティマをそのまま待っていたのだが、あまりに帰りが遅いので誰かが見に行こうと言いだしたのが事の始まりである。

まあ、兄妹水入らずの時間といえども、夕飯等の時間も近くなったしな。兄と一緒に食べるというならそれはそれでよいのだが、こちらとしても食事の用意の都合というものがある。どうするかがわからなかったのだから、様子を見に行く結果になったことは仕方がなかった。

トリスと合流した後戻ってこないファティマを訪ねて俺一人で、総指揮のテントを訪ねたのは数分前。俺は元々戦闘要員ではないし、偵察部隊としては恐らく俺は一級なのでそれについて別個に相談しようと思っていたこともあり、俺が顔を出したのだが……。

（明らかに、選択肢間違えた）

俺が来たと同時に、極限まで冷えるテント内。よくよく見てみれば、タクラだけじゃなくて副官とかその辺の騎士とか、全員の目がヤバイ。

なんだこれ、四面楚歌《しめんそか》にも程がある。

「よく顔を出せたものだな……？」

最初から好戦的な団長様に冷や汗をかきつつ、なんだこれと思いながらファティマを見ればひたすら謝ってくる。いや、目線で謝られても困るし！　声で止めてくれよ！　そしてこの絶対零度の空間をどうにかして！

「ええと、お邪魔、でしたか？」

何が邪魔なのだかさっぱりだが、俺の口から洩《も》れたのはそんな程度の言葉。

いや、ホントにやばいんだって。

サルートが本気で斬《き》りかかってきたときも威圧感がやばかったが、タクラは団長だけあって負けず劣らずと言えばいいのか、殺気が半端ない。

っていうか殺気っていったい何があってそんなことになった！　なんで俺が殺されなきゃならないんだ。

「邪魔？　そうだな、お前の存在自体が邪魔だ」

「はあ」

「兄上！　何を言っているのだ！」

焦ってファティマがさらに止めようと腕を引くが、タクラは俺を見つめたまま視線を外さないしびくともしない。今にも斬りかかりそうな仕草に、そして誰も止めようとしない状況に、俺は何を言えばいいかわからなくてただ傍観する。

「ファティマもファティマだぞ⁉　お前はなぜ怒らないんだ！」

「っ！」

「お前がどんなにボロボロになっていたか、私は見ていたんだぞ！　その元凶が目の前にいるというのに、お前はなぜ怒らない！　なぜ嘆くだけで何もしないんだ！」

「っ……そ、それは」

話の筋が見えなくて黙りこんでいると、タクラが俺に向けて剣を突きだした。目線で問いかけると、返ってくるのは怒りを孕《はら》んだ視線。

「もういい。話ができないならほかの手段で語るまで。……私と勝負しろ！」

……そんなわけで冒頭に戻る。

いや、絶対に無理です。

「お断りします」

「つな!?　騎士たるもの、勝負を放棄するな！」

「俺は一応職業騎竜士ですが、自分を騎士とは思ってないので……お断りします」

「……」

はあ？　と言いたげなタクラに、俺はあっさりと勝負放棄を申し出た。

いや無理だよどう考えたって無理だよ、無茶言うなよ！

やばい、視線が痛いとかそういうレベルじゃなくなってきた。何言ってんだお前って目線がグサグサ突き刺さるのが心臓に痛い。というか、確かにファティマは第二師団の所属であるが、いくらなんでも全員の反応がおかしい。ファティマお前いったい、俺のことをなんて言ったんだ……。

「ファティマ、なんでこんな奴《やつ》がいいんだ!?　騎士であること自体否定しやがったぞ!?」

「だから！　兄上は人の話を聞いてくれと言っているだろう!?」

「どけファティマ叩《たた》き斬《き》る！　妹を弄《もてあそ》んだ挙句《あげく》捨てたうえ、騎士を名乗らない男など生きている価値なぞあるか！」

があぁ！　と吼《ほ》えて剣を振りおろそうとしたところ、ファティマがすごい勢いで兄の剣を叩き落とした。

えっ！　叩き落とした⁉

ファティマ、兄の不意をついたとはいえ強すぎるだろ。

「人の話を聞け！」

対抗するように吼えるファティマ、譲らないタクラ。剣を拾おうとするタクラを制止し、ファティマが俺の方へ剣をそのまま蹴とばしてくる。

……えっと、拾え、と？

「とりあえず、話をしないか？　ファティマ」

「話になんかなるか！」

「俺は剣で語る気なんてないですよ」

いくらノエルがいても、斬り合うとか全力でご遠慮したい。というかこの剣、馬鹿みたいに重い。こんなのと手合わせとか二発で俺の剣が飛ぶわ。無理。

しかしまあ、似なくていいところが似てる兄妹だな。昔のファティマも確かこんな感じで人の話を聞かない子であった。何度死にかけただろうか。ああ、なんかトラウマが蘇りそう。

「あと弄んだってなんですか。俺とファティマはそんな関係じゃないです」

「は？」

「だから何度も言っただろう！　ユリスとはこ、ここ恋仲などではないと！」

そこ、どもっちゃダメだと思う。見る間に真っ赤になるファティマに、惚《ほう》けたように静止する兄。落ちついてくれただろうか。

「いや、だが、お前はどう見ても恋していただろ？」

「……っ」

「は？」

がしゃ、とファティマの構えていた剣が落ちる。

そんなわけあるか、と否定が返るのだろうと思っていたのにファティマは言葉に詰まって、何かに気づいたように静止した。

ぎぎぎ、とでもいいそうなくらいぎこちなく、俺を振り返るファティマ。一瞬の間。そして見る間に真っ赤になると、うるりと涙目になった。

って、え？　……ええ？

「あ、兄上の……馬鹿ァァァァ！」

ばき、とものすごい音がして決まる渾身《こんしん》右ストレート。

そして脱兎《だっと》のごとく、俺の横を走り抜けていくファティマ。

残された俺と頬《ほお》を茫然《ぼうぜん》と押さえた団長様は顔を見合わせ、そして同時に事情を理解した。なんだかよくわからないが、ファティマが隠しておきたかった告白をきっと、兄はぽろっと言ったのであろう。

……俺、恋愛感情で好かれていたのか。懐かれているだけかと思っていた。

「言いたいことはきっといろいろあるんだと思いますが……俺、その、とりあえず追いかけてきます」

「……すまん」

周りを漂う生ぬるい沈黙にいたたまれなくなりながらも、俺はファティマの後を追うことにした。

☆

「知って、いたんだ。ユリスにとって私は、妹のようなものでしかないのだと」

魔物の跋扈《ばっこ》する森に入るのは危険だと思いつつも、そこしか思い当たらずノエルに乗って上空を飛んで探していると、少し離れた丘の上に、ファティマは一人たたずんでいた。

ばさり、と近くにノエルで降りれば音ですぐわかったのだろう、声の聞こえる範囲に入った途端ファティマは独り言のように呟《つぶや》き始めた。

「どうしたら違う目で見てもらえるのかと、私は無理を言ってばかりで」

「ファティ」

「アイリには、何度も止められたんだ。けれど、私は取り合わなかった。騎士になれれば。対等になれれば、きっと私自身を見てくれる。そう思って、何度も私の理想を押しつけた」

『騎士ならこの程度、弱音なんて吐かない！』

『私は、できない子じゃない。頑張れる！』

『ユリスだってできるだろう？　一緒にやってくれ！』

膝《ひざ》を抱えて呟くファティマに、昔の姿が重なる。ノエルを小さくして肩に乗せ、横に同じように座るとファティマはまた話しだした。

「私はな……落ちこぼれだと、言われたんだ」

「え？」

「学校に入る前はな。十になっても筋力もつかず、兄の同じ年のときの半分も同じことができず。何度も騎士になるのを諦《あきら》めろと、そう周りからは言われていたんだ」

出会ったときの、ファティマの様子を思い出す。そう言えば精神的に大人っぽいと思ったが、線の細い普通の女の子だったな。

「……諦《あきら》めきれなかった。何度も何度も、倒れながら、それでも修練して。それでもきつくなってきたときに、ユリスは言ったんだよ。

『女の子なんだから、体力ないの当たり前だよ？　練習の仕方変えて、ちゃんと休まないと身につかないよ』

そんなこと言ったっけ。ああ、言ったな。見るからに無茶してたもんな、学校入りたての頃のファティマ。しょっぱなから付き合えない練習を倒れながらする姿を見て、さすがに止めてトレーニング方法教えた気がする。

「私は、無理をしすぎていたことすら、気づこうとしていなかった。……でも、ユリスに言われた言葉はすんなりと信じられた。そして言うとおりにしたら、身体が軽くなって、なんでもできるように、なって……修行が楽しくなって……」

目を細めるファティマ。俺は、自分が彼女の何かを変えたということすら気づいていなかったので、ちょっと複雑だ。そこまで想われることをした覚えは、正直なかった。

「……そうしたら、今度は、ユリスが私についてこられなくなった」

最初は二歳上だった分、付き合えたのだろう。あっというまに才能を開花させ、強くなったファティマにはすぐ敵《かな》わなくなって、それから俺からしてみれば地獄のような日々が始まったんだった。

「一緒にいて楽しかったから。私は一緒にやりたくて、我儘《わがまま》を言い続けた。……いや、我儘だとも気づいていなかった、いつの間にか私の中で、ユリスは一緒に騎士になるものだと思っていたんだ」

「まあ、騎士養成学校の生徒だったから、ね」

「ああ。ユリスに拒絶されるまで、私は、自分の未来を疑ったことなんて、なかった。ずっと傍《そば》にいて、高めあえる、そんな夢みたいな未来を一人で勝手に描いていたんだ」

ざわり、と風が鳴る。

そろそろ日も沈むだろう、このあたりは真っ暗になるので戻るのも大変になってしまう。そんな中でファティマは立ち上がろうとせず、俺の方も見ず、こう呟《つぶや》いた。

「ユリスは――騎士には、なってくれないのか」

その、言葉の意味は。

そして、ファティマの希望する、その『騎士の意味』は。

たぶん俺が思っていたよりも、ずっと重いものだったのだろう。騎士になりたいわけじゃないと断言したことはなかったが、動きや言葉で何か察せるものはあったのだろうな。そのたびに押しつけられた修行は重いものだったが、彼女からしてみれば、一番聞きたくない言葉だったからこそ止めていただけなのかもしれなかった。

「……無理かな」

「っ、そう、か」

職業で言えば、俺は騎士だ。

騎竜に乗る、希少な騎士でもある。

けれど、俺は……彼女の、『一緒に戦える騎士』にはなれない。なぜなら。

「ユリスは、何になりたいんだ？」

俺の目的は、そして俺が約束したことは、騎士ではきっとかなえることができない。

彼女の横に並ぶことが、俺が魔術以外のことに関して使う時間が増えることが、俺はきっと怖いのだ。頼まれたことをすべて捨てて、ただ彼女の傍《そば》にいることが。

「もう、職業にはついてるさ」

「え？」

「俺は。……魔術師だよ」

立ち上がると、目を丸くしたファティマが俺を見上げていた。その様子はかわいいけれど、俺の心は動かない。そのことに少しだけ安堵《あんど》しながら、俺は笑いかける。

俺にはまだ、やるべきことがある。やれることが、ある。

「魔力が、ないのに、か？」

「ああ」

日が沈む。

沈む日を見つめながら、俺は——確かな思いで、呟《つぶや》いた。

「―――今はまだ、魔力の使えない魔術師だけどね」

「は？」

「いずれわかるよ」

勇者を助けるそのときまで俺は、魔力の使えない、役立たずな魔術師。

それが望む望まないにかかわらず、俺が生きると決めた道。

「お前が言っていることは、やっぱり難しくてわからない……」

「……そうか？　暗くなる、帰ろうか」

右手を差し出すと、そっと握り返されるその手。こちらを見てほしいと、何度も繰り返し込められた思いを、覚えていないわけではないけれど応えられない。

俺は左手にはまった指輪をそっと親指で撫《な》でると、想いを振りきるように、彼女を引き揚げ、そのまま右手だけで抱きしめた。

「っ、ユリス!?」

「……ごめんな」

零《こぼ》れたのは、謝罪。

どこかで気づいていながら、気づこうとしなかったのはきっと俺もだ。

そうして口から零れた謝罪は、自分勝手な、自己満足の謝罪だった。

3

一日目の魔物の討伐に関しては、何も滞りなく作戦が展開され、殲滅《せんめつ》された。もちろん負傷者0とはいかず、死傷者も数人は出ていたが大規模な戦いなので想定内、いやむしろ少ない方と言えた。

「……」

「……丘にて逃した魔獣数体を確認。北方、視認できた敵は北西に五体、統率は取れていません。足の速いものが数体混ざっており接触に時間差が発生すると思われます。以上報告を終わります」

だが本日二日目。偵察のたびに無言で迎えてくれるこの総指揮官、どうにかならないだろうかと俺はいい加減思っていた。

ダイチとファティマは前線を抑えており、トリスはみゆきの傍《そば》でみゆきを守りつつの魔術による補助・回復作業。俺はもちろん偵察部隊なわけだが、連絡先はまあ、本部だよね。しかも今は皆出払っているのか指揮官一人しかおらず、会話もまったくもって続きそうにない。

沈黙に耐えかねて、俺は次の偵察先を提案することにした。

「……次はどこの偵察がご入用ですか？」

「……」

「南でよろしいでしょうか」

ち、沈黙が長い。

相手が無言すぎるが手は動いているのでたぶん問題はない、はずだ。ここでとどまっても仕方ないのでさっさと移動しよう。というか、本部来るたびに四方八方から冷凍視線来るのどうにかしてほしいと切実に思う。

そしてあの後、一度だけ兄と話し合った後は本部にまったく近寄らなくなったファティマの代わりに、俺が連絡役になっているとかなんの悪夢であろうか……。ファティマ本人との話し合いはもう終わってるんだけどなぁ。この兄しつこいよ。

「待て」

「はい？」

本日二度目となる偵察に行こうとしたところ、思案した様子で団長に止められる。作戦は三日という短い期間の間引き。すでに討伐予定数は超えているから深追いはしないはずなので、比較的森の密度が浅い南を偵察に行こうと思ったのだがまずかったのだろうか。

「偵察速度が速すぎる。少し休め。疲れはないのか？」

「特にはありません。特に問題があるようには感じられませんが、必要であれば加護をかけていただけるとありがたいです」

ノエルは大きくしたままなので現在は肩に乗っていない。だが、彼女の機動力を考えればむしろ行軍に合わせてゆっくり動いているくらいなので、特になんの問題もないだろう。加護に関しては疲労軽減になるのでかけてもらった方がありがたいが、わざわざトリスに頼みに後方へ下がるほどでもなかったのだ。

「加護もかけられないのか」

「魔力は一切ありませんので」

眉《まゆ》をひそめ、こちらを見てくる彼に平坦に答える。あえてここでは使えないとは言わない。下手に何かを察せられても厄介だし、何かほかのことに気を取られての発言だとわかったからだ。

「魔法が使えないから、騎士になれないのか？」

案の定、というべきか。ファティマに何を聞いたのかわからないが彼は核心をつくように俺に話を振ってくる。なんの感情も込めないまま見返すが、彼の態度は変わらずこちらを見たままだ。

……めんどくさい。

「なる気がないだけです」

「なれるともわからないのに、なる気がない、か？　試す前から逃げている負け犬の遠吠えだな」

「……！」

断定する口調。蔑《さげす》むような、そんな挑発的な視線に俺は一瞬反応しかけやめる。ギリギリのところで開きかけた口を閉じ、俺はただ目を伏せた。

「じゃあ、なれません」

「なれるようになりたいとは思わないのか？」

「何が言いたいんですか」

真意を掴《つか》み損ね、目線を上げて見返すと、先ほど挑発したのが嘘《うそ》のように、彼はこちらを観察するように見ていた。

「ファティマから、少しだけ話を聞いて興味を持ってな」

「迷惑です」

「まあそう言うな。私が言うのもなんだが、妹は融通はきかんが美人だし強いし一途だし、決して惹かれない物件だとは思わんのだが、あっさり袖《そで》にしたらしいから本音を知りたかったんだよ」

「……本音、ですか」

てっきりあのファティマを振るなんて、と暴走すると思っていただけに意外に感じる。まともに見返して目線を合わせると、タクラは照れくさそうに頬《ほお》をかいた。

「まあ、好意だけを食いものにする様な奴《やつ》なら八つ裂きにしようと思っていたんだが、逆に恋愛のれの字も存在しないと泣かれたらな。さすがの私でもアイツがかわいそうになった」

「そう、……ですか」

「噂《うわさ》通りじゃねーのは、散々妹に言われた。噂ばっかり信じて本人を見る気などなかったではないか！　とあの後散々怒られたんだわ。事情を聞いてみれば弄《もてあそ》ぶどころか握手すら数えるほどどってどんだけ清廉な仲なんだよ。ありえん。アイツ結構胸でかいし、普通好意持たれてるのわかってたらとりあえず抱きついたりほかのことしようと思うだろ」

……いやそれはどうかと思います兄よ。妹の胸のサイズ気にすんなよ！　あと、俺は胸はわりと小さい方が……ってそういう問題じゃない。

「抱きつきませんよ」

「まるで神に貞操をささげた神官みたいだな」

「……」

嫌なたとえをされて眉《まゆ》をしかめると、タクラは面白そうに俺を見る。ここで表情を変えるとは思わなかったのだろうか？　楽しげに言葉をつづけようとする姿に、溜息《ためいき》が洩《も》れた。

「魔力がないなら魔術師にはなれない、神官は毛嫌い、どうして騎士になるのを拒む？」

「ファティマから聞いたのでは？」

「いや、言ってることはさっぱりだった。お前は最初から騎士になる気がないとだけ聞いたよ」

……たぶんファティマには理解、できなかったのかもしれないな。タクラが真っ先に俺が魔術師になれないと断定したように。

「向いてないんですよ」

「はぁ？」

「俺は騎士としては生きられない。たとえ、どんなに望まれようとも」

「アイツが望んでもか？」

「はい」

天幕から出てこない俺を気にしてか、天幕の外がすこしざわついている。

いい加減、出た方がいいだろうか。

声は聞こえても内容までは聞こえないといった感じの防音結界が効いているようだが、先日の一触即発状態を知っている騎士たちにとっては気になるのだろう、何度か足音も聞こえてくるのに目線を向けると、タクラはぽつりと俺に呟《つぶや》いた。

「……嘘《うそ》だな」

「は？」

「ホントは、少しぐらついてんだろ？」

「！」

真っ直ぐ射ぬいてくる目に反応して、剣がしゃらりとなった。

いつの間にか俺は一歩下がっていたのだろう、鳴った音に動揺する。これでは、認めているようなものだ。

「アイツの想いは、人に届かないほど弱いものじゃない」

「……」

「拒まれて自分がボロボロになるくらいの想いを、アンタも感じないほど鈍いわけじゃないだろ？」

知っている。

俺は、怖いと、思ってる。

怖いと思ったから拒んで、二日前も拒んだのだ。

けれど、感じないように必死になりながら、俺がしたことは彼女を抱きしめること。

指輪のないその手で、抱きしめて謝ることだけだった。

「それでも俺は応え、られない」

「おい？」

「俺には、やらなきゃいけないことがあるんだよ……」

敬語を使おうとか、そんな意思は吹っ飛んでいた。視界が揺れるような錯覚を覚えながらも、俺はもう一歩下がって、天幕を出るために背を向ける。

「――逃げるなッ！」

その叫びは、誰に言われたものだったか。

『俺は逃げたんだよ。……お前の期待から』

想いに応えてほしいと言うその瞳から。

自分のために生きてほしいと願う、その未来から。

どちらも答えられないモノだったから、俺は逃げることしかできなかったのだ。

「……」

そして俺は、今も彼に言える答えを持たない。

止める言葉を無視して、俺は天幕を出た。

思うままに、正しい行動をしているはずなのになぜか――――最悪の気分だった。

☆

二日目の夜。本部に人が増えていたので義務的な言葉だけで報告は終わり、俺は宿泊施設に引き返した。

勇者とファティマの戦力はかなりの底上げになっていたらしく、明日はすでに本格的な討伐はないだろうとまで言われている。勇者の力を見せつけ、修行の成果を垣間見て、心は浮き立っていてもおかしくないはずなのに、俺の気持ちは沈んだままだった。

理由なんて考えるまでもなくわかっていたから、余計、一人になりたかった。

「ノエル、ちょっとだけ。付き合ってくれ」

「きゅ！」

俺は、真夜中になるのを待って施設を出た。外へ出るにはノエルに大きくなってもらえばいいだけだから、竜舎へ向かう必要もない。人気《ひとけ》のない方へ突き進み、少し広くなっている場所へ着いたところで走り寄ってきた足音に気づいた。

「……兄上、どこへ？」

「トリス？」

部屋を出るときは寝ていたと思ったのだが、相変わらず眠りが浅かったのだろうか？外出着にすでに着替えている姿を見て、俺は嘆息した。

どうやら一人で出してくれる気はないらしい。

「どうした？　眠れないのか？」

「それは兄上の方では？」

「……」

心配そうな声に、俺は眉《まゆ》を寄せる。

俺の態度は、それほどまでにおかしかったのだろうか？　ついてこられたことに、心配されている事実に、俺は苦笑する。

「……ちょっと、な」

「何かあったんでしょう？　……その、ファティマさんの様子も、おかしかったですから」

「ああ」

ファティマと決して目を合わせないような状態や、天幕での様子が伝わって何かを感じていたのだろう。そっと近寄ってくるトリスの様子に、俺は溜息《ためいき》をつく。

誤魔化《ごまか》されてくれそうにない、トリスはそんな目をしていた。

「ここじゃなんだし……飛びながら話さないか」

「わかりました」

自分でもまとまらないこの気持ちを、上手く話せる自信はなかったけれど。

差し出された弟の手を、振り払えるほど俺は強くもなかったのだ。

人の心はままならないと誰が言ったのだったか。

竜は鳥と違って暗がりでもそれなりの動きができるため、むしろ遠くまで楽しそうに飛ぶノエルを眼下に認めつつ、俺は溜息をつく。

何から話せばいいのだろうか。

「兄上は、ファティマさんが好きではないのですか」

「！」

黙りこむ俺をどう思ったか、後ろに座る弟が声をかけてきた。

直球なのはむしろいつも通りか。弟の表情を見ずに俺は、ただ前を向く。

「友人としては好きだよ」

「恋愛感情ではないと？」

「ああ」

トリスは気づいていたのだろうか。ファティマが俺を見る目は、恋愛感情だと。俺とファティマの様子がおかしいのは、そのせいだと。

「じゃあ、なぜそんな顔をされているのですか」

「……なんでだろうな」

俺にもわからない、のかもしれない。本当に嫌いなら、断ればいいだけのことなのだろう。だが、俺は間違ってもファティマという人間が嫌いではないし、好きだと言われて悪い気などはしなかった。

けれどただ、怖かったのだ。

自分の感情がわからなくなる。

「僕は、人の感情にそんなに聡《さと》い方じゃありません」

「トリス」

「でもそんな僕でも、あれはわかりました。彼女の目には、兄上しか映っていないと。彼女が思い続けるのは兄上なのだと、ハッキリわかるほど」

「……っ。そう、か」

本来は必要がない手綱をきつく握り締める。

思い浮かぶのは、夕日に向けてこちらを振り返らないファティマの姿。あのとき、抱きしめながら俺は彼女の顔を見ようとはしなかった。それは。

「……好きでないのなら、恋人にはなれないとはっきり言っては?」

「言った」

「じゃあ、もう彼女だけの問題じゃないですか。なんで兄上がそんな」

「そんな?」

「……そんな、傷ついた顔をしているのです、か」

俺は傷ついて、いるのか?

何に対して?

「……俺は」

「本当は、好きなんじゃないんですか？　恋愛として」

「いや」

「本当に？　兄上は、無理をして、自分に嘘《うそ》をついてるんじゃや、ないん、ですか？」

いやに先を促す弟に違和感を覚えて振り返る。途中から半分泣き声だと思っていたのは間違いではなかったようで、そこにいたのは、泣きそうな顔をしたトリスだった。

「兄上はいつだって、自分は最後なんです」

「おいトリス」

「自分のことは、いつも後回しで。自分の気持ちも周りの気持ちもわかってないんです！」

「おい……」

だからなぜお前が泣くんだ。ボロボロ涙をこぼし始めるトリスに困惑して、俺が手を伸ばすとトリスは首を振った。

「じゃあ、想像してみてください」

「何を？」

「もし僕が、ファティマさんの横にいたらどう思いますか」

「どうって？」

「見つめ合ってたりしたらどう思うか聞いてるんです」

言われるまま想像してみる。トリスの方が背が高いので、少し顔は上向きになるだろうか。二人とも造形はいいし、見つめ合ってる状態というとちょっと想像しただけでもなんか、恥ずかしい感じになるな。

なんだこれ。

「お似合い？」

「どうしてそういう結論になるんですかッ！」

「いや、想像したまんまを伝えたつもりだけど」

何が言いたいのかわからなくて困惑していると、トリスがようやく落ちついたのか肩を落とす。

通じてないって気づいたか。すまん。

「じゃあ、僕がファティマさんを好きだって言っても、兄上はその感想が出ますか」

「!?」

「僕が、ファティマさんと付き合うことになっても、祝福できますか」

何を言われたのかわからず見返すと、帰ってきたのは思ったよりも真剣な目。……なんだその予想外。そりゃまあ、三人で旅してたわけだし、ファティマはすこぶる美人で惹かれないこともない、だろう、が。

……試しているんだろうか？

「ああ、できるよ」

「本当に？　ちゃんと、想像できてますか？」

「……」

トリスとファティマが付き合ったらどうなるだろうか？　ファティマはあれで恥ずかしがり屋だけど、きっと俺を見ていたときのように目は雄弁に語るんだろう。見つめ合って、それで、お互いしか見えないほどに相手の目を見るんだろう。

「んー、ちょっと、さびしい、かね」

「寂しい……？」

「ああ。だけど、祝福できないほどじゃないよ」

……そうか。そうだったのか。

わかった気がする。俺が、彼女を拒絶できなかった理由が。

彼女に何を重ねて、何を怖がっていたかが。

俺が拒絶したのは彼女のために生きること。それは、どうしてもできないから拒絶することしか思い浮かばなかった。

けれどなんだかんだ理由をつけて彼女を見捨てられなかったのは、恐らく――。

「……本当に、嘘《うそ》を言っているわけじゃないんですよね？」

「しつこいぞ？」

「う……。だって、兄上が誰かを好きという話は聞いたことが、なかったので、てっきり、好きなのを誤魔化《ごまか》しているものだと」

おい待て、俺はどれだけ信用ないんだよ。

そして誰からその情報はリークされているんだ？　どう考えてもサから始まる人のような気がしないでもないがちょっと話し合おうか。

「それに、今は魔王討伐の方が最優先だろうが？」

「え、ええ、まあ、それはそうなんですけど」

「俺は少なくともこの旅が終わるまでは、恋人なんて作る予定はない」

「はあ」

納得いかなさそうなトリスに、俺は笑いかける。

ああそうだ、本当に簡単なことなんだ。

俺は、聞かれるまで気づかないふりをしていただけなんだ。

「それに――俺には、忘れられない人がいるからな」

「えっ!!」

「姿かたちは似ていないが、……目は似てるな。もし俺が傷ついたような顔をしてるなら恐らく、ファティマを傷つけたくないのに、彼女と同じ気持ちを持てないからだろう」

――――ほかの誰も、関係ないの。私には貴方《あなた》が必要なんだよ、ゆきちゃん。

不意に思い出した彼女の声に、俺は頷《うなず》く。誰よりも何よりも俺だけを求めてくれた彼女と、俺を好きだと言うファティマは、どこか似ていた。最初に見た人を親と思う雛鳥《ひなどり》のように、真っ直ぐに俺が必要だというその目は、見間違うほどにそっくりだったのだ――。

「え、ええ、誰ですか？　僕の知っている人？」

「さてな。それよりもトリス、ファティマが好きって、実はかなりマジだろ」

「……え！」

自分が言っていた内容にようやく気づいたのか、弟が慌てたように首を振る。だが遅い。本当かと聞いたときのその声は、その目は、素直な弟らしく簡単に答えを示していた。少なくとも俺に本当に恋情がないかを確認するくらいには、惹かれているのだろうとすぐわかる。……まあ、憧れの類かもしれないが。

やがて誤魔化せないと気づいた弟は肩を落とし呟《つぶや》く。

「……僕、なんかじゃ駄目《だめ》ですよ……」

「なぜだ？」

「僕じゃ、兄上の代わりにはなれませんから」

〝代わり〟

どこかで聞いた台詞《せりふ》に、首を傾げる。そういえば旅を始めてすぐのときにも、代わりになれないと嘆いてはいなかっただろうか。代わるのはもう嫌だと、叫んでいなかっただろうか。

「別に代わりになる必要なんて、ないだろ？」

「……？」

「その〝好き〟はお前のモノだろ？　なんで俺の代用品になる必要がある？」

本当に不思議に思って、トン、と弟の胸のあたりを指で突く。

好きは自分だけのもの。それは、俺が彼女に言われた台詞《せりふ》だったように思う。俺じゃ守り切れないと嘆いたときに、彼女は確かこう言ったのだ。

「――――『大切なのは、自分の気持ち』だろ？」

「あ……」

ノエルは飛び疲れたのか、そろそろ旋回がゆるくなっている。大分遠くへ飛んできたし、戻るのも頃合いだろうと首の向きを変えさせると、ノエルが楽しそうに一声鳴いた。

「そう、ですね。僕も大切なことを忘れていたのかもしれません――――」

弟の声は実感がこもっていて、何かを連想させたが聞かなかったことにする。

誰だって聞かれたくないことの一つや二つ、あるだろう。もうひとつ気づいたことはあったけれど、俺は心の中にとどめることにした。

――君のいないこの世界で。

俺は、ほかの誰かを好きになることができるのだろうか？
いや。
ほかの誰かを、好きにならなければいけないのだろうか？
君より好きになれる人が、この世界にいるのだろうか――？

第12章　魔王の誘惑

1

「ユリス様、お久しぶりですわ！」

「は？　え、ルルリア？」

「はいですわ！　このたびは討伐の援助、お疲れさまでした！」

第二師団と別れる当日。なんだか微妙な雰囲気の中全員で出立準備をしていると、宿泊施設に一人の女性が入ってきた。

「なんでルルが……」

茫然《ぼうぜん》と呟《つぶや》くのはトリス。ファティマは面食らったように動きを止めていて、なんとも言えない沈黙が場を支配する。

「どうしてここに？」

ルルリアは王都でも、俺はほとんど会っていない状態である。王女の護衛として働いているのもあるが、夏の休暇で会った後は大抵の場合周りの奴《やつ》らに接触を邪魔されていたので、見かけることすら滅多になかった。

いろんな思惑に巻き込まれたくない俺は自分から会いに行くこともなかったので、久々に顔を見て彼女のその美しさに気づく。出会った当初は本当に幼かった美少女は、二十歳を超えて少し憂《うれ》いのある美少女に育っていた。

……成人しているはずなのだが、童顔なのはつっこまない方がいい気がする。

「私も攻撃班として参加しておりましたの。本来ならすぐさま会いに行きたかったのですけど、団長に勇者たちとの接触は旧知といえども作戦中は厳禁と言われてしまいまして、今日まで近寄れなかったのですわ」

「そんなの、あるのか」

「はい。ユラおじ様が制限をかけていらっしゃるようでしたわ」

「ああ、なるほど。今日は父の用事で来たのか？」

「違いますわ！」

父からの手紙を思い出す。お前たちの手を煩わさないように手配はしておくから、と相も変わらず事情をかっ飛ばして簡潔に結論だけ書かれていた内容は、そういうことだったらしい。

しかし、父からの伝言ではないとすると彼女の用事はなんだろう？

思いつかず首を傾げると、悲しげなルルリアの表情が目に入る。

ええと、俺は何かをしただろうか。

「……心配でしたのよ」

「？」

「王都にいたときと違って、ユリス様もトリスも何をしているかすら伝わってきませんでしたの。勇者たちの情報は、まったく入ってきませんし。ユラ様は二人なら大丈夫だとしかおっしゃらないし」

「あー……」

あの父上じゃあ、そうだろうな。そもそも俺は連絡してないし、現況をどう把握しているのかすら不明だ。筆まめというか通信手段を持っているトリスが定期的に便りを送っているだけなので、どんな内容が送られているかすら俺は知らない。

「まあ、今回のことで勇者の評判も上がったでしょうし、私もお二人の活躍を身近で見れましたので安心しましたわ。おじ様にはお二人とも元気だった旨はお伝えしておきますの」

「ああ。悪いな世話をかけて。ありがとう、ルル」

「いいえ！　当然のことをするまでですわ！」

俺の表情を見て頬《ほお》を染める彼女に苦笑が漏れる。俺の言葉に一喜一憂する彼女は相変わらずわかりやすくて、その表情はかわいらしい。

だが、また彼女の表情は曇った。

「？」

「え、と……それで、お聞きしたいことがありまして、ご迷惑とは思いましたが、訪ねさせていただいたのですけど……」

何度も口を噤《つぐ》み、また開く。

俯《うつむ》いた顔の表情は見えないので、その頭を見ながら俺は思い出す。

ああ。オルトと話をしていたの、ルルリアじゃないか。あのときは日差しが強かったのか帽子をかぶっていたから後ろ姿ではわからなかったのだ。

「……ほん、とうですの？」

「ん？」

呟《つぶや》いた声は、本当にささやかな声。聞き逃さないように顔を近づけると、彼女はばばっと顔をあげて俺にせま……って近い近い近い！

思わずのけぞるが、腕をがしっと掴《つか》まれて引き寄せられた。

「結婚なされるってほんとうですの!?」

「はぁ？」

思わずそのまま足を滑らせてこけそうになる。涙目で上目遣いで見つめられ、顔を真っ赤にして言われた台詞《せりふ》がこれってどういうことなんだ……。色気とか感じる以前に脱力しか起こらない。

何を言われているかわからなくてぐるりとまわりを見渡せば、目を逸《そ》らしたトリスがいた。

「どこからそんな」

おい……お前どっかで聞いていたな？

そういうことは言えよ！　どうして食ってかかってくるのかと思っていたよ！

「だ、誰とだ？」

空気を読まずに動揺するファティマ。

話にまったくついていけずにぽかんとするダイチとみゆき。

相も変わらずのカオスに俺は天を見上げて、呟《つぶや》いた。

「いい加減にしてくれよ……」

結論から言うと、タクラのせいだった。

そりゃそうですね、あんだけ冷気びしばしだったタクラが長時間のお話し合いをしたうえ、態度が軟化していたとなったらお付き合いが認められましたとか噂《うわさ》が流れても仕方ない。たぶん。

なんで一足とびに結婚になったのかさっぱりだけど、案外外堀埋めとかの策略の気がしてならない。もうなんかどうでもいいや。

「う、噂は噂でしたわよね。ごめんなさい、押しかけてしまって」

興奮する彼女を宥《なだ》めるため、別室に二人で移って早十分。ようやく落ちついて喋《しゃべ》り始めたルルリアのしゅん、とした様子に思わず彼女の頭を撫《な》でる。

いや、どう考えてもこれは彼女のせいではないし、挨拶《あいさつ》自体は特に問題のない行為のはずだ。だが、彼女の顔色は相変わらず晴れなくて、俺は彼女の近くへ腰かけた。

椅子の上に縮こまる彼女は本当に小さくなっていて、見ていてかわいそうになる。

「気にしなくていい」

「で、でも……私が近づくと、またご迷惑をかける気がしていたのに結局私ったら我慢できずに訪ねてきてしまったのですわ。夏の休暇のときも、どんな風に言われるかわかっていたのに押し切ってしまったし、もう見習いのときのような強引なことは二度とするまいと思っておりましたのに」

ごめんなさい。

小さく呟く声に、やり切れなくなる。

彼女と遭遇することがなくなってから、なんとなく気遣いなどは感じていた。彼女と直接会うことは阻止されるが、あれ以降面と向かって魔術師に誹《そし》られることなどは0とはいかないまでも減っていたからだ。

アルフが暗躍していた可能性もあるが、恐らくはルル自身が気をつけて俺と接触しないように努めていたのだろう。夏の休暇で見たあの微妙な表情は、近づきたい自分と近づいたら迷惑をかけると思っていたものが混ざっての、言葉にならなかったものだったに違いない。

「心配してくれたんだろう？」

「はい。トリスほどとは言えませんけれど、私だって魔術師のはしくれ。また無理を通すのは心苦しかったのですけど、その、色々誤魔化《ごまか》してやって参りましたわ」

「それ、大丈夫なのか」

色々誤魔化して、ってすごいな。ルルはやろうと思ったら相変わらずの行動力を発揮するようである。

「ええ。王都にいると煩わしいことばかりですし」

「煩わしい？」

「はい。私、適齢期を過ぎておりますでしょう？　父が早く結婚しろとそれはもう、うるさいのですわ」

「そりゃ……」

なんとコメントしていいかわからず、口を噤《つぐ》む。彼女が今も俺を慕っていることは態度から明らかで、なんとも答えようがない。

喋《しゃべ》る言葉を探していると、彼女はなんでもないことのように繋《つな》げる。

「今回も婚約者に会うのであれば問題ないでしょう、と言いくるめて逃亡して来ましたの。もちろん明言したわけではありませんけれど」

「は？　婚約者？」

え？　いたの？　と思わず言いそうになる。

いや、貴族の子女である彼女に婚約者がいるのはわりと一般的だが、そんな状態で俺に会いにきていいのか？　とは思うよな。

「あら、ご存じありませんでしたか？　一応私の婚約者はトリスですのよ」

「えっ!?」

「お互いその気持ちがありませんから、お互い利用しているだけですけれど」

「あ……そう、なんだ」

聞いたことがない事実に慌てそうになるが、ルルリアの表情は平静なままだ。お飾りの婚約者。トリスの驚いた様子は、そのあたりから来た反応だったのだろうか？

「まあ、それはどうでもいいのですわ」

「いや、よくない気がするんだけど」

「いいのですわ。それで、私……もうひとつだけ、お聞きしたいことが、ありまして。その……言ってもよろしい？」

もじもじと手を合わせ、顔を俯《うつむ》かせる。うっすら染まる頬《ほお》は薔薇《ばら》色で、何度も口があいたり閉じたりして忙《せわ》しない。先ほどとは違った様子だが、なんとなく続く言葉が察せられて止めようとするが間に合わず。

「先ほどのお嬢様とは結婚も、お付き合いもないのですよね？」

ルルリアは顔を上げて、俺の目を真っ直ぐに見た。

それは誤魔化《ごまか》しを許さない――そんな意志の籠った目。

「ユリス様、お願いがあります」

一息で彼女は直球に。

「私と、結婚を前提に付き合っていただけませんか？」

そんな爆弾発言を、投下してくれたのだった。

☆

『幸人、内定出たか？』

『ああ。希望通り、出たよ』

『やったな！　一時はどうなることかと思ったが……』

〝親友〟が、自分のことのように喜んでいる。

それを見ながらも自分の心は晴れず、俺はただ彼を見返すだけだ。

『……これでよかったのか？』

『あ？　何が』

『お前だって……』

言いかけると、親友の手に遮られる。言うな、と言わんばかりの仕草に口を閉じると、それでいいと言いたげに彼は笑った。

『いい加減、しつこい。俺は俺の好きなように決めたんだって、言っただろ』

『隆大？』

『俺も逃げてちゃいけないって気づいただけだって。大体さ、反抗したいなら俺は学部を変えればよかったんだ。親のいいなりの学部に入って、それでいて夢も諦《あきら》めきれなくてぐだぐだしてた。……お前はただ、諦めきれなくてぐずってた俺の背中を押しただけなんだよ。だから、気にすんなって何度も言っただろ？』

なんでもないことのように、俺に言い聞かせるように、彼は言葉を紡ぐ。

その言葉は免罪符。

俺が彼に押しつけたものは、それだけ大きいものだったと言うのに。

『それに――』

『？』

目を細めながら構内の銀杏《ぎんなん》が散るのを見つつ、彼は呟《つぶや》く。

『こうしたかったんだ。俺が、俺自身のために』

その言葉は、なぜか違う意味をさしているようで。

俺の中にはいつまでも残り続けた。

☆

「駄目《だめ》、ですわよね？」

答えることもできず、かと言って目線を逸《そ》らすこともできなかった。ただ見つめるだけの俺にルルリアはふっと息を吐くと、悲しそうに肩を落とした。駄目ともいいとも言えない自分に不甲斐《ふがい》なさを感じながらも、俺はただ彼女を見つめ続ける。

「ごめんなさい、言いたかっただけですの。承諾をしていただけても、貴方《あなた》に降りかかるのは災難だけ。……わかっておりますもの」

また、しゅんとするルルリアに罪悪感が募る。

先ほどの告白は、たぶん本気だった。本気だったけれど、返事は求めているような気がしなくて、俺もどう答えていいかわからずに固まったのだ。

「……どうして急に？」

考えるより先に、言葉が漏れる。彼女が俺を慕っていることは知っていたし、それを隠す気すらなかったのも知っていた。

けれど彼女は常に距離を取っていてくれたし、俺がそういった告白を受けたくもないことも気づいていたのだと思う。俺は知っていながら彼女の聡明さに甘え、そして目を逸《そ》らし続けていた。

だからこそ、いきなりの台詞《せりふ》にどうしていいかわからなかったのだ。

ファティマの存在に危機感を覚えたからだろうか？　いや、結婚自体をファティマ本人が否定したのだからそれはない。

噂《うわさ》を聞いて、自分の存在を主張したかったからだろうか？　いや、それなら彼女はもっと行動をしていたはずだ。それだけの行動力を彼女は持っているのだから。

なぜ今なのか。それがわからず首を傾げれば、彼女は少しだけ笑った。

「……変えたかったんですの」

「？」

「振られるとわかっていたから逃げ続けていた自分を。――変えたかったのですわ」

告白をしてすっきりしたのか、彼女の顔は晴れやかで凛《りん》としていた。

眩《まぶ》しさに目を細めると、彼女はただ微笑《ほほえ》む。

「噂を聞いて、ファティマさんは、貴方《あなた》を動かしたのかと、思って。……何をしたって駄《だ》目《め》だからと。諦《あきら》めていた自分はこのままでは駄目だと思いましたの」

「ルルリア」

「近衛《このえ》の見習い実習で再会したとき、私は驕《おご》っていたのですわ。会う男性すべて、そういった目線で見てこられる方ばかりでしたから。好きだと、そう示せば相手から来てもらえるとしか思っていなかった私は、何もできないまま貴方と離されてしまった。それからは会うことすら困難で、私は一度諦めました」

ルルリアの告白は、先ほどの幼さが嘘《うそ》のように静かだった。

ただ、懐かしむような目だけが印象的だった。

「けれど、どなたに出会っても私は貴方を重ねてしまう。結局トリスに婚約者という特権を振りかざして会いに行っては貴方のことを聞いて、一喜一憂して。そのくせ、貴方を思い出させるトリスと結婚するような気持ちにはなれなかったのですわ。酷《ひど》い女でしょう？」

「……」

「そんな私に会いに来られた方がおりまして。——想い続けるにも覚悟が必要だと、わかったのですわ」

「会いに……？」

突然の話の転換に目を瞬《しばたた》かせると、ルルリアの目が懐かしさから一転、真剣になる。その目は先ほどとは違い、何か強い決意を奥に秘めていた。

「……『神子様《みこ》』が私のもとに来られたのですわ」

「はっ!?」

「私の父が、セレス教の敬虔《けいけん》な信者であることはご存じでしょう？」

「あ、ああ。それは、知ってるけど」

「その父に対しての要望だったらしいのですが、私がトリスの婚約者であることを知った神子様が、直接私に頼みに来られたのですわ」

なぜここに神殿関係者の話が出てくるのかわからず、戸惑うとさらにルルリアが言葉を重ねてくる。

「──婚約者とその兄が『勇者』に誑《たぶら》かされて勇者をさらって逃げた」

「……は？」

「どうか『貴方《あなた》の婚約者ともども彼を助け出してほしい』と」

「…………」

「その兄の方は『神子様の大事な方なのです』……と」

は？　なんだって？

は……？　兄？　トリスの兄って俺だし、その俺が神子の大事な……大事な、なんだって？

「────はぁっ!?」

つっこみどころが色々激しいその内容に、俺は茫然《ぼうぜん》とすることしかできない。

そんな俺の前に、一つの小瓶が置かれる。

「『彼は間違っているのです、だからこれを渡して下さい』と」

「……なんだこれ」

「必ず手渡してくれと何度も頼まれましたわ」

小瓶の中には少量の液体と黒い靄《もや》。

魔の森で見た。サルートにまとわりついていた。

そんな、黒い靄が――瓶の中で渦巻いていた。

危険すぎる瓶に触れるわけにもいかず、かといってルルリアに持たせ続けるわけにもいかずどうしようかと迷う。するとルルリアが、あっさりとそれを鞄《かばん》にしまおうとしたので待ったをかけた。

「待て、それは」

「父には必ず手渡すように厳重注意されましたけれど、ユリス様の顔を見ますにこれは渡さない方がよさそうですわよね？」

「渡してほしくないというか、今すぐにでも燃やして抹消したいものではあるな」

「……そ、そんなに？」

というか瓶に入ったままといえども、持っていて大丈夫なのだろうか。影響はないのか？　とそればかり心配してしまうが、ルルリアの様子に変化はない。

「ええと。消滅させた方がいいことはわかりましたけれど、燃やして平気なものですの？」

「恐らく一番安全な手段だが、瓶を開けたときにどうなるかがわからなくて開けるのが怖すぎるな」

「……」

「ノエルのブレスで瓶ごと燃やせないか試してみよう。ああいや、むしろ瓶を投げて割るか」

だから渡してくれ、と頼むとルルリアは首を振った。

「危険なものなのでしょう？　私が持っていますわ」

「しかし」

「今まで持っていたのですもの、関係ありません。むしろユリス様が触った途端に何かあると困ります」

「……わかった」

確かに、あの靄《もや》が見える俺にとっては動くだけでも動揺して落としてしまいそうだ。身近であれがくっついてきたら俺には対抗する手段が思い浮かばない。液体の効果の方も怖いし、ルルリアの言う通りにすることにする。

「兄上？　ルル？」

「どうしたんだ？」

緊張した面持ちの俺たちが部屋から出てきたのを見て、トリスとダイチがついてくる。

ファティマはみゆきと一緒なのだろうか、とりあえず部屋の前にいないようなので探すことはせず俺たちはすぐさま外を目指す。

危ないからついてくるなと言いたいが、なぜ危ないかを説明している時間が惜しい。そのまま外へ出て、ノエルを呼び、近くに人がいないところまで移動する。

「あの？」

「ノエル、燃やしてくれ」

「きゅ！」

ルルになるべく遠くへ投げるように指示し、ノエルの火の範囲を確認する。割れてすぐ近くの人に向かってくるかもしれないから、俺の右横にノエルを、反対の左横にルルを配置して、投げてもらう。

ぱりん、と砕け散る音と同時に渦巻く靄。すぐさまノエルの最大火力のブレスに燃やされて、影はすっと消えた。

「……燃えた、か」

肩に力が入っていたのに気づき、そっと抜いてみる。

あの靄《もや》は、いったい何なのか。そしてなぜ『神子《みこ》』が持っていたのか。

わからないことばかりで、嫌になる。

「兄上、あの瓶は一体？」

首を傾げるトリスには、あの黒い影は見えなかったのだろう。奇行をし始めた俺とルルに説明を求めてくる視線は雄弁で、言い逃れはさせてくれそうにない。

説明をしようと口を開きかけたとき、ダイチがぽつりと呟《つぶや》いた。

「なんだよあの黒いの気持ち悪ぃ」

その言葉は、あの靄が見えていたことを示すものだった。

「黒い、物体？　もしかして、魔の森にいた零体《れいたい》が入っていたんですか!?」

すぐさま気づいて叫ぶトリスに黙って頷《うなず》く俺と、目を瞬《しばた》かせるダイチ。ダイチの表情はなぜ驚かれているかわからないようで、瓶の段階でも見えていたことを窺《うかが》わせた。

「零体？　あの黒いの、そういう名前なのか？」

「ああ。一応便宜上俺らはそう呼んでるが、ダイチには見えたのか？」

「見えた、って？　なんか瓶が割れた瞬間にぶわっと黒いのが散ったのは見えたけど」

『勇者に見える黒い靄』

それは伝承に伝わるものだったはず。

そして今更ながらに俺は気づく。ダイチに黒い靄が見えるのは、恐らく『勇者』だからだろう。みゆきも見られるのか確認したかったが、あれともう一度向きあえと言われると困るし、確認しようがない。

だが俺が見える理由はなんだろう？　俺は勇者ではないはずだし、神様に頼まれたとはいえなんの力があるわけでもない。魔力量で見えるという話ならトリスは見えるはずだが、トリスには見えなかった。

つまり、俺やダイチにだけ見える理由があるということになる。

「兄上？」

「いや、なんでもない。宿に戻ろうか、今後のことを相談したい」

「あ、はい」

考えこむ俺をトリスが心配そうに見ているが、安心させることはできなくて、俺はただ足だけを進めた。

2

「――難解だな」

「これはきついですね」

俺とトリスは一つの図形の前で、唸《うな》っていた。神子《みこ》が使った召喚式。俺は持ち前の記憶力と魔術理論の理解力で、辛うじて詠唱と図形は記憶して発音を書き記すことまではできた。できたはできたのだが、さっぱり意味のわからない発音が多く頭を悩ませていたのだ。

「お二人とも、少し休憩されては？」

そう言いだしたのはルルリア。先ほどまで横にいて一緒になって図形とにらめっこしていたのだが、疲れたためにお茶を淹《い》れてくれたようだ。

「力の方向性は、従来の魔術とは違うのはわかるのですが……」

「何か根本を見逃しているのかもしれないなあ」

魔法陣を組むには、いくつかの力ある言葉が必要である。上位魔法に使われる古代言語を修めている俺たちがまったく読めないということは、使用している言葉がそもそも違う可能性が高い。しかし古代言語は始祖の言葉とも言われ、すべての魔法に通じると言われている。だからこそ、まったく読めないというのはおかしな話なのだ。

　ちなみに現在使用されている言語も、古代言語からの派生の名残はたくさんあるので古代言語を修得していれば違う国の違う言語なども翻訳は比較的容易にできたりする。しかしこれはこの世界の言語でない感じもしないので不思議だった。

「どこかで見たような陣なんだけどなあ」

　床に描かれているのを見たとき、見たことがないのに既視感を覚えた。だから何か近いものは見ているか、もしくは、従来の魔法陣との共通点があるはずなのだ。詠唱に関しては、意味はまったくわからなかったがこちらもどこかで聞いたことがあるような気はしている。だが一向に考えがまとまる気配はない。

「トリス、召喚している最中に気づいたことなかったか？」

「最中、ですか？」

「ああ。何か脳裏を掠《かす》めたんだよな。意味は通じない、どこかで聞いたことある気がする、どこかで見たことがある気がする、そして……」

　ノートと呼ぶには少しごわごわした紙の束を筆記用のペンでつつきながら俺は考える。なんだろうな、何か思い出せそうなんだけど。

「あ。そういえば」

「ん？」

「鏡がいっぱいでしたね、あの部屋」

「鏡……」

そういえば、光を集めるためなのか磨かれた鏡が多く、召喚陣も鏡に反射して光っていた。そして映っていた陣ももちろん反射して……。

「――あ！」

「!?　なんですか」

『逆再生か！』

「？」

おっと。うっかり日本語使った。とっさに周りを見るが、みゆきとダイチは今日はファティマと外出済みなので聞いている人はいない。危なかった。

「ええと？　なんて言ったんです？」

「逆から発音。もしかしてなんだが、発音も陣形も、すべて逆にしてるんじゃないだろうか」

「え？　ぎゃ、ぎゃくですか？」

「ああ。神子《みこ》は時々詠唱が途切れていた。鏡を見て、単語を思い出して、それを逆に読んでいたとしたら……？」

「……！」

手鏡をルルリアが持っていると言うのでそれを借りて照らし合わせてみる。上と横でそれぞれ合わせて見ると、浮きあがってきた文字はやはり見たことがない物ではあったが、解読できないほどではない。後は発音と合わせて単語を一つずつ解読していけば理解できるだろう。

「よし、手がかりは掴《つか》んだ。一息入れるか」

「そうですね」

ちょうど淹《い》れたお茶が冷め始めだったので、一気に飲み干して一息入れる。トリスはちまちまと茶菓子をつまみつつ、力を抜いて椅子にもたれた。

「疲れたか？」

「そりゃあ、一週間ほど進展なしでにらめっこでしたからね。いくら慣れているとは言ってもキツイです」

「悪いな、急がせて」

――ルルリアと再会してから二週間ほどたっていた。結局あの後、王都に戻ろうとするルルリアを引きとめたのはトリスの判断だった。

神子があの黒い靄《もや》を使用できる、もしくは用意できるのだとしたらルルリアの身が危険であること。サルートの事情を父から又聞きとはいえ聞いていたトリスにしたら、ルルリアが操られる・もしくはおかしくなる可能性を見たのだろう。

いくらなんでも帰せません、と言いながらトリスがルルの父に連絡し丸めこみ、一緒にファルリザードまで引き上げてきたのだ。

「慣れたと言えば。ルルリアは、もうここでの生活に慣れたか？」

「あらユリス様。私、これでも行軍には結構参加しておりますし、贅沢《ぜいたく》ばかりしているわけではありませんのよ？　むしろここでの生活は、料理もできて快適ですわ」

その言葉通り、料理がほとんどできないファティマと違ってルルリアが作る料理は美味しい。ユリス様は甘い方がお好きでしたよね？　と味付けも変えてくれるので、みゆきやダイチにも好評でわりとすぐにルルリアは馴染《なじ》んでいた。

ある意味コミュ能力半端ないなこの子は。

女性魔術師としての生活や経験からだろうか、世間知らずの部分は目につくものの、基本的な判断を間違えることはないようだ。ちゃんと行軍の仕方も旅の仕方も心得ていて、むしろ感心したほどだ。

トリスと違いすぎるだろ、と思いながら事情を聞いてみると返ってきたのはただゆるやかな微笑《ほほえ》みだけ。

「女には色々ありますから」

……すみません、聞いた俺が悪かったんでその笑みは黒いんでひっこめて下さい。

もう一つ気になっていたことは神殿関係だった。ルルリアの父は、有名な神殿贔屓《びいき》だ。

つまり魔力至上主義者で、俺と会ったことは一度もない。

その父が信じる神殿と敵対するのは大丈夫なのか？　と、聞いてみたのだが。

「私は今でも、神殿関係者全員が魔王に通じているとは思えません」

「いや、零体《れいたい》が魔王に通じているとは限らないぞ。確かに神子《みこ》の言動はおかしいし、あの物体を持っていたこと自体ろくでもない理由しか思い浮かばないが」

「ですが魔の森に存在し、サルート様もおかしくなられたのですよね？　で、あればあの瓶は間違いなく、魔王に関係するものだと思います」

ルルリアは、そう言って俺の目を真っ直ぐ見た。

「私は神殿のいい面をいっぱい知っていますわ。孤児を保護したり、教育を施したり、貧しい者に対して援助を行ったり。王が表だってできないものも、神殿を通して行っていることも知っています」

「……」

「けれど、魔力がない者に対しての仕打ちも知っているのですわ。すべての者を救えるわけではないと父が嘆いたときに。ユリス様との婚約が破棄された、そのときに」

「……え？」

俺との婚約。言われた内容に首を傾げると、ルルリアは悲しげに笑った。

「もとの婚約は、私とユリス様がする予定だったんですのよ」

「知らない……」

「当然です。父が、ユリス様が生まれたときに言いだしただけで、打診したわけではないのですから。……けれどね、ユリス様。私は子供心にこの人のお嫁さんになるんだと張り切っていたのですわ」

初めて会ったときに、頬《ほお》を染めて俺を見ていたルルリアを思い出す。

じゃあ、初めから。初めから、彼女は俺との結婚を夢見ていたのだろうか。

「――父に一方的に婚約者を変えられたとき。私は神殿に対して不信感を持ちました」

「ルル」

「けれど。父が心を砕き、魔力がある・才能がある者に対して少しでも多くの貧しい者たちを引き上げようとしていたことも知っているのです。魔術師の塔が改善されたのはご存じでしょう？　あれは、父とユラおじさまの共同の仕事でしたの。そして、あの塔の救済に関しては神殿も多く関わっているのですわ」

ルルの父は魔力の強い者を。

俺の父は才能ある者を。

それぞれが信じたものを救いあげるために、それぞれが使った力があったのだと彼女は語る。

「だから、大丈夫です。たとえ神殿と敵対することになったとしても、私はユリス様を信じますわ」

「それでいいのか？」

「ええ。私が大事なのは私自身の気持ち。だからどんなことがあっても私はこの判断を後悔しませんわ」

にっこりと笑う姿に、強いなと思う。彼女の中には確固たる信念も、信仰心もあって、けれど間違いに関して立ち向かう心もある。

俺とは大違いすぎて頭が上がらない。

「ルルは強いな……」

「考える時間だけはたくさんありましたもの」

ですから後悔だけはしない、そう言い切る彼女が羨《うらや》ましくなる。

俺はいつだって後悔ばかりしている気がする。あのときも、ファティマを傷つけたときも、自分の気持ちばかり優先していたくせに、俺は後悔ばかりだった。

「神殿には信じる司祭とか、仲のいい人もいるんじゃないのか？」

「ええ。ですが、たぶん自分の意思を通さない方が彼女は怒りますわ」

ふわりと微笑《ほほえ》む姿に影はなく、本当にそう思っている様子が伝わってきて安堵《あんど》する。

……本当に俺は、自分勝手だな。俺の事情に巻き込んでいるというのに、彼女にはできるだけ傷ついてほしくないと思っているのか、俺は。

「あ」

「ん？」

「神殿関係者といえば、私は神子《みこ》様と初めてお会いしましたが、あの方はいつもあのようなご様子なのですか？」

「あのような？」

神子、か。そういえば、彼女は俺に『魅了』が効かなかったことに酷《ひど》く驚いていた。あのときはほかのことに気を取られて流してしまったが、あのタイミングで驚くってどういう状況だったんだ？

彼女の中では『俺が彼女に惹かれていることが確定事項だった』とか？

なんだその思いこみは。魅了魔法は効いているかを確認しづらい魔法とはいえ、あまりにお粗末すぎる。大体それだとトリスに秋波を送っていた理由もさっぱりわからない。『魅了』するとき、多数を相手にすればそれだけ成功率は下がるものだからだ。

「様子がおかしいというか、なんか、物事を確定的に喋《しゃべ》られるというか……」

「それは俺も思ったな。なんか、俺が彼女に惚《ほ》れてないのはおかしい的なことなら言われた気がする」

「なんですのそれ？」

そんなの俺が聞きたい。ルルが彼女に言われたことといい、彼女の中で何が起こっているのだろう。もしかして、あの神子普通に黒い靄《もや》に侵されてるとかそういうオチなのだろうか？

　そもそも神殿関係者が、敵対しているはずの魔の森の靄を手に入れられる時点で何かがおかしいとしか思えない。いったい彼女は、そして神殿は何をして、何を考えているのだろう？

「何か、が。彼女の言う通り、〝間違って〟いるのかもしれませんわね……」

　ルルリアが神子の言葉尻を考えながら、呟《つぶや》く。

　何か妙に残る言葉に俺は胸騒ぎを覚えたのだった。

3

召喚陣の解析のめどがついた翌日、俺はダイチとファティマの修行場に足を運んでいた。俺とトリスとルルが魔法研究にかかりっきりだったため、二人で修行をし、その怪我《けが》をみゆきが治すという形で訓練していたのだ。

最初治療に関しておっかなびっくりだったみゆきも、あまりに容赦なく怪我する二人に感化されたのか、着々と治癒魔法の修練を積まされていた模様。

まあ、主に怪我するのダイチなんだけどな。

服のところどころに血痕があるし、二人が振り回しているのは真剣だし、なんとも暴力的な修行風景である。

「それ、痛くないのか？」

「あん？　これくらい、向こうじゃ日常だったよ」

あまりの痛々しさに聞いてみたが、帰ってきたのはあまりにもあっさりとした回答で面食らった。それに対してみゆきは泣きそうになっており、俺はダイチの事情を嫌でも理解せざるを得なかった。

「なるほど」

よく見れば治りきってはいるが、ダイチの腕や足にはところどころ消えない傷がある。剣道など武道をやっていれば多少の傷はできるだろうが、あまりにも傷の数が多く、尋常ではない。

つまり、常に喧嘩《けんか》をするような状況だったと考えるのが普通だろう。

「ダイチは、いつも無茶するから……」

「大丈夫だっつってんだろ」

「でも」

ただ喧嘩好きなだけならみゆきが泣きそうになる理由はない。つまり、大部分がみゆきを守るためについた傷、なのだろうな。みゆきは嫁に似て美人だし、下手な男がちょっかいかけそうな雰囲気は確かにある。ましてや、言葉にも態度にも盛大に誤解を受けそうなダイチが傍《そば》にいるとなったら、結果は推して知るべしと言ったところなのかもしれない。

「まあ、傷がすぐ治るのはありがたいけどな」

「ダイチ」

「みゆきが使えないって言ったときはホントどうしようかと思ったけど、いつの間にか使えるようになってたから言うことないよ。手が使えないときとか。足折れてるときとか、治るまでが怖いから時間がかからない治癒魔法って、超便利だよな」

そう、平坦に答える声はそれを当たり前に思っていて、そこにはなんの疑問を挟む言葉すらなくて、俺は軽く言葉を失う。

なんでこんな暴力的なんだろうかダイチ。俺も結構奥様関連で暴力的なことに巻き込まれた方だが、ここまで好戦的にはならなかったし病院送りにされたことは数えられる程度だ。性格の違いですませていいのだろうか。

「ところでユリスさん、なんの用だよ？　また呪文の修行？」

「ダイチはホントに呪文の詠唱苦手だな」

「だって俺頭悪いもん」

ちなみにこの二人、今でこそそれなりに治癒も攻撃魔法も使えるようにはなってきているが、最初のころは酷《ひど》いものだった。

まずみゆき。どうも治癒のイメージができなかったらしく、光は出るものの回復せずに散ってしまい、しょんぼりとすることが多かった。こちらはさりげなく俺が日本のＲＰＧを連想させることでイメージを作ることができて解決できた。

ダイチは攻撃のイメージこそ問題なかったものの、発音の問題が……というか、言語理解の問題があって手間取ったりした。彼らは普通に日本語で呪文を唱えると、自動的に魔法言語に変換されるため俺たち現地人のように古代言語を無理に覚えたりする必要はまったくない。

それなのになぜ、攻撃魔法がうまく使えないかというと……。

「ちっちゃい炎とかは平気なんだけどなぁ」

日本語というのは、漢字の組み合わせでイメージで連想できるのが一般的である。どうもその思想と言語が噛《か》み合わないらしく、みゆきが例えば『烈火』と答えれば、ダイチは『れんが』とか答えていたりした。

翻訳が先なのか、イメージが先なのか、よくわからない単語が出てくればそれは失敗である。これぱっかりはイメージと言語の共通認識の問題なので、みゆきがフォローすることである程度は覚えられたのだが、結局複数の言語が必要になる結界陣や索敵などはすべてトリス任せ、または紙に陣を描いて記号を振り、何番が防御みたいな使い方をすることになった。

番号は覚えられるのに内容が覚えられないってダイチ……どんだけ勉強嫌いなんだよ、と頭を抱えたのはいい思い出である。諦《あきら》めたともいう。

なお、彼らの俺の呼び方はさん付けで決定した。前は呼び捨てだったのだが、呼ぶたびにトリスとファティマが凍えるような視線を送ってくるのでダイチまでいつの間にかさん付けするようになっていたのだ。お前ら何してんだ。

俺は別に呼び捨てで気にしないんだけどなー。こっちは呼び捨てしてるし。まぁ年上だし、みゆきは最初からさん付けなので揃《そろ》えたとも言える。さすがに敬語は駄目《だめ》らしく、早々に諦めたので余計変に聞こえるのは御愛嬌《ごあいきょう》と思おう。それくらいの譲歩は彼らも問題なかったようだ。

治療中のため離れていたらしいファティマもこちらに気づいて寄ってきたので、雑談をやめて俺は話を切り出す。

「ユリス、こっちに来るなんて珍しいな」

「ああ、ちょっと聞いておきたいことがあって」

「なんだ？」

「瓶の中身のことと、魔王対策が必要になりそうなこと、神殿が使っていた召喚陣に関して解析してみよう、までは話しただろ？」

「ああ」

神子《みこ》と魔王が関連するかもしれないことに気づいた俺たちがまず心配したのは、召喚陣に何か仕組まれていないかどうかだった。

そもそも勇者たちは召喚されるときに、言語に関しての理解・使用に関する能力を付与されている。だからこそ言語に関しては翻訳はいらないし、勇者二人は日本語を喋《しゃべ》っているつもりでこちらの言語を喋っている、というような不思議な事態が起こっている。魔法に関しても同じだ。

神子のいいなりにならなかったことを考えると、神子が何か勇者たちに仕込んでいる可能性は低いのだが、0ではない。二人召喚されたことといい、何かイレギュラーなことを仕組んだ可能性もあるので、まず情報収集が俺たちには必要になったのだ。

「ダイチは答えづらいかもしれないが、聞いていいか？」

「？」

「魔王に心当たり、あるんだろ？」

「！」

前勇者の話に真っ青になって去って行った彼は、結局心当たりが誰かを教えてくれてはいない。俺たちもダイチの様子があまりにおかしく、追及するのも憚《はばか》られてそっとしておいたのだが……彼らに神子が何かをしていたら困るので、その魔王の心当たりと何かしそうな理由があれば聞いておきたかったのだ。

「……言いたくない」

「ダイチ」

「言っちまったら本当になるみたいで、言いたく、ねえ……」

軽い気持ちで聞いただけに、心底辛そうな様子に俺も言葉が詰まる。だが、何かの情報になるかもしれないから俺も引くわけにはいかず、引き出すために言葉を重ねるしかない。

「誰だか、までは言わなくていい。なんで、そいつかもって思ったんだ？」

状況を知れれば、何かの手がかりになるかと思い聞いてみると、ダイチは一度口を噤《つぐ》んだ後、こう答えた。

「七年前」

「?」

その年月が何をさすのかわからず首を傾げるとダイチは絞り出すように言葉を続けた。

「七年前、俺の目の前で、消えたんだ」

「あ……」

目の前で相手が消えたと言ったのは、前勇者だった。彼の弟は、目の前で消えて、そしてしばらくして自分が召喚されたと言ってはいなかったか。

「その前から、ちょっと、おかしなこと言ってて、気にはなってたんだけど」

「おかしなこと?」

こくり、と頷《うなず》く様子が辛そうで促すのを躊躇《ためら》う。だが先を聞きたくて見つめると、ダイチは思い出すように遠くを見つめて、こう呟《つぶや》いた。

「ああ。何かを振り払うように嫌だって、そう言って、俺とみゆきの前で、こう、すぅっと……光に溶けこむように消えたんだ」

「そうか……」

前勇者との違いは、その年数にあるだろう。七年という月日が、そのままこちらに適用されているとすれば魔王はこの世界に七年前に現れたということにはならないだろうか。

……七年前?

「あ」

「ん？　ユリス、何かわかったのか」

「いや、関連性があるかはわからないが、七年前と言えばアレがあったと思って」

「あれ？」

「『魔の森の活性化』」

ファティマが目を見開き俺を見てくる。そうだ、魔王が現れたのが七年前だとすれば確かに年数と活性化の日付が合う。

俺は確か、あのときそう思ったじゃないか。勇者が現れていないのにどうして活性化が始まったのだろう、と。もしあのとき魔王が現れていて、その後侵略を開始していたとしたら？　神殿がそのあとすぐ召喚を行わなかったのも、その関係だとすれば……繋《つな》がる？

「……それって、確定的ってこと？」

ぼそり、と呟くダイチに慌てて首を振る。

「いや、推論でしかない。……悪い、無神経だったな」

思考を走らせていたから、ダイチの様子を見るのを忘れていた。沈んだ様子のダイチはただ首を振ると、それきり黙りこんでしまう。

そんな彼を見ているみゆきも辛そうで、俺はそれ以上聞き出すことを諦《あきら》めた。

☆

最初の躓《つまず》いていた点を解決できたので研究はとんとん拍子で進み、一週間もすれば大体の解読が終わり始めていた。俺も研究に関してはそれなりの自負がある方だが、現役の研究者である一塔兼任の近衛《このえ》魔術師が二人もいれば、解析が進むのも当然と言えば当然と言えた。

「逆にしているのは、召喚をするためなんだな」

解析が進むにつれ。わかったことは陣の内容に関してだ。逆に読むことで引きこむといった、不思議な構成をしている陣であることが判明した。

『召喚』ではなく『追放』だったり。

『勇者』ではなく『魔王の大切な者』だったり。

前者はおそらくこちらの世界へ召喚ではなく、向こうの世界から追放、といった形で喚《よ》んでいるのだろう。しかし後者は、言葉からして判断が難しい。

「『大切』、なのか」

「逆に読んでいるから嫌いな人、なんでしょうかね？」

言葉の意味合いの解析は難しく、俺とトリスは首を傾げる。その言葉の意味合いのままだとしたら、ダイチは魔王に疎まれているということになる。だがあの辛そうな態度は、疎まれていた相手に対する感情だとはとても思えない。むしろ逆だろう。ダイチは少なくとも『魔王』に大切にされていたのではないだろうか。

「ほかに何か気になるのは？」

「えーと、召喚先としての地域指定に、この世界の名前が書かれていますね」

「そこは記載があるのか。じゃあ、そこに彼らの世界の名前を入れたらダイチたちを帰すことはできるんじゃないか？」

「なるほど」

こちらの世界からの追放と、あちらの世界への召喚に入れ替えればなんとかなる気がする。しかし使用するのがこちらの世界だと召喚がこちらであちらが追放になりループするか？

「駄目《だめ》だ。それだとこの世界に戻ってきてしまう」

「召喚で固定されるならそうですね」

「ってことはあれだ。正常に描きなおして、普通に送ればいいんじゃないか？」

「！」

紙に試行錯誤しながら、陣を組んでいく。もちろん陣を描くのは魔力が込められない俺の役割である。うっかり起動したらトリスの魔力枯渇するし、うっかりあちらに行かれても困ってしまう。

俺たちが求めているのは元いた場所に帰る陣だ。行くだけの陣であれば、恐らくもっと簡単に描けてしまう。だからこそ、事故を起こさないようにするのも一苦労だったりした。

ちなみにこの世界の名前は、セレスファルータという。神様の名前はセレス。神殿の宗教の名前はセレス教。ファルータの意味合いは失伝しているため調べられなかったが、もしかしたら神様の名前だろうか。

みゆきたちを送るのは、当然地球だろうが、どう記載すればいいのだろう。日本、は世界の名前ではないだろうし地球と書いてそれでいいのだろうか。日本語で？　そもそも汎用にするには言葉を変えたほうがいい気がする。

「……というか、脱線した。それは気長にやろう」

「そうですね、続けて参照していきます」

みゆきたちを還せそうな目処《めど》はついたので、俺個人の研究としてはここで十分成果を上げているが今やりたいのは違うことだ。俺は返還を試行錯誤させた紙をしまいこみ、次の紙に元の陣を再度描き出していく。

召喚陣は従来ずっと使用していたもので、力を込めて神子《みこ》がなぞっていく際に何か違ったことをしていなかったかどうかが問題なので、必死で神子の詠唱を思い出して描き足していく。

一通り終わった後、俺たちに残ったのは安堵《あんど》の溜息《ためいき》だった。

「特に何も変更はしてなかったみたいだな」

「そうですね、一安心です」

召喚陣の読み方が特殊なせいか、込められる力が多すぎるせいか、神子が何かを改ざんした形跡はなかった。つまり俺たちの心配は取りこし苦労だったようだ。床に描かれていた陣は古いもので、見た瞬間に新しく描きこまれたり増やされていたりしなかったことは確認してある。つまり、召喚の際には特に従来以外のことは何もしていなかったことがわかったのだ。

「しかし見ていたときも思ったが、一人の魔力とはとても思えない魔力量を使用してるよな……」

「そうですね。元の陣に鏡に映しながら描いてみたんですが、軽く僕数人分くらいの容量が必要そうでした。あの神子、そこまで魔力があったようには見えなかったのですがどこから魔力を調達していたんでしょう？　特に起動時に魔力の動きは感じませんでしたよね？」

「んー。召喚陣自体が魔道具なのかもな。それ自体が下から魔力を取りこんでいて、俺たちには見えなかっただけ、とか。場所も結構高い位置にあったし」

「ああ、ありえますね。あの陣へ呪文として違った魔力を注ぐことで、陣そのものに入りこんでいる魔力を引き出して発動すると考えれば、陣自体が古いままなのも、不思議な魔力を感じたのも納得がいきます」

とりあえず当面の危機はないことがわかったので一息つきつつ、今後の方針を俺たちは立てることにする。

「とりあえずもう一回、前勇者に話聞いた方がいいかもなあ」

「零体《れいたい》のことです？」

「ああ。あそこまでルルがはっきり言うのなら、おそらく神殿関係じゃなくて魔王関係なんだと思うし、魔王倒したときに見えたかどうかとか、神殿で持ってる奴《やつ》がいたのを見たことがないかとか、聞いたほうが対策取れると思うしな」

トリスと二人で頷《うなず》き合い、俺たちは前勇者との会合をもう一度申し込むことにする。だが、しかし、あの前勇者が簡単に話してくれるだろうか。前行ったときもなんだかんだ言って、いろいろ誤魔化《ごまか》された感触はあったんだよな。

「……酒で釣れるかな」

「たぶん」

顔を見合わせて漏れるのはそんな言葉。いや、あのおっさんマジで気まぐれだから、会おうとするといないなんてこともあるんだよ……。

「黒い靄《もや》？　あー。森ん中で結構見たなあ」

「魔の森以外で見たことありますか？」

「弟が使ってんのは見たが、ほかではまったく見てねえ」

数日後。ようやく捕まえた前勇者との対談は、俺とトリス、そしてダイチの三人で訪問することにした。聞く内容が内容なので、女性陣はいない方がいいかと思ったためだ。

いやだってほら、神子《みこ》の使っていた魔法のこと考えると話が変な方向に行きそうじゃないか。対象になってそうなダイチはともかく、みゆきに聞かせるにはさすが早いだろう。過保護と言うなかれ。ファティマもあまり向いていそうになかったので、小難しい話は聞きたくないだろう？　と首を傾げればあっさりと納得された。

「ちなみに見えたのは貴方《あなた》だけですか？」

「俺だけだな。なんか勇者の証《あかし》ですわステキ！　とか棒読みで言われたし神子にも見えねーんじゃねぇかな。試しに掴《つか》んで目の前に突きだしても首傾げてたし」

棒読みで言われるってどういう反応だよ。っていうか神子相手にこの勇者様はいったい何してんの!?

「ファルさんあんた何やってんの……ですか」

ダイチが呆《あき》れ顔でつっこんでいるが、つっこむだけで済ませていいのかそれがそもそも疑問である。

拳《こぶし》を重ね合っただか剣を打ち合っただか詳細は知らないが、何気にダイチとは気軽に話す仲になっていたりする。

というか、その話の流れだと、ＰＴ内に神子《みこ》いたことにならないか？　え？　神殿と決裂していたはずなのにどうしてそうなった？

「ってか……神子、あんたの従者の中にいたの？」

「いたいた。神殿から自力脱出は不可能でな。神子がお目付け役になりますとか言って誤《ご》魔《ま》化して出奔したんでな」

「あー、なるほど」

ダイチの疑問にあっさり答えたファルさんに、ようやく納得する。

俺にその発想はなかったわ。てっきり神殿の思惑を振りきって出奔したとばかり思っていたから、神殿関係者とどういった付き合いをしたかまではつっこんで聞いていなかったのだ。

しかし口ぶりからすると、神子とはとても仲がよかったようには感じられないな。やはり何かはあると考えた方がよさそうだ。

「実はそのことも聞きたかったんですけど、神子ってなんか勇者とか、勇者関係者に秋波を送る義務でもあるんですか？」

「義務というか習性？　あのよくわからないもの受信してる神子曰《いわ》く、『貴方《あなた》が運命の相手かもしれないなんてどうしたらいいの!?』だったらしいぞ」

「「…………はぁ？」」

トリスと俺の声が重なり、ダイチが理解できなかったようで盛大に顔をしかめた。運命、運命……ねぇ？　大体習性って意味がわからないよ。

「そもそも異種族なんで俺がおことわりだと何度思ったか」

「そりゃそうですねー……」

思い出したのかすごく遠い目になる前勇者に、同情の念を禁じえない。勝手に恋愛対象にされた挙句《あげく》、文句を一方的に言われるとかたまったもんじゃなかっただろう。それは俺でも遠慮したい。

「つーか、なんでそうなるんだよ？」

「俺に聞くな」

「聞くなって言われても気になるじゃん。なんか心当たりねーの？」

「こころあたり、なあ……？」

ダイチの言葉に思案するように、トカゲ頭がちょこちょこ傾く。

うーん、なんかこのコミカルな動き見ると触りたくなるんだよな。触ろうとした時点で殴られそうな気しかしないから手は出さないけれど、無意識に手を伸ばしてしまいそう。早く止まれ。

「あいつらは俺が国作る前にどっか行っちまったんで、その後の行方は俺も知らんしなあ。あいつら元気にしてんのかな」

「ん？　結局神子《みこ》は、誰かとくっついたんだ？」

「ああ、一応一緒に旅した魔術師とくっついたぞ。何がいいんだかよくわからんかったが、『世の中には知らなくていい趣味もあるんですよ』とか魔術師が言ってたな。あいつ自身は面白い奴《やつ》だったんだけどなぁ、こう、よく拳《こぶし》で殴りあったし」

それ、明らかに魔術師が変人じゃないか！　蓼《たで》食う虫も好き好きってレベルじゃない……あと魔術師なのに拳で殴りあうってどういうことだ。ツッコミどころしかないじゃないか……。

ん？　というか神子って毎回そういう人の話を聞かない子なのだろうか？　どういう教育を神殿はしているのかが気になってきた。

「んー……話を総合すると、神子は基本的に勇者と旅するメンバーと恋仲になろうとする、でいいんですか？」

「いいんじゃねーか？　剣士口説いて振られて魔術師とくっついてたし」

「「「…………………」」」

なんだろう。予想を肯定されたのはいいことのはずなのに、あきれた溜息《ためいき》しか出ない。紅一点だったのはわかったけど、想像以上に生々しい返答に上手く言葉も出ないわ。結局神子が秋波送る理由とかは不明だし。

「あ、思い出した」

「？」

「最初になんか言われたわ。『私の使命のため』とかなんとか」

「『使命』……？」

誰かとくっつくことが使命？

運命の相手が勇者か勇者の従者？

意味がわからない。

本当に意味がわからない、どうしよう。

「それ聞いた魔術師がなー……また物騒で」

「？」

「『使命とかどうでもいいんで、国外逃亡しますね』とか言って嫌がる神子引きずってったからマジで行方は知らん」

「「……………………」」

「そういやそれで信者どもが、行方を教えろ的に押しかけてきたんだった。すっかり忘れてたわ」

いやそれ、むしろすごく大事じゃないか？

忘れられるこの神経がすごいと俺は思う。というか今の話を総合すると何か見えてくるものがあるな。

「……使命。恋仲優先。神子《みこ》の使命を全うさせないために国外逃亡する理由？」

「神殿にかかわらせないため、ってことですよね？　国外逃亡」

「そこはそうだろうな」

トリスと顔を見合わせる。神子が『魅了』を使う理由と合わせると、見えてくるものは……神殿に、神子を帰さない、こと？

「……子供、か？」

魔力至上主義の神殿。勇者は例外なく、魔力が高いし従者も同じく。そして神子が求めてくる理由となると、そうなる。

だが。

「……それだと剣士を口説く理由がわかりませんが」

「魔力高かったとか？」

「ん？　剣士は魔法はほとんど使えなかったぞ」

何か違うようだな。魔力の高さじゃなくて、勇者の仲間であることが条件なのか？

「……つか俺思うんだけど」

「ん？　どしたダイチ」

「問題なのはそっちじゃなくて、神子が押しかけてきそうなことじゃ」

「！」

言われてみれば確かにそうだ。最初に聞いて流してしまったが、神殿の妥協点が神子の同行だとしたら近いうちに同行指示とか王から飛んでくるんじゃ？

まずい。その発想はなかった。

「そっちは父が抑えているはずですが、どこかで会合とかねじこまれる危惧《きぐ》はしています」

「って、抑えてたのか」

「ええ。回復役を勇者の支援者を決めるときに募集しないのは、神子がいるからだったらしいです。僕らにはみゆきさんがいるので、かえって人数が多いのは困ると押し切ってあるし、無理に同行させる理由もないはずなので抑えられているようです」

「おー」

さすがトリス、手を回せるところには抜かりがない。思わず感心すると、トリスがなぜか非常に嬉《うれ》しそうににこにこし始める。

ダイチはよほど神子が苦手なのか、ほっとしているようだ。

「んで？　あと、俺に質問あんのか？」

「あ、とりあえずこの二つだけ聞ければ大丈夫です。お忙しいところ、無理を言ってすみませんでした」

「ああ。気にすんな。とりあえずダイチだけ置いてってくれればいい」

……なぜ？

「置いて、いくとは」

「ん？　修行だいぶ進んだんだろ？　手合わせだよ、手合わせ」

俺とトリスは顔を見合わせ、揃《そろ》ってダイチを見た。ダイチは嫌がると思いきや、なぜかやる気満々で立ち上がり、ファイティングポーズをとる。

……いいのかそれで。

「えーっと……」

「あ、兄上。ルルと解析の方進めに、戻ってもらって大丈夫ですよ。僕が結界役と回復役で残っときますから……」

トリスがそう言うので、少し気にはなったが俺はありがたく退場することにした。

いや、だからさ。出ていった途端にすごい爆音がしたり、どこからともなく殴打音したり、なんでそう勇者たちは暴力的なのだろうか……。

みゆきが勇者じゃなくてよかった。

俺は心底そう思った。

4

「勇者現れしとき、魔のモノは歩みを止める――神殿の教義は確かそう言っていたはずです」

「では、勇者の召喚条件は歩みを止められるモノ、ということでしょうか」

翌日。多少の怪我《けが》なら回復でなんとでもなってしまうので、今日も剣士陣営は元気だ。

昨日の服のぼろぼろさとは裏腹に颯爽《さっそう》と修行に向かったダイチとファティマを見送った後は、いつも通りルルとトリスと陣の解析を始める。

いい加減戦闘訓練が必要なんじゃ？　とも思うのだが、俺は元々戦闘要員ではないしな。トリスは時々参加しているし、たぶん問題ないんだろう。たぶん。

「歩みを止める、か。そう言えば魔物被害、少し減ってるよな？」

「ええ。この前の魔物討伐も、増え続けることを想定された予定数だったので、肩すかし状態だったらしいですし」

「ってことは、やっぱココは『歩みを止めるモノを他の世界より追放し』かねー」

召喚じゃなくて追放とか、逆に読めと言われてもなんかいい気はしないよな。などと思いつつ、トントンと陣の中央を指でつつくとトリスが首を傾げる。

「魔王が現れると敵が増え、勇者が現れると歩みを止める、ですよね？」

「ああ」

「何かひっかかりません？　えーと、その伝承逆にしてみると？」

「魔王が消えると敵が減り、勇者が消えると侵略してくる、か？」

「……？」

何か、変だな。

ルルの方を見ると、ルルも首を傾げている。何か気づいたのだろうか。

「……変ですわよね？」

「……変だよな？」

「……変ですね」

三人で頷《うなず》く。

そう、変なのだ。

「敵が増えて歩みが止まったら、どこかに魔物が留まり続けるよな」

「それなのに逆にすると敵が減るのですよね。で、勇者がいなければまたやってくると」

「勇者現れしとき、魔のモノを討伐するとか、倒して減らすとかじゃないとおかしいです、わよね？」

三者三様疑問点を口に出しもう一度頷き合う。召喚の条件がわかれば魔王の正体を知ることができるんじゃないか、と思ったのだが予想外に難航したのだ。

理由としては、召喚条件を読んだ後に逆の意味合いを探さなければいけないのだが日本語と同様で色々読めてしまい一向に正解らしき単語にたどり着かない。

面倒すぎる。

「とりあえず血縁とか、血筋のことは書いてないんだけど……」

「似たような記述はありますね。魔王の血と勇者の血、『連なりし魂』が？」

「血は同じ、って気になるな。連なるってなんだろ。逆にすると連動しない身体？　てかここで魔王出てくるのか」

そうやってしばらく試行錯誤するが、いい加減こんな研究を続けていると思考も低下するというものだ。ぐったりとした俺たちは、揃《そろ》って紙に描かれた召喚陣を投げ出した。もう、ほかのことをした方がいいだろう。ここ数日は堂々巡りすぎる。

「というか、前勇者にダイチがお墨付きもらったし、そろそろ討伐のために魔の森に近づいた方がいいよな」

「魔の森の魔物数はむしろ増えているって聞いてますしね。勇者が近づくと減るのであれば、この陣の記載された召喚条件の有効性とかもわかりますよね」

「そーだな。魔の森の零体《れいたい》の数が増えているのか減っているのかも気になるしな」

研究した内容をまとめた紙を束ねる。一応これをもとにして、旅してる間にみゆき（とダイチ）を送還するための陣も描いてみようとは思っている。本当なら魔王退治なんてさせずにみゆきだけ帰したい気分だが、みゆきが勇者でないとは限らないし、無理に帰したところでまた喚《よ》ばれる気しかしないから、強行する意味がないのだ。

　大体俺の魔力、ここで使っていいのかもわからないしな。人間の魔力だけでやろうとすれば何人必要になることか。トリスだけでも数年間ひたすら魔力を何かに貯めれば陣を動かすこと自体は可能だろうが、可能性は可能性でしかない。それよりも、俺が神様に望まれたことをすませて送る方が正しい気がする。

　このあたりの魔物数が減っているのは確実でも、トリスの言う通り魔の森周辺では逆に増え続けているというし、魔王が誰であれ、討伐が周囲の人間に望まれていることは絶対で、そこは揺らぐものではない。

　ダイチが魔王を倒したくないと言う可能性は否定できないが、ダイチは一度として魔王討伐をできないと言ったことはない。帰るということが最優先の彼らに報いるためにも、まずは対峙《たいじ》し相手を知り行動する。

　これしかない気がする。

「その前に一つ問題があるんですが」

「ん？　なんだ？」

　トリスが言いづらそうに、口を開ける。こいつがためらうときは大抵ろくなことではないので、嫌な予感を感じて俺も身構える。

「昨日、話していたことなんですけど」

「ああ、神子《みこ》？」

「はい。あの後定期連絡を取ったら神子がやっぱりというか、接触してきそうなんです」

曰《いわ》く、神の祝福を勇者に与えていない。

曰く、一度王都へ戻ってきてしかるべき編成を考えろ。

曰く、神殿に出頭しろ。

うん、言われている内容に嫌な予感しかしない。全部お断りしたい、切実に。

「断ったんですが、神の祝福だけは与えないとまずいと王の前で言いきられたとのことで……その、貴族の追及から逃れられなかった、そうです……」

「いっらねー……」

「それでも戻る距離ではないし、神殿の手を煩わせるわけにはいかないと王都は勘弁してもらって、カルデンツァで会合を開くことにしました」

……それが交渉ギリギリだったらしく、トリスは派手に溜息《ためいき》をついている。まあ王都だとセレス教信者の巣窟《そうくつ》だしな。その点を鑑《かんが》みても、長いこと防御に特化した別荘があるカルデンツァの方を選ぶか。たいして王都から離れていないが建前としては通ったらしい。

「父や叔父にも援助は頼みましたし、たぶん大丈夫だとは思うのですが」

「兄様は来ないんだ？」

「それは僕が止めました。サルートは一度零体《れいたい》に取りつかれてますし、本人も何かあったときを考慮して王都のカイラード家にいると」

あー、まあそうか。久しぶりに会いたかったのだが、そうも言っていられないか。むしろ来たいと言ったところを家族全員に止められたうえ、母上とクララの護衛を頼まれたのだろう。

俺でも止める。また自殺しかける兄様なぞ見たくないしな。

「とりあえずそれなら、カルデンツァへ出発、だな」

「はい。ダイチ君とみゆきさん、ファティマさんには帰ってきたら相談しましょう」

「ルルリアはどうする？」

前勇者のいる街なので、ここの方が安全な気はする。

だが黙って聞いていたルルリアはすぐに首を振ると、にっこりと笑った。

「神子《みこ》様からユリス様を守りに一緒に参りますわ」

……。

それ、物理的な意味だよね？

5

言い訳をするならば、俺は油断をしていたわけじゃない。ただただ、予想外だっただけだ。何かがおかしいと違和感は感じていたけれど、前と変わらない態度に違和感を言いだせず、俺は普通に喋《しゃべ》っていただけだった。

確かに、カルデンツァでの会合が何事もなく終わったから気は抜けていただろう。神の祝福をささげる、という儀式に関しては魔力の動きは特になく、神子も大した反応はしていなかった。儀式が終わった直後に何かされないかを警戒していたし、実際訪ねてこようとするのを父と叔父に頼ることで回避して、俺と勇者たちはそのまま魔の森に向けてカルデンツァを出発したのだ。

どこまでが、相手の思惑だったのか。

カルデンツァを出発して、二つ目の街に入った頃、第二師団ともう一度遭遇した。タクラと話し合いをしにいく決心をしたファティマと、ついていったトリス。第二師団のメンバーと話し合いに行ったルルリアと、前回の討伐で仲良くなったのか傭兵《ようへい》みたいな連中と喋りに行ったダイチを見送って、俺はみゆきを一人にするわけにもいかず、同じ宿で待機していた。

そんな俺のもとに訪ねてきたのは、オルトだった。

「久しぶりだな、ユリス」

「なんだ？　わざわざ来るなんて」

「前の討伐で会えなかっただろ？　アイリから話聞いてたから」

「あー……そういや、伝言してたわ」

突然の訪問に違和感を感じて首を傾げたけれど、言われてみれば前の討伐のときにアイリからオルトが悩んでいるという話は聞いていたし、訪ねてきてもおかしくはなかった。むしろ何に違和感を覚えたのかわからず、俺はオルトに向き直る。

オルトの少し陰った表情が、気にならなかったわけじゃない。だが、悩んでいると聞いていた俺は話しづらいこともあるのだろうと扉を開けたまま、立ち話した。

オルトの態度は、表情がどこかぎこちない以外には不審なところはなかった。けれど、よく考えたら普通の態度をしていたことに違和感を覚えなければいけなかったのかもしれない。オルトはいつだって、獣人の血を引いていることを隠そうとしていたし、立ち話ではなく部屋に入ってのんびりすればよかったのだ。

立ち話をしている間に、宿に新しい人物が入りこんだと気づいたときにはもう遅かった。何かを振り切るように抑えこまれ、同時に部屋に押しこまれて腕をまとめあげられるのに、時間はかからなかった。

「……なっ!?」

「……悪い」

喋《しゃべ》る口調は平坦で、なんの感情も見えなくて俺は戸惑う。見上げた先に映るのは、なんの表情も動かない顔。顔にすぐ出るオルトらしくない表情に不審に思った瞬間、入ってきた人物からかかる声に、俺は一気に身を強張《こわば》らせた。

「……こうでもしないと、お話できないものね？」

そのまとわりつくような声に、覚えがあった。

いや。ついこの間聞いたばかりのその声に、俺は瞠目《どうもく》する。

「……『神子《みこ》』」

「こんにちは、ユリス様。――お話、聞いて頂戴《ちょうだい》？」

つりあがる赤い口元に、鮮やかな紅の色。

憎悪とも憤怒《ふんぬ》とも取れるその目の色と、何も感情を移さないうつろな目を交互に見ながら、俺は自分が失敗したことを実感した。

「お土産は受け取ってくれませんでしたのね」

椅子《いす》に括《くく》りつけられた状態で、俺は神子を仰ぎ見る。オルトはあれ以降、喋る気配がなく神子の後ろに立っているままだ。その表情は暗いままで、こちらを見る気配すらない。

いや、目すら向けられることもない。

「……オルトに何した」

「私は質問したのですけれど？」

「………………」

土産、は恐らくルルリアが持っていた瓶のことだろう。あれを受け取っていたらどうなっていたか、考えるだけでも恐ろしい。

無言で見返すと、その態度に答えを見たのか神子《みこ》は肩をすくめた。

「貴方《あなた》はいつだって思い通りにはならないのね」

「なってたまるか」

「つれないわ」

ただ上滑りするだけの言葉に辟易《へきえき》すると、オルトが口を開く。

「……あんまり悠長に話すな。時間が足りなくなる」

「あら、ごめんなさい。勇者が戻ってきたら面倒ですものね」

その言葉にダイチが出ていったのは、彼らの策略と知れる。そもそもオルトは第二師団でそれなりの期間働いているわけで、ダイチの動向を掴《つか》むぐらいなら造作もなかっただろう。オルト自身はうっかり度が飛び抜けているのだが、今のこの態度だとそれも怪しいしな。

「じゃ、手短に話すわ」

「別に俺はもっと悠長でもいいんだがな」

「残念ね、もっともっと時間があれば『魅了』できるまで頑張るのに」

口を尖《とが》らせ、至極残念そうに呟《つぶや》く神子に身震いする。『魅了』できるまで、っていったい俺は何をされるんだ。なぜそこでたぷんと胸を主張するのか、その無駄な動きはなんなのかと小一時間問い詰めたい。

（ダイチ！　いいから戻ってこい！）

こいつら勇者に関しては脅威を覚えているみたいだから、たぶんダイチが帰ってくればなんとかなるのだろう。それまでの時間が稼げるかが一番の問題だが。

「ふふ。これなーんだ？」

そんな神子の胸元から出てきたのは、綺麗《きれい》な小瓶だった。ちゃぷりと液体が揺れた先には、黒い靄《もや》が相変わらず渦巻いていて気持ちが悪い。

俺が眉《まゆ》をしかめると、神子は何かに気づいたように瞠目《どうもく》した。

「……中身、見えてるの？　どういうことよ」

「……」

「まさか貴方が勇者なわけ？」

答えずにいると、神子はまさかね、と呟いて俺に近づいてくる。

「勇者にこれに【魔王の誘惑】が入っていることでも聞いたのかしら？」

「……誘惑？」

聞き慣れない単語に、思わず神子《みこ》の顔を見る。

すると神子は嬉《うれ》しそうに、微笑《ほほえ》むと顔を近づけてきた。

「そうよぅ？　人を【堕《お》とす】……そんな、罪を持った魂たちの、残りカスよ」

残りカス。そう呟《つぶや》いた声が、また憎悪に染まる。

なぜそんなに嫌に思うものを使おうとするのか理解できない。そう、俺が気づくくらいには彼女はそれを嫌がっていた。

「で？　お前もそれに堕ちたと？」

「――――！」

堕とす。そんな言葉に反応して呟けば、神子の態度が激変した。思わず椅子《いす》に座ったまま身を引くが、その前に力任せに蹴《け》っ飛ばされて椅子ごと転がる。がたた！　と鳴り響いた音に、オルトが慌てたように椅子を押さえて引っ張り上げようとするが、それを遮って神子が椅子をまた蹴り飛ばした。

「――こ、の……っ」

「おい神子さん。落ちつけって」

「堕ちて何が悪いの!?　何も、何も知らないくせに！　誰もかれもが私のせいにするくせに！　こんなものにすら利用されると蔑《さげす》むくせに……！

私は……私は、悪くなんてない、のに！」

踏みつけにされる趣味はないが地雷を踏んだらしい。転がったまま上を見上げれば、燃えるような紅の色がさらに激昂《げきこう》したように濃くなっていた。思わずその色に見惚れると、神子の様子がさらにおかしくなった。

「なんで……なんで貴方《あなた》は『魔力が使えない』の！　なぜ勇者でなかったのよ！　貴方が勇者であれば、貴方を誘惑するだけで済んだ！　簡単なはずだったのにどうしてなの！　魔力が使えなければ勇者とは認められない、神のお告げに嘘《うそ》はない、貴方は勇者になれない！　なぜ！　どうしてよ！」

が、っと肩を踏みつけられ呻《うめ》きが漏れる。

言われている内容には、俺がなぜと言いたい。なんで俺が勇者にならなきゃいけないんだ、何を激昂してるんだこの神子は。そして魅了するだけ、って実は一番難しいんじゃないかと俺自身は思うわけだが、そこはつっこんではいけないらしい。思わず遠い目になりかけた。

「――――まあ、いいわ」

すとん、と痛めつけられた右肩の横に神子が座りこむ。オルトが何かを言いたそうに神子を見ているが、俺とは目線を合わそうとはしない。オルトの目に映るのは憐憫《れんびん》……だろうか？　なんとも言えない目で彼女を見るオルトに、俺は違和感を覚えた。そんなオルトの様子には目もくれず、神子《みこ》は手に持った瓶の栓を抜き、にこりと笑う。

「ふふ。この宿に今いるのは、勇者の彼女だけよね？　楽しみだわ、勇者の絶望する顔を見るのが……ええ、とても、楽しみ」

「な、に？」

なぜここに、みゆきの名前が出るのかわからず戸惑えば、その戸惑いを笑うように神子は俺の頬《ほお》を撫《な》でる。

「みゆきに、何をする気だ」

答えない神子に怒気が漏れると、神子は本当に嬉《うれ》しそうに、嗤《わら》う。その、俺の反応に対する笑いに、俺はさらに反応に失敗したことを知った。

「あら、期待以上かしら？　何かするのは私ではないわ、貴方《あなた》よ」

「!?」

「【魔王の誘惑】は理性をなくさせ、精神を蝕《むしば》むもの……貴方も、知っているはずだけれど？　ここまで言えば、鈍い貴方でもわかるでしょう……？」

頤《おとがい》にかかる指に気づかずに、茫然《ぼうぜん》と神子を見上げる。

……まさか。

「私は貴方にこう言うだけでいいのよ？」

口を閉じようとするが、女とは思えないほどの力に口が閉まらず、近づいてきた顔から眼もそむけられず、俺はただ近づく唇と、その口中に含まれた瓶の中身を見上げていた。

重なる唇に、感じたのは痛み。

しゃらり、と神子《みこ》の手首についた腕輪が軽やかに音を立てる。

何かに侵食される感触に暴れるが、俺の視界は閉じていく。

「『――貴方《あなた》の想いを遂げなさい。……私と一緒に堕《お》ちて？』」

深く響く声を最後に、俺の意識は――闇に、堕ちた。

付録　アルフレッド・バーンの日常

「は？　なんだと？」

伝わってきた噂《うわさ》に、俺は持っていた分厚い本を取り落とす。落ちた本が相手にぶち当たり足を押さえていてもそんなことはどうでもいい。自分で治すがいい。問題はそこではない。

「知らなかったのか？」

あきれ顔の同僚の言葉が、右から左へと流れていく。

クララさんが妊娠？　しかも相手は、恋愛感情などないと言い切ったアイツ――ユリス・カイラード、だと？

「冗談だろう？」

ユリス・カイラードは評判のすこぶる悪い男だが嘘《うそ》を言う男ではない。一縷《いちる》の望みをかけて聞いた言葉に帰ってきた言葉は無情にも俺の希望を打ち砕く言葉だった。

「いや、だから本当だって。嘘だと思うなら確かめてくればいいじゃないか」

クララさんと同郷である俺なら簡単に調べられるだろう、そう呟《つぶや》く同僚に少なくとも悪意はなかった。

目の前が真っ暗になる感覚を覚えながら、俺は叫びだすのだけは辛うじて抑えた。

俺は貴族の端くれとして生まれた。本当に端くれすぎて、兄も弟も魔力などほとんど持っていない。どいつもこいつものんびりで、お前らは本当にこの貴族社会で生き抜く気があるのかと言ってみたいのだが、「アルフがいれば大丈夫だよ～」と力の抜けた言葉で返されてしまうので何を言っても意味はない。

別に！　俺は家族を養うために王都で働くことを決めたわけではない！

そう言いたいのに、アルフは照れ屋さんだなぁと父はいつも俺の言葉を聞くことはない。聞いてくれ。頼むから聞いてくれ。俺は王都で勤めているといえども、ものすごく末端なんだ、むしろ論文すら上の人に読まれることも滅多にないんだ、だから本当に期待しないでほしいと言いたい。言いたいけど言えない。

……むなしい。

王都なんていう自分にすこぶる向いていなさそうな場所で研究しようと思い立ったのは、なんのことはない惚《ほ》れた女性が王都近くの騎士養成学校にいたからである。彼女の名前はクララ。貴族ではあるがフルネームで名乗ることすら辛いので忘れてほしいという彼女に合わせ、名前しか呼ばないが俺より身分の高い貴族の長女である。

……魔力は俺以上にないが。

この国では魔力のない女性は、本当に軽んじられる。クララさんは騎竜に気に入られており、その限りではないのだが、それでも魔力のほとんどない人間は貴族として扱われることすら稀《まれ》だ。クララさんは俺よりよほどできた人だというのに、横たわる扱いの差は酷《ひど》いもので、俺は憤慨することしかできなかった。

『そう言ってくれるだけで十分だよ』

何かできることはないか、そういった俺に彼女はただ笑うだけだった。

辛くないわけがないのに彼女はいつだって、笑っていた。俺には何もできることがないのだと、そう知らしめるように。身に持って生まれた魔力がほとんどない、それだけで差別されるという事実に俺はいつも不満を抱きつつ、想像通り何もできない自分を嘆くことしかできないでいた。

俺だって地元ではそれなりの魔力を有していたが、王都に来たとたん末端に成り下がる程度の魔力しかなかった。今の魔術師師団の副団長であるルル君の父君に目をかけてもらえなかったら、王都で働くことすらできなかっただろう。その危うい立場を知っている彼女だからこそ、俺と同郷でありながらほとんど関わることなく日々を過ごしていた。

転機が訪れたのは、そんな無力な自分に嘆きつつも、王都で働くための基盤づくりとして、魔力だけで脳のないバカに必死で取り入ろうとしていたときのことだった。

その頃の俺は、自分で言うのもなんだが何もできない自分に腐っていたのだろう。研究は研究で別に続けていたが、身分の高い貴族の傘下に入った方がはるかに色々やりやすいことに気づいた俺は、持ち続けていたプライドも売り払っていた。――俺が必要だったのは、王都での基盤であり、金であり、永続的に働ける環境だったのだ。クララさんのことは気にはなっていたが、彼女から近づいてこないのであれば俺にはできることはないので、私生活は何か間違った方向に曲がってしまったのだった。

そんなダメダメなときでも、自分より年下の見習いながら、陣の研究などに熱心であるルルリア・セルファー……通称ルル君はいわば心の癒《いや》しだった。彼女は魔力の有無で人の扱いを変えない稀有《けう》な上位貴族で、俺の『魔力をなるべく使わないで目的を達成する』といった地味な方向の研究を笑わないでくれていた。

もちろん父君に安易に研究を貶《おとし》めるなと言われたのもあるだろうが、彼女が曲がりなりにも否定しないでいてくれるだけで俺の立場は向上したし、研究内容が内容なので取り入った貴族の息子にもなり替わろうという意思があるわけではないと思われたのかやりやすくなった。『そんな研究何の役に立つんだ』と言われたときには思わず蹴《け》り飛ばしてやりたかったが我慢した。

すべては王都の研究塔に入るため、俺は確実な手順を踏んでいるつもりだった。

そんな、ある日のこと。

俺は恒例の騎竜士クラスの実地訓練に、手伝いとして参加していた。去年はクララさんがいるために是が非でもと参加した実習であったが、今年は関係ないので行くつもりはなかった。が、雑用が主であるこの行事は魔術師見習いたちの中で評判はあまりよくなく、『俺の代わりに行ってこい』と言われてしまったのでしぶしぶ参加したのが経緯であった。

意外なことに、そこに見つけたのがルル君だった。

「ルル君。なぜ君がこんなところにいるんだい？」

立場的には敬語を使うべきなのだろうが、彼女は『私は同じ立場の者に敬語を使われるのは望みません』と言い切った人物で、親しみをこめて周りからルルさん、ルル君と呼ばれていた。魔力もあまりない俺がそんな呼び方をすれば嫌がられるかと思ったが、彼女は呼び名に気づいた様子もなく、ただそわそわしているようだった。

「今年は知り合いが参加していますから」

「知り合い？」

彼女に婚約者がいるのは有名な話で、確かその彼は近衛《このえ》見習いだったはずだ。だが、その有名すぎる相手のトリス・カイラードはこの実習には来ていない。レベルが違いすぎるので別実習になっており、彼女が言う知り合いは違う人物だろう。興味が出たので先を知りたかったが、俺のような身分の低い人物が声をかけるのはよくなかったのだろう、すぐほかの人に囲まれてしまったためにそれ以上聞くことができなかった。

思えば、強引にでもあのときに名前を聞いておけばよかったのだろう。そうすれば、あのような醜態を演じることにはならなかっただろうに。

程なくして、また彼女を見つけたときにはなぜか彼女の横には一人の騎竜士見習いがいた。赤く染まる頬《ほお》、明らかに好意を指し示すその様子にあたり一帯がざわめいており、その中心人物は困ったように彼女を見つめていた。

なんなんだその態度。魔術師見習いの中でも、一番の実力を持つ彼女にそんな風に好意を示されていて困るなんて何様だ。

観察してみれば、すぐに魔力をほとんど持っていないこともわかった。騎士養成学校の人間はそれなりの魔力を持っている人物も多いが、彼はそれに当てはまりそうもない。つまり、顔見知り程度の俺と同じくらいのろくでもない貴族の端くれなのだろう。

そう思ったとき、俺の中で打算が働いた。彼女が学生の中で一番有望なカイラード家の次男と婚約していることは事実だが、あまり乗り気ではないらしいというのも定説だった。それを知っている俺の今の〝主人〟は、事あるごとにルル君と懇意になろうと働いていたので、この状況を許しておいたことを後で知られてはまずいことになる。

そして何よりも、相手が騎竜士見習いであったことが俺の琴線に触れた。

(――――たかが騎竜士見習い風情のくせにっ！)

誰よりも何よりも近づきたい人と同じ場所で学ぶ騎竜士見習いが、自分ではとても一人で一声をかけるのが精いっぱいのルル君に懇意にされていることが、俺は何よりも許せなかったのかもしれない。

そうして周りの目も気にせずその男につっかかり、帰ってきた名前がユリス・カイラード……よりによって、クララさんの一番近くにいる男の名前が帰ってきたことに、俺は相手が大貴族の長男であることも忘れ、とにかくつっかかった。

魔力もないくせに魔術師の家に生まれてその家の権力を振りかざし、貴族を寄せつけようとしないクララさんの傍《そば》にいることすら彼女に許された大貴族の息子、そんな存在に嫉《しっ》妬《と》していなかったと言えば嘘《うそ》になる。何より黒い噂《うわさ》が多すぎて俺は彼女の傍にそんな男がいることすら我慢ならなかったし、出会ったら文句の一つでも言ってやり、彼女に迷惑をかけていないか見極めるつもりだったというのに、会った瞬間にすべてが吹き飛んで俺は頭に血をのぼらせ、身分も何もかも自分が格下だというのにとにかく色々やらかした。

気が付けば剣《けん》難《のん》な光を宿した目がこちらを睨《にら》んでおり、ビビりながらも攻撃魔法の一つも打ってやろうと用意した陣の存在まで看破され、俺は逃走することしかできなかった。

その後も何度か当てこすりなどを犯してしまったが、結局奴《やつ》はへこたれることもなく実習を終えて帰って行った。王都に帰ってきてみれば、ルル君の不興を買ったのもお前のせいだとほかの取り巻きに責任を押しつけられてしまい、俺はまた一人になった。

そのままであれば、俺は働き口を失い、目を出すこともできずに見習いのまま家に帰ることになっただろう。

だが、そうはならなかった。よくも悪くもルル君の目に留まった俺は彼女に調べ上げられ、――そしてその研究が、ルル君の父ではなく、なぜか第一師団のカイルロット家の目に留まったのである。

「お前がアルフレッドか？」

第一師団の使者である副師団長のサルート・カイルロットは気さくな男だった。魔力をあまり使わないもので一番使用しやすいものが索敵陣だったのだが、その使用をぜひ騎士に広めないか、というのが誘いの内容だった。ちなみに索敵陣がなぜ魔力を一番使わないかというと、索敵する段階で効果範囲にある魔力を取りこむという広範囲指定が索敵と同時にできるから、とかそんな理由だったりする。単純でわかりやすい理論なのだが、『魔力をもっと使った方が範囲も広くなるし精度が高くなるじゃないか』というのが一般論で、俺の研究は無駄だと思われていた。

だが、魔力の使用に制限がある騎士たちにとって、索敵に使う魔力が減るのは歓迎すべきことだというのがサルート副師団長の言葉だった。魔術師師団と第一師団はあまり連携ができていないため、そういった研究もあることがわからなかったから今まで注目されていなかっただけだとも彼は言った。本人は魔力がありすぎるため気づきそうにないのに、なぜそう思ったのだろうと不思議だったが、彼の口から返ってきたのはとても意外な人物の名前だった。

「ユリスはまったく魔力が使えないからなあ。アイツと話してると、観点が違って面白いし気づくことも多いんだよ」

またもや出てきた名前、ユリス・カイラード。

奴《やつ》はどうやら家族にはとても好意的に取られているらしく、従兄弟《いとこ》だという彼の名は会うたびに頻繁に出てきた。『やりあったんだって？』と言われたときには冷や汗が伝ったが、『アイツにもいろいろあるんだからな？』とにこやかに釘を刺されるだけで終わってほっとしたのは俺だけの秘密だ。笑顔の方がよほど怖いこともあるのだなと思ったのは別として、俺は彼を通すことによって、段々とユリス・カイラードは噂《うわさ》通りの人物でないのではと思うようになった。

決定的だったのはその後、索敵の手伝いで駆り出されたときのことだ。奴は魔力がないというのに、魔術師としての知識ははるかに俺を超えていたのだ。研究している俺ですら索敵陣の把握など半分にも満たないというのに、ポンポンと出てくる言葉は『ほとんど知っている』『詠唱だけで内容が理解できる』などの言葉で、努力をしていない人間という俺の認識は地平線のかなたへ飛んで行った。

魔力がないくせに、魔法に関する知識は騎士並みどころか師団の中でも有望な人間しか所属できない、第一棟に所属する研究者よりも詳しい。確かに奴《やつ》は有数の魔術師の家の出のため、家にある門外不出の資料を使えば俺より詳しいのは当然だっただろう。だが、そもそもその資料を読みきるのにどのくらいの時間がかかるというのか。それに詠唱に関しては、努力をしていないと身につけるのは絶対無理だろう。詠唱は何度も練習し、何度も読まなければ修得できないほど難しいものなのだ。

しかも展開や発展、発想に至っては知識の豊富さに加え観点が複数で、研究に詰まった俺がサルート副師団長のツテをたどって頼ってしまったときには、数時間で俺の研究を完成させてしまうほどの熟練度だった。

そうして俺は、ものすごく不本意ながらもユリス・カイラードという人間を認めるに至ったのだった。

――――だが。

「……噂《うわさ》はほぼ、確定か」

数日後、俺は報告書を握り潰《つぶ》した。書かれていた内容は、クララさんの妊娠、実家との諍《いさか》い、そして出奔。

質《たち》の悪いただの噂であればいいと思った内容は、すべて事実であると報告書には書かれていた。貴族の端くれである俺ですら使える者が調べた内容であるため、信憑性《しんぴょうせい》はさほど高くない。高くはないが嘘《うそ》だと否定できる要素もなく、きちんと調べ上げられまとめあげられていたそれを思い過ごしだと投げることはできなかった。

そう、俺が彼を認めた理由はもう一つあったのだ。それは、ユリス・カイラードがクラさんと恋愛関係にない、という本人の言葉だった。

あのルル君に迫られても喜ぶどころか困惑していた男は、同様にクララさんとは友人でしかないと言っていたし、お互いの態度もとても恋人同士には見えなかった。確かに気安そうではあったが、距離感も友人そのもので、むしろサルート副師団長の態度の方が怪しかったため俺は彼の言葉をすっかり信じこんでいたのだ。

いや、信じていたというよりは……。

「――副師団長がいなくなったから、なのか？」

クララさんがどこを見ていたのか、俺が知っていたから、だったかもしれない。報われない想いだとは知っていたし、相手がサルート副師団長であれば、俺は彼に勝るものなど何もない。だからユリスが万が一クララさんを好きでも、同士と思うことこそあれ、恋敵《こいがたき》になるとは思っていなかった。

しかし、現実は無情だった。

サルート副師団長が遠征中に失踪《しっそう》し、おそらく彼女は嘆いたのだろう。その彼女を慰めたユリスが、サルート副師団長のことをネタに近づいたとしても不思議はない。不思議どころか、お互いに大切に思っていた相手を失ったのだ、急速に距離感が近づいてしまったとしてもよくある話だろう。

——だが。

なぜ一言言って行かないのだ、あの男は。出奔する数日前だって研究手伝いに来ていたし、何も変わったところはなかった。思い悩んでいる様子すらなかった。遠征に行くから次に来るのは少し遅くなる、ぐらいのことしか言っておらず、出奔する様子すらまるでなかったのである。

騙《だま》された、のだろうか。信じられると思っていた俺が馬鹿だっただけなのだろうか。妊娠。その二文字だけが、俺の頭をぐるぐるめぐる。妊娠って、お前、手を出すのがいくらなんでも早すぎるだろう！

——許せん。

出奔をするということは、責任を取る気はあるのだろう。そこはどこかずれたところで一本入っている男だ、心配はしていない。身分的にもむしろクララさんの方が不相応という気がするのでそこも問題はない。

問題があるのは、俺の気持ちだけだ。

そうして俺は、一つの決意をする。

そうだ、泡の一つでも吹かせてやろう、と。

☆

それから数カ月後。

王都の俺のもとに、クララさんが出産した、という話が伝わってきた。王都に途中で帰ってくるのかと思っていたが、その顔を見ることもなく話だけが伝わってきたことに俺はがっかりする。

子供が産まれたということはすでに婚姻も済ませているのだろうし、もう俺が手出しできることは何もない。ただ一言文句を言えればそれでよかったし、一泡吹かせてやろうと思い立ち、作り出した魔方陣は存外よい出来だったため、披露する方が楽しみになっていたのだった。

……待ちすぎて怒りが持続しなかった、わけではない。決して。

考えてみれば、俺はクララさんに一度として想いを伝えたことはなかった。彼女の想い人がいなくなり、それを好機を見て行動をした奴《やつ》が正しかっただけで、何もしていなかった俺が文句を言う筋合いはさすがにないのではないかと思ったのだ。

気持ちは別だが。大事なことだからもう一度言うと、気持ちは別だが。

程なくしてユリスと実家が和解し、また騎竜士として戻ってくるということも伝わってきた。出産があったことで、恐らく実家が折れたというところなのだろう。普通数カ月も働いていない男が戻ってくるのには手続きなどありそうものだが、忘れそうになるが相手は大貴族の、しかも魔術師師団と第一師団の団長が両方親戚という立場の男だ。噂《うわさ》はひどくなるだろうが、存外あっさり戻ってきたなというのが俺の感想だった。

問題はそこではない。

前の研究手伝いから数カ月たってしまっているため、手紙を出しても反応がないだろうかとも思っていたのだが、俺が出した便りには割合早く返事が返ってきた。『こちらにも話したいことがあるから訪ねる』と書かれていた手紙を見て、俺はそうか言い訳はしてくれるわけだな、と気分が向上しつつ彼を招いたのだった。

「……ちょ、あぶねぇ!?」

「……」

カキン、と弾《はじ》かれる音に失敗か、と思う。

ユリス一人ならば軽く当てられたと思うのだが、なぜかサルート副師団長と一緒に来たのだ。先を丸くした子供用の短剣ぐらい当てられると思っていただけに、尋常じゃない反応速度に弾かれたことを残念だなと思いながら俺は扉に向かう。

「当たればいいものを」

「いや死ぬだろ!?　ん？　いや、でもこれ作り物か」

「さすがに本物はつかわん」

扉を開けた途端に飛んできたためにびっくりしたらしい。さすがに腹が立っていた俺でも、嫌がらせで死ぬようなことはしない。サルート副師団長はと言えば、しげしげと魔方陣を眺めていた。

「なんか刻んであるけど、これなんだ？」

「標的を指定して、魔法と同じように当てられたら面白いと思ってな」

「……」

にこやかに微笑《ほほえ》んでやると、なぜかユリスの頬《ほお》がひきつった。本来何かに物を投げつけるときは、標的をその場で指定するものだ。最初から魔方陣に相手の指定を作り自動追尾を無機物につけるには、俺の魔力が絶対的に足りない。俺は剣など使えないし、派手な攻撃魔法も使えないためできないと諦《あきら》めていたことだったのだが、発想の転換を使ったのだ。

すなわち。

「まったく魔力反応がない相手を指定したらお前に当たるのではないかと思ってやってみた」

壁などによくぶち当たっていたのでまさかまっすぐ飛ぶとは思わなかった。壁より魔力がないってどういうことだ、と一瞬思ったがそれは言わないでおく。使えないというより『まったくない』らしい。ある意味哀れを通り越している。

「ところでサルート副師団長、お忙しいでしょうになぜここへ？」

「いや、説明するのに俺が必要だと思ってなー」

「はあ」

クララさんの出産などで仲に亀裂が入っていやしないかと思っていたが、その心配はなかったようで二人は和《なご》やかに俺の居室に入ってくる。さすがに客に茶菓子を出さないわけにもいかないため、三人分用意したところでおもむろにサルート副師団長が口を開いた。

「お前にも報告しておいた方がいいと思ってな」

「報告？」

「ああ。俺はクララと結婚した」

「――――は!?」

クララさんと結婚した？

思わずユリスを見るが、ユリスは神妙に頷《うなず》いているだけだ。

え？　ええ？　だって、ユリスとクララさんの子供が産まれたんだろう？　なぜにサルート副師団長とクララさんが結婚するという話になるのだ。

「あ、子供も俺の子供だぞ」

「――――あ」

言われてみて、初めて違和感を思い出した。そうだ、あまりにも手を出すのが早すぎる、と俺は思ったのだ。慰めるにしろなんにしろ、サルート副師団長が失踪《しっそう》して三カ月ほどで妊娠がわかるって、なんだそれと俺は確かに思ったのだ。

どうしてそこで気づかなかったのだろうか。

「俺も慌てちゃって、約束していたのに断りを入れる時間もなくて悪かったよ」

だから説明もかねて来たのだ、というユリスに俺も頷く。そうか、そういうことだったのか。俺もクララさんの実家の事情は知っているし、恐らくサルート副師団長の子供を身ごもったクララさんは、従兄弟《いとこ》であるユリスを頼って匿《かくま》ってもらっていた、のだろう。そのためユリスにとっても急な話であり、なんの前触れもない出奔という形になったらしい。

「そうですか」

言葉が出ずに、俺は目を閉じる。

ユリス相手ならば文句の一つも言ってやろうと思っていたが、相手がサルート副師団長では何も出ない。彼は、自分の職務を果たして失踪《しっそう》をしただけだし、戻ってきただけでも賞賛に値するのだ。

「——おめでとう、ございます」

「ああ」

幸せそうに笑う彼に、クララさんが笑った顔が透けて見えた気がした。

その後もちょくちょく訪ねてくるユリスに、俺は研究を手伝ってもらって日々を過ごす。

「……なぁ、これ八つ当たりって言わない？」

「不意打ちで当てなければ意味がないからな！」

「いやそれ絶対大義名分だよな!?」

標的指定に興味を持ったユリスに、毎回趣向を凝らすようになったのはかなり余談。この前は魔方陣を描いて焼いた菓子を使ってみたらなぜか口に飛びこんでいったため、しばらくユリスは悶絶《もんぜつ》していた。美味かっただろう、と言ったら黙りこんでいたが次はもっとやわらかいのでお願いしますと言われた。ゼリーでやったら大惨事のような気がするのだが、本人の要求なので応《こた》えてやろうと思う。

勇者召喚はもうすぐではないかと最近は囁《ささや》かれているが、俺の生活は何も変わらない。研究して、研究成果を上にあげて、改造する。

最近はなぜかユリスを通してユリスの父である魔術師師団長まで声をかけてきてくれるのが恐ろしいと言えば恐ろしいが、それもまぁいいことなのだろう。

もう彼女の影を俺が追うことはないのだから、いつでも実家に帰れる。

だがここで研究するのも楽しいし、なんだかんだ言ってクララさんの子供なども遊びに来てくれるようになったし、昔思い描いていた生活とは違うが、それもまあよいのではないだろうか。何か違うような気もするが、何が違うかはよくわからない。言えるのは自分が、案外幸せなのではないだろうかということだけだ。

「――――まあ、いいか」

俺は自分で淹《い》れた茶を飲みこむと、次の研究に取り掛かろうと思うのだった。

ヒーロー文庫

魔力《まりょく》の使《つか》えない魔術師《まじゅつし》 2

高梨《たかなし》ひかる

平成27年1月31日　第1刷発行

発行者　荻野善之

発行所　株式会社　主婦の友社
〒101-8911 東京都千代田区神田駿河台 2-9
電話／03-5280-7537（編集）
03-5280-7551（販売）

印刷所　大日本印刷株式会社

ISBN 978-4-07-410838-1